人猿泰山全译精编插画系列（全25种）

人猿泰山
之
世外帝国

［美国］埃德加·赖斯·巴勒斯/著

李晓婧/译

Tarzan and the Lost Empire
by Edgar Rice Burroughs

上海文艺出版社
上海故事会文化传媒有限公司

图书在版编目（CIP）数据

人猿泰山之世外帝国／（美）埃德加·赖斯·巴勒斯
著；李晓婧译. -- 上海：上海文艺出版社，2019
（人猿泰山全译精编插画系列）
ISBN 978-7-5321-7036-4

Ⅰ. ①人… Ⅱ. ①埃… ②李… Ⅲ. ①长篇小说－美国－现代 Ⅳ. ① I712.45

中国版本图书馆 CIP 数据核字 (2019) 第 028792 号

书　　　名	:	人猿泰山之世外帝国
著　　　者	:	[美国] 埃德加·赖斯·巴勒斯
译　　　者	:	李晓婧
责任编辑	:	蔡美凤　朱釜滢
装帧设计	:	周　睿
责任监印	:	张　凯
出　　　版	:	上海文艺出版社
出　　　品	:	上海故事会文化传媒有限公司
		(200020　上海市绍兴路74号　www.storychina.cn)
发　　　行	:	上海文艺出版社发行中心
		(上海市绍兴路50号)
印　　　刷	:	上海中华印刷有限公司
开　　　本	:	889毫米×1194毫米　1/32　印张8.125
版　　　次	:	2019年5月第1版　2019年5月第1次印刷
ISBN	:	978-7-5321-7036-4/I·5628
定　　　价	:	25.00元

版权所有·不准翻印

故事会　大众文化出版基地　www.storychina.cn　上海故事会文化传媒有限公司 出品 (00843) www.storychina.cn

上海故事会文化传媒有限公司所有图书可办理邮购，免收邮费（挂号除外）
汇款地址：上海市绍兴路74号(200020)，　收款人：上海故事会文化传媒有限公司出版发行部
联系电话：021-64338113
如发现本书有质量问题，请与印刷厂质量科联系 T：021-60829062

人猿泰山全译精编插画系列（全25种）

编 委 会

总 策 划：夏一鸣

主　　编：黄禄善

副 主 编：高　健

编辑成员

（按姓氏笔画为序排列）

田　芳　朱崟滢　李震宇　张雅君

胡　捷　夏一鸣　高　健　黄禄善　詹明瑜　蔡美凤

百年文学经典　文化传播之最
人猿泰山驰骋的奇幻世界

黄禄善

美国文学史上不乏这样的作家：他们生前得不到学术界承认，死后多年也不为批评家看好，然而他们却写出了最受欢迎的作品，享有最大范围的读者。本书作者埃德加·赖斯·巴勒斯即是这样一位作家。自1912年至1950年，他一共出版了一百多本书，这些书涉及多个通俗小说门类，而且十分畅销，其中不少被译成多种文字，在世界各地广为流传。当代科幻小说大师亚瑟·克拉克曾如此表达对他的敬仰："埃德加·赖斯·巴勒斯具有重要地位。是巴勒斯，激起了我的创作兴趣。"另一位著名通俗小说家雷·布莱德伯利也说："埃德加·赖斯·巴勒斯也许可以称为世界历史上最有影响力的作家。"然而，正是这个被众人交口称誉的作家，对前来采访的记者说："我不认为我的作品是'文学'。"而且，面对众多书迷的"如何走上文学道路"的提问，他也只是轻描淡写地回答："那是因为我需要钱。我35岁时，生活中的一切尝试都宣告失败，只好开始搞创作。"

确实，埃德加·赖斯·巴勒斯在从事文学创作前，有过一段十分坎坷的生活经历。他于1875年9月1日出生在美国芝加哥，父亲是南北战争期间入伍的老兵，后退役经商。儿时的巴勒斯对未来充满了幻想，曾对人夸口说父亲是中国皇帝的军事顾问，自己住在北京紫禁城，并在那里一直待到10岁才回国。但是，后来的事实表明，这一良好愿望只不过是一团泡影。从密歇根军事学院毕业后，他在美国骑兵部队服役，不久即为谋生四处奔波。他先后尝试了许多工作，包括警察和推销商，但均不成功。1900年，他和青梅竹马的女友结婚，之后两人育有两儿一女。接下来的日子，埃德加·赖斯·巴勒斯是在贫困中度过的。为了养家糊口,他开始替通俗小说杂志撰稿。他的第一部小说《在火星的卫星下》于1912年分六集在《故事大观》连载。这部小说即刻获得了成功,为他赢得了初步的声誉。同年,他又在《故事大观》推出了第二部小说,亦即首部"泰山"小说。这部小说获得了更大成功。从此,他名声大振,稿约不断,平均每年出版数部书。第二次世界大战期间,他以66岁的高龄奔赴南太平洋,当了战地记者。1950年3月19日,埃德加·赖斯·巴勒斯因心力衰竭在美国逝世。

埃德加·赖斯·巴勒斯是美国文学史上第一个重要的通俗小说家。他一生所创作的通俗小说主要有四大系列。第一个是"火星系列",包括《火星公主》《火星众神》和《火星军魁》。该"三部曲"主要讲述一位能超越死亡界限、神秘莫测的地球人约翰·卡特在火星上的种种冒险经历。第二个系列为"佩鲁塞塔历险记",共有七部。开首是《在地心里》,以后各部依次是《佩鲁塞塔》《佩鲁塞塔的塔纳》《泰山在地心里》《返回石器时代》《恐惧之地》《野蛮的佩鲁塞塔》,主要讲述主人公佩鲁塞塔在钻探地下矿藏时,不小心将地壳钻穿,并惊讶地发现地球核心像一个空心葫芦,那里住着许多原始人,还有许多古生动物和植物。1932年,《宝库》杂志开始连载埃德加·赖斯·巴勒斯的第三个系列,也即"金星系列"的首部小说《金星上的海盗》。该小说由"火星系列"衍生而出,但情节编排完全不同。主人公卡森·内皮尔生在印度,由一位年迈的神秘主义者抚养成人,并被教给各种魔法,由此开始了金星上的冒险经历。该系列的其余三部小说是《金星上的迷失》《金星上的卡森》和《金星上的逃脱》。第五部已经动笔,但因"二战"爆发而搁浅。

尽管埃德加·赖斯·巴勒斯的"火星系列""佩鲁塞塔历险记"和"金星系列"奠定了他的美国早期重要通俗小说作家的地位,但他成就最大、影响也最大的是第四个系列,也即"人猿泰山系列"。该系列始于1912年的《传奇诞生》,终于1947年的《落难军团》,外加去世后出版的《不速之客》,以及根据遗稿整理的《黄金迷城》,总共有25种之多。中心人物泰山是一个英国贵族后裔,幼年失去双亲,由母猿卡拉抚养长大。少年泰山不仅学会了在西非原始森林的生存本领,还具有人类特有的聪慧。凭着这一人类特性,他懂得利用工具猎取食物,并从生父遗留下来的看图识字课本上认识了不少英文词汇。随着时光流逝,他邂逅美国探险家的女儿简·波特,于是生活发生急剧变化,平添了无数波折。接下来的《英雄归来》《孤岛求生》等续集中,泰山已与简·波特结合,生了一个儿子,并依靠巨猿和大象的帮助,成了林中之王,又通过一个非洲巫师的秘方,获取了长生不老之术。再后来,在《绝地反击》《智斗恐龙》《真假狮人》《神秘豹人》等续集中,这位英雄开始了种种令人惊叹的冒险,足迹遍及整个西非原始森林、湮没的大陆。

从小说类型看,"人猿泰山系列"当属奇幻小说。西方最早的奇幻小说为英雄奇幻小说,这类小说发端于古希腊荷马史诗《伊利亚特》和《奥德赛》,成形于19世纪末英国小说家威廉·莫里斯的《世界那边的森林》,其主要模式是表现单个或群体男性主人公在奇幻世界的冒险经历。他们多为传奇式人物,有的出身卑微,必须经过一番奋斗才能赢得下属的尊敬;有的是落难王子,必须经过一番曲折才能恢复原有的地位。在冒险中,他们往往会遭遇各种超自然邪恶势力,但经过激烈较量,正义战胜邪恶,一切以美好告终。人猿泰山显然属于"落难王子"型主人公。他本属英国贵族后裔,却无端降生在无名孤岛,并险些丧命。在人迹罕至的西非原始森林,他与野兽为伍,经历了难以想象的生存危机。终于,他一天天长大,先后战胜大猩猩和狮子,又打死猿王克查科,并最终成为身强力壮、智慧超群的丛林之王。值得注意的是,埃德加·赖斯·巴勒斯在描写人猿泰山的这些经历时,并没有简单地套用英雄奇幻小说的模式,而是融入了自己的创

3

造。一方面,他删去了"魔法""仙女""精灵"等超自然因素;另一方面,又增加了较多的现实主义成分。人们在阅读故事时,并不觉得是在虚无缥缈的奇幻天地漫步,而是仿佛置身栩栩如生的现实主义世界。正因为如此,"人猿泰山系列"比一般的纯英雄奇幻小说显得更生动、更令人震撼。

毋庸置疑,人猿泰山驰骋的奇幻世界是"人猿泰山系列"的又一大亮点。在构筑这一虚拟背景时,埃德加·赖斯·巴勒斯显然借鉴了亨利·哈格德的创作手法。亨利·哈格德是19世纪英国著名小说家,自80年代中期起,他根据自己在非洲的探险经历,创作了一系列以"遗忘的年代,湮没的城市"为特征的奇幻作品。譬如《所罗门王的宝藏》,述说一个名叫阿兰的猎手在两千多年前的奇幻王国觅宝,几经曲折,终遂心愿。又如《她》,主人公是非洲一个奇幻原始部落的女统治者,她精通巫术,具有铁的统治手腕,但对爱情的执着酿成了她一生最大的悲剧。"人猿泰山系列"的故事场景设置在人迹罕至的原始森林,在那里,虎啸猿鸣,弱肉强食,险象环生。正是在这一极端恶劣的环境中,泰山进行了种种惊心动魄的冒险。在后来的续篇中,埃德加·赖斯·巴勒斯还让泰山的足迹走出西非原始森林,到了传说中的亚特兰蒂斯、废弃的亚马孙古城,甚至神秘的太平洋玛雅群岛。所有这些埃德加·赖斯·巴勒斯笔下的荒岛僻壤,与《所罗门王的宝藏》《她》中"遗忘的年代,湮没的城市"如出一辙。

如果说,亨利·哈格德的"遗忘的年代,湮没的城市"给"人猿泰山系列"提供了诡奇的故事场景,那么给这个场景输血补液的则是西方脍炙人口的动物小说。据埃德加·赖斯·巴勒斯的传记,儿时的他曾因体弱多病辍学,并由此阅读了大量西方文学著作,尤其是鲁德亚德·吉卜林的《丛林故事》、欧内斯特·西顿的《野生动物集》、杰克·伦敦的《野性的呼唤》。这些小说集动物故事、探险故事、寓言故事、爱情故事、神秘故事于一体,给埃德加·赖斯·巴勒斯以深刻印象。事实上,他在出道之前,为了给自己的侄儿、侄女逗乐,还写了一些类似的童话故事,其中一篇还在《黑马连环漫画》上刊登。西方动物小说所表现的是达尔文和斯宾塞的"物竞天择""适者生存",体现了自然主义创作观。以杰克·伦敦的《野性的呼唤》为例,主要角色布克原是法官的看家狗,过着养尊处优的生活。但有一天,它被盗卖,并辗转来到冰天雪地的阿拉斯加,当起了运输工具。在那里,布克感到自然法则无处不在:狗像狼一般争斗,死亡者立刻被同类吃掉。但它很快学会了生存,原始的野性和狡诈开始显现,并咬死了凶残的领头狗,最终为主人复仇,加入了荒野的狼群。"人猿泰山系列"尽管将"弱肉强食"的雪橇狗变换成了虎、狮、猿以及由猿抚养长大的泰山,但这些人猿、半人半兽之间的殊死争斗同样表现出"生存斗争"的残忍。特别是泰山攀山越岭、腾掠树梢,战胜对手后仰天发出的一声长啸,同杰克·伦敦笔下布克回到河边纪念它的恩主被射杀时的长嚎简直有异曲同工之妙。

鉴于"人猿泰山系列"成书之前曾在《故事大观》《宝库》等杂志连载,不可避免地带有杂志文学的某些缺陷,如情节雷同、形象单调,等等。历来的文论家正是根据这些否定"人猿泰山"的文学价值,否定埃德加·赖斯·巴勒斯的文学地位。但"二战"以后,尤其是20世纪70年代之后,随着西方通俗文化热的兴起,学术界对于"泰山"小说的看法有了转变,许多研究者都给予积极评价,肯定埃德加·赖斯·巴勒斯的美国奇幻小说鼻祖地位。而且,"读者接受"是评价一部作品的最佳试金石。"人猿泰山系列"刚一问世,即征服了美国无数读者,不久又迅速跨出国界,流向英国、加拿大和整个西方。尤其在芬兰,读者简直到了如痴如醉的地步。一本本英文原著被译成芬兰语,一版再版,很快取代其他本土小说,成为最佳畅销书。更有甚者,许多西方作家,包括芬兰、阿根廷、以色列以及部分阿拉伯国家的作家,在埃德加·赖斯·巴勒斯去世后,模拟他的套路,创作起了这样那样的"后泰山小说"。世纪之交,埃德加·赖斯·巴勒斯的"人猿泰山系列"再度在西方发酵,以劳雷尔·汉密尔顿、尼尔·盖曼、乔·凯·罗琳为代表的一大批作家,基于他的"泰山"小说模式,并结合其他通俗小说要素,推出了许多新时代的奇幻小说——城市奇幻小说,并创造了这类小说连续数年高踞《纽约时报》畅销书排行榜的奇观。而且,自1918年起,"泰山"小说即被搬上银幕。以后随着续集的不断问世,每年都有新的"泰山"影片上映和电视剧播放,所改编的影视版本之多,持续时间之长,观众场面之火爆,创西方影视传播界之"最"。2016年,华纳兄弟影业又推出了由大卫·叶茨导演、亚历山大·斯卡斯加德等众多知名演员加盟的真人3D版好莱坞大片《泰山归来:险战丛林》。21世纪头十年,伴随迪士尼同名舞台剧和故事软件的开发,"泰山"游戏又迅速占领电脑虚拟世界,成为风靡全球的少年儿童宠爱对象。此外,西方各国还有形形色色的"泰山"广播剧、"泰山"动漫、"泰山"玩偶,等等。总之,今天的"泰山"早已超出了一个普通小说人物概念,成了西方社会的一种文化符号、一种文化象征。

优秀的文化遗产是不分国界的。为了帮助中国广大读者欣赏埃德加·赖斯·巴勒斯、读懂埃德加·赖斯·巴勒斯,了解当今风靡整个西方的奇幻小说的先驱,上海故事会文化传媒有限公司组织翻译了这套"人猿泰山系列",这也将是国内第一套完整的"人猿泰山系列"。译者多为沪上高校翻译专业教师,翻译时力求原汁原味、文字流畅,与此同时,予以精编、插画。相信他们的努力会得到认可。

目 录

前言	人猿泰山驰骋的奇幻世界	1
1	老友意外来访	001
2	埃里克的征程	008
3	人猿泰山遇险	018
4	深入悬崖谷底	025
5	巴格哥的村庄	036
6	被困神秘国度	046
7	威伦瓦兹鬼魂	058
8	梅里城堡	069
9	撒奎纳琉斯军营	083
10	古罗马的历史	100
11	普利克拉乌斯	114
12	泰山遭遇背叛	121
13	地牢里的相遇	130
14	竞技场的盛典	147
15	为了自由而战	159

16	并肩浴血奋战	171
17	挫败皇帝阴谋	181
18	热血反抗集结	191
19	众人直捣皇宫	200
20	起义绝处逢生	211
21	东方皇帝殒命	216
22	黑暗中的密谋	226
23	共患难终凯旋	239

人物介绍

埃里克·冯·哈本：冯·哈本博士之子，去威伦瓦兹山探险后失踪，来到梅里城堡后与法沃妮亚相恋。

高布拉：埃里克的男仆，忠心耿耿。

瓦里图斯·奥古斯都：东方皇帝，统治着梅里城堡，是个傲慢自负、残酷无情的暴君。

塞普蒂默斯·法沃尼乌斯：东方皇帝的大臣，马里乌斯·勒普斯的叔叔。

马里乌斯·勒普斯：皇帝瓦里图斯·奥古斯都军队里的一名百夫长，带领埃里克进入梅里城堡。

法沃妮亚：塞普蒂默斯·法沃尼乌斯的女儿，与来到梅里城堡的埃里克渐生情愫。

福尔维斯·福普斯：梅里城堡的贵族，傲慢自大，觊觎法沃妮亚，企图陷害埃里克。

塞拉特斯：西方皇帝，统治着撒奎纳琉斯军营。

卡西乌斯·哈斯塔：东方皇帝瓦里图斯·奥古斯都的侄子，前任皇帝之子，被猜忌他的东方皇帝放逐到撒奎纳琉斯军营。

迪翁·斯普兰迪乌斯：撒奎纳琉斯军营重要的参议员。

穆平谷：迪翁·斯普兰迪乌斯家的奴隶。

马克西姆斯·普利克拉乌斯：将泰山从罗马斗兽场带到皇宫的年轻贵族军官。

德里科塔：迪翁·斯普兰迪乌斯的女儿，普利克拉乌斯的未婚妻，被泰山所救。

贾斯特斯：皇帝塞拉特斯的儿子，使用阴险手段意图强娶德里科塔。

Chapter 1
老友意外来访

小猴子兴奋地在主人泰山黝黑赤裸的肩膀上跳来跳去,"吱吱喳喳",忽然间凝神望向他的脸,一转身窜入了丛林。

瓦兹瑞的副首领伟万里说:"主人,小猴子听见有什么东西正在向我们靠近。"

泰山回答说:"我也听到了。"

伟万里不禁赞叹:"主人,您的耳朵真是像羚羊一样敏锐。"

"多亏了它们,否则我今天也不会站在这里了,"泰山随即笑道,"感谢我的母亲卡拉,是她教会我利用人类的所有感官,我才得以长大成人。"

"来的是什么东西?"伟万里问道。

"是一群人类。"泰山回答说。

这个非洲人提醒道:"他们会不会有敌意?要不要我去通知士兵们警戒?"

泰山环视小小的营地,手下二十几个战士正在忙着准备晚饭,而他们的武器都按照瓦兹瑞部落的习惯,整齐有序地放在身边。

"不必了,"泰山说,"依我看,这些人并不像敌人,并没有鬼鬼祟祟地靠近,况且人数也不足为虑。"

但小猴子天性悲观,总爱做最坏的打算。随着那群人越来越近,它也越来越焦躁不安,一会儿窜上泰山的肩膀,一会儿蹦到地下,一会儿又拽着他的胳膊想把他拖走,上蹿下跳,一刻也不得安生。

小猴子用猿语拼命尖叫着:"快跑,快跑!陌生的黑人来了,小小猴子会没命的!"

猿人安慰道:"别害怕,小猴子,泰山和伟万里保证,绝不会让他们动你一根毫毛。"

"我觉察到有一个陌生的白人,"小猴子喋喋不休地念叨着,"那群人中有一个白人,他们比黑人还要可怕,会带着雷霆杖来杀光小猴子和它的兄弟姐妹们。他们还残杀大猿,杀害黑人,用他们的雷霆杖赶尽杀绝。小猴子不喜欢白人,小猴子害怕!"

对小猴子和其他丛林里的原住民们而言,泰山并不是白人,他属于这片丛林,他就是他们中的一分子。如果非要给他归类,那他就是一头大猿。

随着那群陌生人越来越近,现在,营地里的每一个人都能清楚地听见他们的脚步声了。瓦兹瑞战士们不由得循着声音的来源向丛林里望去,旋即又转向泰山和伟万里,但发现他们的首领看起来并不担忧,就默默地继续准备晚餐了。

一个身形高大的黑人勇士走在队伍的最前面,率先进入了他们的视野。他一看到营地里的瓦兹瑞战士,顿时停住了脚步,紧接着,跟上来了一个留着胡子的白人。

那个白人打量了一圈营地,然后走上前,比画出了表示和平友好的手势，身后的树林里又走出来十多个勇士，其中大多数都是搬运工，看起来总共只有三四支步枪。

泰山和瓦兹瑞战士们立刻意识到，这一小群陌生人是没有恶意的。为了性命安全逃到了树上的小猴子，现在也放下了戒备，蹦蹦跳跳地爬回了它主人的肩膀上。

当那个留着胡子的白人走近时，泰山不由得惊呼道："啊，冯·哈本博士！我差点没认出您来！"

"谢天谢地，我终于找到您了，人猿泰山！"冯·哈本博士边说边伸出手来，"我这次是专程来找您的，没想到竟比我预期的提前了两天见到您。"

泰山解释说："我们正在追捕一个偷牛贼，最近它已经好几次在夜间窜进我们的牛棚，咬死了几头最好的牛。我想它一定是头老狮子，非常狡猾，这么长时间以来，每次都能从我的眼皮子底下逃脱。

"不过，是什么风把您吹到我的地盘上来了，博士？尽管见到您很高兴，但我还是希望这次只是好友间的往来，而不是因为您遇到了困难。"

"我也多么希望这只是友好的拜访啊，"冯·哈本博士说，"然而，我的确遇到了麻烦，而且麻烦恐怕还不小，所以特地来寻求您的帮助。"

"我猜该不会又是阿拉伯人到您的领土上抓走黑人当奴隶，或者是偷象牙了吧？又或者是豹人夜晚在丛林里拦路伏击您的百姓？"

"不，都不是。这次是件私事，有关我儿子埃里克，您还没见过他。"

"的确没见过，"泰山说，"不过您现在想必也又累又饿了，让您的手下先在这儿安营扎寨吧。我们的晚餐已经准备好了,咱们可以边吃边谈,看看我可以怎么帮您。"

说完,瓦兹瑞战士们就按照泰山的指令,开始帮冯·哈本博士的手下一起扎营,而博士和泰山则盘腿坐在地上,吃着瓦兹瑞厨子为他们准备的朴实的饭菜。

泰山看得出,不管他的这位客人是为何而来,他都因为此事忧心忡忡。于是,还没等晚饭结束,泰山就赶紧催促冯·哈本博士继续讲他的故事。

"在讲明我的来意之前,我想先简单地解释一下,"冯·哈本博士开始说道,"埃里克是我的独生子。四年前他还只有19岁时,就以优异的成绩完成了他所有的大学课程并获得了学士学位。从那以后,他就将大部分时间用在到欧洲各个高校游学,专攻考古学和已经失传的语言的研究。除了这些研究领域以外,他还有一个业余爱好,就是爬山,并且在之后的几个暑假里,登上了阿尔卑斯山脉的所有著名顶峰。

"几个月前,他照例来看望我,很快就迷上了研究这里多种多样的班图方言,就是我们地区和毗邻的几个区域的部落还在使用的语言。

"当他在当地人中进行调查时,还偶然听说了关于威伦瓦兹山上失落的部族的古老传说。那个传说我们都已经非常熟悉了,但他一下子就被深深地吸引住了。和很多人一样,他也相信这个传说可能是源于真实事件。他认为,如果能继续追溯下去,或许可以找到《圣经》中那些失落的部族的后代。"

"我也很熟悉那个传说,"泰山听了之后说道,"它在当地人中流传甚广,吸引我想要亲自去一探究竟。可惜之前一直没有机会去接近威伦瓦兹山脉。"

"我不得不承认，"博士继续说道，"很多次我也和你有一样的冲动。我同住在威伦瓦兹山坡上的巴格哥族人交谈过两次，每次他们都信誓旦旦地告诉我，有一个白人部落居住在大山的深处，他们部落自古以来就与那群白人进行交易。还向我保证说，在双方进行和平交易，以及对方偶尔向巴格哥部落发起突袭时，他们都曾见过那传说中失落部族的人。

"后来，当埃里克提议要去威伦瓦兹山探险时，我欣然同意了，因为他非常适合去探险。他的优势在于他对班图语的了解，以及他在先前的探险中与当地人简短深入的交流，而这正是其他学识渊博的学者所缺少的。我想，他之前丰富的登山经验将对他这次的探险颇为有利。

"总的来说，我认为，由他来带领这样一支探险队是再合适不过的了。我唯一的遗憾就是当时实在没办法同他一起去，不过，在队伍组织和装备供给等方面，我都竭尽所能地给予了他最大的支持。

"还没来得及等他完成任何重大的调查研究并凯旋返乡，就有传闻称，探险队里的几名成员已经回到了他们的村子里。而当我去找他们想要了解一下情况时，他们竟然避而不见。我还听到有谣言说，我的儿子处境危急，于是，我决定组建一支远征队前去救援。然而，部落里几乎没有人敢陪我去威伦瓦兹山，因为他们深信，传说中那儿居住着邪恶的神灵——你知道的，他们认为威伦瓦兹山上那个失落的部族是一群嗜血的鬼怪。很显然，是埃里克队伍里的那些逃兵在我们这个地区四处散布谣言，蛊惑人心。

"在这种情况下，我不得不到别处去寻求帮助，自然而然就想到了丛林之王——泰山。现在您明白我这次前来的目的了吧。"

泰山听后，慷慨地答应道："我会帮助您的，博士！"

"太好了！"冯·哈本博士激动地说，"我就知道您一定会帮我的。我大约有十四个手下，可以充当搬运工。而您这里看起来有二十个人左右，他们都是公认的非洲最厉害的武士，可以担任警卫。有您来带领我们，肯定可以很快寻到他的踪迹。有这样一支兵力，虽然人数不多，但没有什么地方是我们不敢深入的。"

泰山却摇了摇头，说道："不，博士！还是让我一个人去吧，这是我的惯例。我一个人能行进得更快，而且丛林不会对我有所保留——走在路上，我一个人能获取更多的信息。你知道的，丛林里的原住民把我也当作他们的一分子，不会见了我就跑。假如你们和我一起，情况就截然不同了。"

"您最了解丛林里的情况，"冯·哈本博士说，"尽管我很希望能和您一同前往，希望能够竭尽全力地协助您，但我还是得尊重您的决定。"

"回到您的岗位上去吧，博士，在那儿等着我的好消息！"

"那么，您是明天早上出发去威伦瓦兹山吗？"冯·哈本博士问道。

"不，我现在就走。"泰山回答。

"可现在天已经黑了！"冯·哈本博士表示反对。

"我想利用今晚的满月，"泰山解释道，"白天天热，我正好可以用来休息。"他转身喊来伟万里，吩咐道："伟万里，带着我们的士兵先回家去吧，让所有的瓦兹瑞战士们都做好准备，如果有需要我会召唤你们。"

"好的，主人！"伟万里回答道，"假如一直没有收到您的消息，我们应该等待多久再出发去威伦瓦兹山与您会合呢？"

"我会带着小猴子跟我一起，万一有需要，我就派它回来给你们带路。"

"好的,主人!"伟万里又回答道,"所有人都将准备就绪——每一个瓦兹瑞战士。他们的武器都会日夜佩在身边,作战的文身颜料也都会在每个壶里装好。"

泰山背上了他的弓箭筒,左肩上斜挎着一卷草绳,腰上悬挂着他父亲留下来的猎刀。他拾起他的短矛,仰头呼吸着微风,古铜色的皮肤上映照着营地熊熊的火光。

他警觉地站立了片刻,随即用猿语召唤来小猴子。小猴子蹦蹦跳跳地跑向了他,人猿泰山没有道别,就默默地转身走入了丛林里。他轻盈的身姿、无声的脚步和气派的仪态,无一例外都让冯·哈本博士想起了另一个威猛的丛林动物,百兽之王——狮子。

Chapter 2

埃里克的征程

在威伦瓦兹山脉的斜坡上,埃里克·冯·哈本从帐篷里走出来,看着他那空无一人的营地。

今早他刚醒来时,就隐约有一种不祥的预感,因为四周出奇地安静。而当他反复喊了几声自己的贴身男仆高布拉都没有人应答时,这种不安感愈加强烈了。

几周以来,这支队伍向可怕的威伦瓦兹山地区不断靠近的同时,埃里克的手下也不断地逃跑,直到前一天晚上他们在山坡上安营扎寨时,还剩下少得可怜的几个人跟着他。可如今,恐惧战胜了忠诚,就连这个残存的小部队也一夜之间陷入了被无知和迷信支配的恐慌之中。对于这座曲折狰狞的山峰即将带来的无形的危险,他们选择了叛逃,丢下主人独自面对那些嗜血的亡灵。

埃里克草草查看了一下营地,发现所有的补给物资,连同他的炮架、步枪和弹药,几乎都被他们给搬空了。仅剩的唯一一把手枪和一条弹药带，因为放在他自己的帐篷里而幸存了下来。

埃里克之前与这些土著人打过很多次交道，所以对他们非常了解。换作是其他人，或许会狠狠地责怪咒骂他们，但他并没有，因为他很清楚，这些人正是由于内心根深蒂固的封建迷信，才会如此不近人情地背叛了他。

当他们刚踏上这趟征程时，明确知道自己的目的地，士气高昂，可他们的胆量是和与目的地之间的距离成正比的。离威伦瓦兹山越来越近，他们的勇气也一天天逐渐减少。直到未知的恐惧即将击垮他们最后一丝理性时，他们就仓促地落荒而逃了。

在埃里克眼里，他们带走了他所有的补给物资以及步枪和弹药，是非常卑鄙可耻的行为。但他却没有意识到，这同时说明，在他们看来，这次探险注定只是徒劳，他早晚都会丧命的。

埃里克知道，他们断定他是没有希望的了，在这种情况下，把食物留给他也是浪费，倒不如带着回家的路上自己吃。同样地，凡人的武器也抵御不了威伦瓦兹山里可怕的鬼魂，把上等的步枪和大量的弹药都留给他去抵御灵界的敌人，完全是暴殄天物。所以，与其把这些物资留在这里浪费，还不如让他们通通带走。

埃里克默默地站了好一会儿，望着山坡下的丛林，想着他曾经的手下正在那丛林深处匆匆忙忙地往回赶。如果现在出发，他或许还能赶得上他们，可万一赶不上，就会孤身一人被困在丛林里，那还不如独自留在威伦瓦兹的山坡上。

他转过身来，望着面前崎岖的高山，心想，自己为了实现目标已经走了这么远，成功或许就在那锯齿状的地平线后面等待着他，现在可坚决不能半途而废。再多坚持一天或者一周的时间，就有可能在这险峻的群山中揭开那传说中失落的部族的秘密。若能再多坚持一个月，毫无疑问，就绝对足以证明那些恐怖的传言是没有事实依据的。埃里克相信，一个月的时间足够让他明确地探索到适宜人类居住的区域，他希望最好能在那儿找到传说中的部落废墟或坟墓。对于像埃里克这样一个训练有素又有智慧的男人来说，如果传说中这失落的部族曾经真实存在过，那至少可以找到模糊的记忆中发霉的遗物和断裂的尸骨。

思考片刻，这个年轻人便做出了决定。他当即转身回到自己的帐篷里，将仅剩的几样必需品装进一个轻便的背包中，然后把手枪和弹药带装在身上，再一次踏上了征途，前往威伦瓦兹山脉探秘。

除了那把手枪外，埃里克还随身携带了一把猎刀。山腰上植被稀疏，他用刀从一棵矮树上砍下了一根粗壮的树枝，当作登山杖，以备不时之需。

走着走着，他遇到了一条小溪，清冽的溪水不仅让他神清气爽，还缓解了他的口干舌燥。饥肠辘辘之下，他扣上了手枪的扳机，希望能打到一些猎物来充饥。不一会儿突然窜出一只野兔来，埃里克一击即中，此时他不由得额手称庆，自己先前用在练习轻武器上的时间可算没有白费。

他就地生起火来烤野兔，饱餐一顿后点燃了烟斗，惬意地躺在地上，边抽烟边做着打算。依照他的性格，是不会轻易因为暂时的逆境就灰心丧气的，同时他也下定决心，不能因为兴奋而操之过急。他知道，接下来的日子会无比艰苦，时时刻刻都应该保存体力。

这一天，他从早到晚都在攀登，有时为了安全起见宁可绕远路，几乎用上了以前积累的所有的登山知识，时不时也停下来休整一下，养精蓄锐。当他朝着最高的山脊进发时，夜幕降临了。那是他在山脚下能看到的最高的顶峰了，在这山脊背后的是什么，他无法想象,但经验告诉他,前方还有更多崎岖的山脊和险峻的山峰在等待着他。

他把自己裹在一条从营地带来的毯子里,躺在地上休息。山下传来远处丛林里隐隐约约的声音——豺狼的狂吠和狮子的咆哮,都因为长距离而变得微弱了。伴随着这些声音,他渐渐进入了梦乡。

将近清晨时分,他被一阵豹子的吼叫声给惊醒了,但这次却不是从山下遥远的丛林里,而是从附近山坡上的某处传来的。他知道,对他来说,这个野蛮的夜行者构成了真正的威胁,甚至是他不得不面对的最大的威胁,此刻要是他的重型步枪还在身边就好了。

不过,他也并不是很担心,毕竟,那头豹子是来猎杀他或是来攻击他的可能性微乎其微。但为了预防万一,他还是用前一天晚上收集的干柴生起了篝火,用来保护自己。夜晚变得有些冷,他围着火堆坐了一会儿,感到身上暖和了不少。

他一度以为自己听见了火光附近的黑暗处有野兽在行走的声音,但却并没有看到黑暗中有动物眼睛的光亮,那个声响随后也就消失了。不一会儿,他就又睡着了,再次醒来时已经天亮了,昨晚的篝火燃烧得只剩下了一堆余烬。

饥寒交迫中,埃里克又孤独地从他简陋的营地出发了,在饥饿的不断敦促下,他的双眼始终寻找着食物。这一带的地形对他这样一个经验丰富的登山者来说,并非难事,一想到这座山脊的背后可能就有山峰在不远处等待着他,这种期待就像是灯塔吸引着航海者一样,令他兴奋得甚至暂时忘记了饥饿。

吸引着探险者不断前进的,总是下一座山脊的顶峰。那后面究竟藏着什么样的风景呢?热切的探险者一旦征服了它,能揭开什么样的秘密呢?结合当下的判断和以往的经验来看,他敢肯定,

埃里克的征程 | **011**

一旦越过了这座险峻的山脊,看到的不过又是另一座类似的山脊而已。但在下一个地平线上,总会悬挂着新的希望,像一座闪着光亮的灯塔,隐秘地照亮了探险者内心虚构出来的渴望,而正是他的想象力,将这些虚构变成了现实。

当埃里克终于翻越艰难险阻,站到山脊的顶端时,向来冷静理智的他,也变得无比紧张激动。展现在他眼前的,是一片绵延起伏的高原,零零星星地散布着几棵被风吹得东倒西歪的矮树。正如他所料,远处又是另一座山脊,但由于薄雾而显得模糊不清。在他和那些远山之间的是什么呢?他现在所看到的地形与他预期中的完全不同,一想到面前有探索和发现的无限可能,他就不由得心跳加速。目光所及之处,只有在非常遥远的前方才有高耸的山峰,在它们之间一定还有许多引人入胜的沟壑和山谷——全都是人迹罕至的原始荒野。

埃里克热切地一路向北,跨越这片高原,浑然忘记了自己的饥饿与孤独。这片土地起伏平缓、岩石密布、贫瘠干枯,才走了一英里路,他的内心就升起了顾虑:现在看来,在通往远山的路上,景色很可能一成不变,既不吸引人,也不能提供食物。

正当他因为这些念头开始感到气馁时,突然注意到前方的地形隐约有些变化。然而这其实只是一种假象。远处的群山仿佛凭空升起一般,就好像他们之间什么东西都没有。他感觉自己仿佛是隔着一片内陆海,在眺望着远方朦胧的海岸线——其实是一片内海似的荒原,因为到处都不见一滴水的迹象——突然间他停下了脚步,惊愕不已。他所站之处,这片慵懒的高原戛然而止,在他的脚下,是一个巨大的深渊,一直延伸到遥远的群山——就像举世闻名的科罗拉多大峡谷那样非凡。

但是这里有被侵蚀的迹象,这是两者之间显著的差异。死气

埃里克的征程

沉沉的岩壁上，风吹水蚀、痕迹斑斑，天然花岗岩紧贴在峡谷的岩壁上，状似各种各样的塔，从下往上耸立着，再远处就是广袤无垠的峡谷，从他所处的高度看起来，简直像一张低矮的台球桌。眼前的景象让他陷入了惊叹和敬佩之中，宛如进入了催眠状态，埃里克从一开始迅速地扫视，到后来慢慢地将这一壮阔的景色尽收眼底。

在他脚下大约一英里处，就是低洼的大峡谷谷底。他面朝北站着，可以看到峡谷延伸到相当远的距离——远到不可估量。他想着，一路向东可以到达最边缘的崖壁，但是从他站立的位置却看不到整个峡谷的西面。然而，他知道，他所看得见的峡谷自东向西延伸至少有二十五到三十英里。差不多在他的正下方，是一片巨大的湖泊或沼泽，几乎占据了整个峡谷东端的大部分面积。他可以看见蜿蜒的流水穿过一片似乎是芦苇生长的地方，靠近北岸的地方有一座很大的岛屿。三条小溪，像蜿蜒的丝带，流入湖里；远处还有另一条丝带，可能是一条路。峡谷的西边树木茂密，而在森林和湖泊之间，他好像还看到了正在吃草的动物。

山下峡谷里的景象又重新燃起了这位探险家的高度热情。毫无疑问，这里就隐藏着威伦瓦兹山失落的部族的秘密。

大自然巧妙地运用令人叹为观止的悬崖作为天然屏障，再加上山外居民的无知和迷信，一同守护着这个秘密，现在谜底已经被揭开。

在他目所能及的范围之内，悬崖近乎垂直，完全无法下山。然而，他知道自己必须找到一条路，通往那个引人入胜的山谷。

他沿着峡谷的边缘缓慢移动，试图找到立足点，不论多么微小，大自然总有放松戒备的地方。差不多已接近晚上了，他只前进了没多远，所到之处都被连绵不断的悬崖峭壁包得严严实实的，陡直的崖壁约有一千英尺高，人类完全无处落脚。

当他好不容易在花岗岩壁上发现一道狭窄的裂缝时，太阳已经完全落山了。上方母岩的碎片掉落下来，填满了部分缝隙，这样至少在崖顶附近，有落脚点可以让人向下爬。但天色已晚，黑暗中他无法确定这条危险崎岖的下山路到底有多远。

埃里克能看到，自己脚下的悬崖像阶梯状的城垛一样，高达一千英尺，假如这条狭窄的裂缝能延伸到下一级阶梯，那么接下来的路将会比现在动弹不得的困境要轻松不少——尽管还有一千英尺长的下坡要攀爬，但崖壁上的岩石比第一个落脚点更为破碎，因此，这位经验丰富的登山者或许能借机找到一些可以利用的下坡路。

随着夜幕降临，饥寒交迫的他坐了下来，凝视着脚下的一片漆黑。不久，随着夜色渐黑，他突然看见远处竟然有一道亮光在闪烁！然后，一道又一道的亮光开始闪烁，想到这代表着下面有人类的存在，他就抑制不住地激动起来。在那个沼泽般的湖泊里，他看到有许多火焰在闪闪发光，而那个他认为是岛屿的地方也有许多光亮。

是什么样的人生起了火？他们会是友好的还是敌对的？他们会不会也是非洲人部落？或者他们就是传说中失落的部族里的白种人，正在那神秘诱人的火光中烹煮晚餐？

等等，那是什么？埃里克竖起耳朵听，捕捉到身下黑暗的深渊里传来的一丝微弱的声音。尽管微乎其微，几乎听不清楚，但他确信没有听错——那是人类说话的声音。

现在，山谷里又传来了野兽的尖叫声，紧接着又是一阵咆哮，如同雷声从远处轰隆隆地传来。伴着这些声音，埃里克终于抵挡不住倦意，昏然入睡，暂时摆脱了寒冷和饥饿。

到了早晨，他从附近的矮树上收集了木柴，升起火堆来取暖。自从他到达山顶以来，这么多天都没有吃过食物。脚下一英里外的峡谷底部有一片苍翠的草地，除了那儿有猎物之外，四处都没有任何活物的迹象。

他清楚地知道，自己急需食物，并且越快越好，但只有脚下一英里外才有。如果要想在峡谷周围寻找一条更容易的下山之路，他知道他可能得走一百英里或更远的路才能找到，当然也有可能得原路返回。他确信自己能在筋疲力尽之前到达威伦瓦兹山外坡脚下，并捕捉到猎物，但他从来没有想过要原路返回，他的脑海里从未出现过失败这一概念。

他在火堆前暖了暖身子，转过身去查看岩壁上的裂缝。他站在悬崖的边缘，日光下，能够看见那条裂缝向下延伸了大约好几百英尺，然后就突然消失了。但崖壁是微微倾斜的，并不是完全垂直，所以这条裂缝未必就到这里结束了。

从他所站的地方可以看到，裂缝中有些地方比较容易落脚，尽管一旦下去可能就很难再攀爬上来了。因此他知道，万一他沿着这条裂缝下降到现在看到的末端的位置，发现没有路可以再往下爬时，就会陷入动弹不得的困境。

尽管他感觉自己如同往常一样身强体壮、精力充沛，但他心里非常清楚，事实是完全相反的。他的体力一定在不断地衰退，而且如果继续花费大量的精力爬下悬崖，并且没有任何食物来恢复体力，只会衰退得更快。

即便是像埃里克这样自信热情的年轻人，他的下一步举动也无异于自取灭亡。若是换作别人，仅仅有试图从这样高耸陡峭的悬崖上爬下来的想法就够疯狂了，但在其他山上，埃里克总能找到爬下悬崖的办法。如今，他把希望全都寄托在这条狭窄的裂缝上，只能靠着它通往山下未知的世界。正当他准备从悬崖边缘向下爬时,突然听见背后传来了脚步声。他迅速转身,拔出了手枪对准来者。

Chapter 3
人猿泰山遇险

小猴子从树顶上一路连蹦带跳、叽叽喳喳，激动地落到人猿泰山的膝盖上。而此时，泰山刚饱餐了一顿自己捕杀的猎物，正背靠一棵大树舒展四肢，惬意地躺在粗枝上休息。

"黑人来了！黑人来了！"小猴子拼命尖叫着。

"安静，安静！"泰山说，"你才是整个丛林里最令人讨厌的，比所有的黑人都讨厌。"

"他们会杀了小猴子的！"小猴子激动地喊道，"他们清一色全都是黑人，连一个白人都没有！"

"小猴子总以为所有人和动物都想杀了它，"泰山说，"可这么多年过去了，它依然活蹦乱跳的。"

"母狮、猎豹、公狮和蛇，还有黑人，他们都想吃掉可怜的小猴子！"小猴子哭诉道，"小猴子当然害怕啦！"

"别担心，小猴子，"泰山安慰道，"泰山不会让任何人动你一根毫毛的。"

小猴子催促道:"泰山快去看看!快去杀了他们!小猴子不喜欢黑人!"

泰山不慌不忙地起身,嘴里说着:"我去,我去。小猴子可以跟着一起来,也可以躲到树顶上去。"

"小猴子才不怕他们!"小猴子叫嚷道,"小猴子要和人猿泰山并肩作战!打倒黑人!"说着就跳到泰山的背上,用胳膊牢牢挂住他古铜色的脖子,小心翼翼地躲在他身后窥探前方,不安地在他宽阔的肩膀上转来转去。

泰山敏捷地在树林里飞跃荡走,悄无声息。突然,小猴子在某个地方看见了黑人,不一会儿,泰山也看到,身下丛林的小路上零零散散地走着几十个土著人。他们都背着大大小小的行囊,其中有几个还扛着步枪——泰山一眼就认出,这些装备一定是属于某个白人的。

这位丛林之王向他们打了声招呼,令他们吓了一跳,不由得停下脚步,胆怯地望着他。

"别害怕,我是人猿泰山。"泰山一边安抚他们,一边轻巧地从树上跳下来,站到他们之间。但与此同时,小猴子却发疯般从他的肩膀上跳了起来,惊慌失措地逃窜到远处一棵高高的树上去,全然忘记了不久前夸下的海口,坐在那儿喋喋不休地抱怨着。

"你们的主人在哪儿?"泰山问道。

这群非洲人只是盯着地面,默不做声。

"你们的主人埃里克在哪儿?"泰山继续问道。

一个身形高大的土著站在他旁边,局促不安。"他已经死了。"他含含糊糊地说。

"他是怎么死的?"泰山追问道。

人猿泰山遇险 | 019

那个人又犹豫了一会儿，最终回答说："一头曾经被他打伤的公象杀死了他。"

"那他的尸体在哪儿？"

"我们没有找到。"

"那么你们怎么知道他是被一头公象杀死的？"泰山质问道。

"我们并不知道，"另一个土著开口说，"他离开了营地后就再也没有回来。"

"当时那附近有一头大象，我们就认为他是被它给杀死的。"高个子补充道。

"你们在说谎。"泰山一口断定。

"我来告诉你真相吧，"又一个土著站出来说道，"我们的主人登上了威伦瓦兹山的斜坡，触怒了那儿的亡灵，被他们给抓走了。"

"我来告诉你们什么是真相！"泰山怒气冲冲地说，"你们背叛了你们的主人逃跑了，扔下他孤身一人留在森林里！"

"我们实在是太害怕了，"那人回答说，"我们警告过他，千万不要登上威伦瓦兹的山坡，我们恳求过他一起回去，可他就是不听我们的，最后就被那些鬼魂给带走了。"

"那是多久以前的事了？"泰山问道。

"六七天，或者是十天以前吧。我记不清楚了。"

"你们最后一次见到他是在哪儿？"

这些人便开始七嘴八舌地描述他们最后在威伦瓦兹山坡上扎营的准确位置。

"走吧，回到你们的村子里去！如果你们的主人有什么三长两短，我会去乌兰比部落找你们，让你们受到惩罚！"说完，泰山就直奔威伦瓦兹山的方向，从树林里摇荡开去，消失在这些沮丧的土著人眼前。而小猴子则厉声尖叫着，飞快地穿梭在树林里，想要追上他。

从他和埃里克队伍里这群逃兵的对话来看,泰山确信,这个年轻人是被他们背叛抛弃了,而且极有可能正独自循着他们的脚步一路追上来。

由于不了解埃里克,泰山万万没想到这个年轻人会继续前行,独自深入未知可怕的威伦瓦兹山,反而认为他会采取更小心谨慎的方式,设法尽快追赶上他的手下。坚信着这一点,泰山沿着探险队来时的踪迹一路追寻过去,期待着随时能与埃里克相遇。

这一计划大大降低了他行进的速度,但即便如此,他也比那群土著人的速度要快得多。在他见到埃里克探险队里那群逃兵后的第三天,他就到达了威伦瓦兹山脉的山坡上。

由于地面上的踪迹都被一场狂风暴雨给冲刷殆尽了,导致他费了很大的劲才找到他们最后抛弃埃里克逃跑的地方。但当他最终找到那个早已被吹倒的帐篷时,却全然不见埃里克的踪影。

在丛林里没有任何关于这个年轻白人的身影,也没有任何迹象表明他正在追寻着他的逃亡部队。泰山不得不推断,如果埃里克还活着,现在一定正独自面对着未知的危险,身陷威伦瓦兹山这座神秘的堡垒里,下落不明,生死未卜。

"小猴子,"泰山说道,"白人有一种说法,当你徒劳地寻找某样东西的时候,就好像是在大海捞针一样。小猴子,你相信我们在这座巍峨的高山里,能找到我们想要的那根针吗?"

"我们快回家吧!"小猴子催促道,"快回我们温暖的家里去!这儿狂风大作,越往山上去越冷,小猴子根本没有容身之地!"

"小猴子,无论如何,我们都要去那里。"

小猴子抬起头,望着前方狰狞崎岖的高山,说道:"小猴子害怕!猎豹的巢穴就是在那种地方!"

泰山没有说话，斜向西面朝着山上进发，希望能找到一点埃里克留下的蛛丝马迹。泰山一路沿着与那群土著人来时相反的方向追踪过去。然而，他真正的意图是，到达山顶后，如果到那时候也找不到埃里克的踪影，就直接向东转，朝相反的方向，去更高处继续寻找。随着他不断前进，山坡也变得更加陡峭崎岖，直到靠近山体西侧的某一处，他遇到了一个高耸得近乎垂直的障碍物，底部有不少从高处坠落的松散的巨砾，他只得摇摇晃晃地沿着它穿过去。山下零零散散地分布着灌木丛和矮树，与峭壁近乎垂直地生长着。

泰山小心翼翼地沿着陡峭的山坡前进，全神贯注寻找埃里克可能留下的踪迹，全然不理会其他事情，以至于完全没有注意到，远处的山坡下，有一群武士正躲在树丛里注视着他。小猴子通常和它的主人一样警觉，一有什么风吹草动都能敏锐察觉到，但现在也没有留意到这些人的存在。小猴子很不高兴，因为它不喜欢这么大的风。它仔细打量着沿路稀疏的矮树，只嗅到了猎豹的踪迹。小猴子这一路上都胆战心惊，时不时抬头留意上方的岩脊，担心猎豹会突然从上面跳下来吃掉它。

现在他们来到了山坡上一段特别危险的路，右手边是陡峭的悬崖，左手边是万丈深渊。泰山不得不将身体紧贴着悬崖的花岗岩壁，脚踩着岩架上松散的碎石瓦砾前行。就在不远处的前方，悬崖一角耸立在半空中。泰山想着，也许越过那个轮廓鲜明的崖角就能轻松一点，可如果越来越难，恐怕就得被迫折返了。

当泰山爬到最狭窄的地方时，脚下踩着的小石块突然松动，他瞬间失去了平衡。而与此同时，小猴子以为泰山要掉下悬崖了，便尖叫着从他的肩膀上一跃而起，正是这一跳，让猿人的身体彻底失去了平衡。

人猿泰山遇险 | 023

下面的山坡虽然不完全垂直，但也异常陡峭。就算没有小猴子那一跳将泰山推向外面，他也无疑会从山坡上滚下去。就像现在这样，泰山头朝下，一路在松散的碎石上翻滚下去，直到撞上山坡上迎风生长的矮树，被挡住才停了下来。

小猴子顿时吓坏了，惊慌失措地狂奔向它的主人，在泰山耳边不断地尖叫，又拉又拽，想要叫醒他。然而泰山只是静静地躺在那儿，一小股鲜血从太阳穴上的伤口流出来，渗入他那一头蓬乱的黑发里。

正当小猴子在呜咽的时候，那群躲在暗处观察着他们的武士迅速爬上山坡，向小猴子和他无助的主人走来。

Chapter 4

深入悬崖谷底

　　埃里克一转身,发现身后一个持着步枪的黑人正在向他走来。

　　"高布拉!"这个白人惊呼道,放下了手里的武器,"你怎么会在这里?"

　　"主人,"武士回答道,"我不能抛弃您,不能留下您独自面对这些山野孤魂,不能让您独自在他们的手里死去。"

　　埃里克难以置信地看着他,问道:"高布拉,既然你相信这山中有鬼魂,那你就不怕他们把你也杀了?"

　　"主人,我心甘情愿,视死如归!"高布拉回答说,"我不明白为什么您能连着活过两个晚上都没被他们杀死,但今晚我们两个肯定都会没命的。"

　　"既然你都清楚,那为什么还跟着我?!"

　　那人回答道:"主人,您和您的父亲都对我太好了。当时队伍里的人都在谈论关于这座山的恐怖传说,我被吓得和他们一同逃跑了，但现在我回来了！在那种情况下，我也实在是无能为力。"

"的确，高布拉，万一遇到魔鬼，无论是你还是我，都无能为力。但其他人遇到魔鬼时，却都选择了逃跑。"

"高布拉和其他人不一样，"武士自豪地说，"高布拉可是巴托罗人！"

"没错，高布拉是一名勇敢的武士！"埃里克说道，"我不相信鬼神，所以我没有理由害怕。但是你和你们部落的人都相信有鬼魂，所以，你能回来实属勇气可嘉。但我是不会留你的，高布拉，你和其他人一起回去吧。"

"真的吗？"高布拉迫不及待地欢呼道，"主人您要回去吗？那真是太好了，高布拉同您一起回去！"

"不，我要去下面那个峡谷。"埃里克指着悬崖的边缘说道。

高布拉顺着他手指的方向朝下张望，登时瞠目结舌，惊得说不出话来。

"可是，主人，这陡峭的崖壁上完全没有地方可以落脚。即便人类能找到办法从这悬崖峭壁上爬下去，可那儿正是威伦瓦兹山的中心，一旦到达谷底，肯定会立刻就被住在那儿的失落部族的鬼魂给杀死的！"

"高布拉，你不必跟我一起下去，"埃里克说，"快回到你们的部落里去吧。"

"那您打算怎么从这悬崖上下去呢？"这个黑人问道。

"我也不知道该如何、在何地、在何时才能从这悬崖上攀援下去。现在我只能沿着这条裂缝尽可能地爬下去，走一步是一步，说不定再往下能找到别的方法。"

"可万一除了这条裂缝之外,没有其他任何立足点了怎么办？"高布拉问。

"我会找到垫脚石的。"

高布拉却摇了摇头,说:"主人,就算您能顺利到达谷底,就算被您说中了,那儿确实没有鬼魂,或是那些鬼魂没有杀死您,那您又该怎么从那里出来呢?"

埃里克耸了耸肩,向他伸出手来,微笑着说:"再见了,高布拉。你是个勇敢的人。"

高布拉并没有同他主人握手,只是淡淡地说了一句:"我和您一起去。"

"尽管你知道,就算我们能活着到达谷底,我们也可能永远都回不来了,但你依然愿意同我一起去?"

"是的,主人。"

"高布拉,这我就不明白了。你害怕鬼魂,我也知道你希望回到自己的部落里去,和你的同胞们待在一起。那既然我都让你回家去了,你为什么还坚持要跟着我呢?"

高布拉回答说:"主人,我曾宣誓过要效忠于您。而且,我可是巴托罗人。"

"谢天谢地,感谢上帝派来你这位巴托罗勇士,"埃里克说道,"上帝一定知道,我需要有人帮助,才能顺利抵达峡谷底部。而且,高布拉,我们必须尽快到达谷底,否则会被活活饿死的。"

"我带了食物来,"高布拉这才想起来,"我想您一定会饿的,就给您带了一些您平时爱吃的东西。"说着,打开了他随身的小包,拿出几条巧克力棒和几包压缩食品,这些都是埃里克曾经放在他的应急物资里的。

对于饥肠辘辘的埃里克而言,高布拉贴心为他准备的这些食物,就犹如《圣经》故事中上帝赐予以色列人的馈赠一般,他迫不及待地狼吞虎咽起来。埃里克已经处在极度饥饿的边缘,现在一下子恢复了体力，内心如释重负，满怀憧憬、愉快乐观地开始继续向峡谷之下进发。

高布拉家族的祖祖辈辈都是丛林里的原住民，但一想到他的主人即将要踏入的可怕深渊，他仍然不由得胆战心惊。而同时他又坚定不移地追随着埃里克，履行自己忠诚的誓言，捍卫部落的荣誉，丝毫没有流露出内心强烈的恐惧。

沿着裂缝一路向下爬，似乎比原本看起来的要轻松一些。上方滚落的碎石填塞了部分缝隙，从而有了足够便于落脚的地方，只有少数几处需要互相帮助才能爬过去。也正是在这时，埃里克才意识到，高布拉的回归，对他而言是多么幸运。

当他们终于到达裂缝的底部时，他们发现自己正位于裂缝的外开口处，与崖面保持齐平，距离悬崖边缘已有几百英尺远。这是埃里克位于悬崖上方时看不到的地方，也正是一直令他颇为担忧的地方，因为这条路很有可能到这里就难以再继续前进了。

埃里克匍匐在裂缝底部松散的碎石上向外边缘爬去，他发现，这里距离下一级阶梯还有约一百英尺的峭壁，不由得倒吸一口凉气。看来，他们要想原路返回，恐怕是完全不可能的了。他们沿着裂缝攀援下来就已经极其艰难了，要想踩着这些岩砾再爬上去，就更是异想天开。

既然已经不可能再重新爬上去了，两人又都面临着饥饿，那就只能硬着头皮继续往下爬。埃里克肚子紧贴着岩壁，眼睛盯着裂缝的外缘，指示高布拉紧紧抓住他的脚踝。他缓慢地向外边挪动，直到能看清下一级阶梯的整面悬崖。

他尽量将身体向外探去，看到距离他所在位置的几英尺处，裂缝又再次向悬崖的底部敞开了，终点处是一块巨大的岩石，牢牢地嵌在裂缝中间，完完全全填满了那个部位。

自从他们从山顶上往下爬开始，这条裂缝就不断地迅速变窄，到他现在所处的这块岩石上，只剩下了两三英尺宽，并且在接下来的几百英尺也基本保持着这个宽度，一直到达下面相对较低的地面上。

他想着，如果他和高布拉能够钻进这道裂缝里，他们就能用身体紧贴着崖壁，从而安全顺利地向下度过剩余的路程。但问题是，他们该如何利用手头上现有的工具，翻越这块阻挡了去路的岩石，然后再向下几英尺爬回到裂缝里？

埃里克伸出他粗糙的登山杖，向岩石碎片的边缘探索。当他全力将手臂伸到最长时，登山杖的末端刚好能够着他所躺的岩石底部的下方。如果让另一个人抓住登山杖的那一端，或许可以纵身一跃，将他甩入岩石下方的裂缝里。但这需要杂技般的壮举才能完成，而他和高布拉都是远远做不到的。

这种情况下，要是有一根绳索就好了。埃里克想着，叹了口气。在仔细打量过这条裂缝后，他确信这条路是行不通的了，只好默默地往回挪动，但完全不知所措，想象不出该如何是好。

高布拉紧紧蜷缩在裂缝里，听到埃里克提议的冒险尝试，吓得魂飞魄散。一想到岩石外缘是万丈深渊，他就不寒而栗，四肢发软；而想到他可能不得不跟着埃里克沿着边缘爬过去，更是禁不住瑟瑟发抖。然而，若埃里克执意要翻越这块岩石，他也会舍命跟他一起。

这个白人静静地坐了很久，苦思冥想。目光所及之处，他一而再再而三地仔细检查了裂缝形成的每一个细节，但视线最终都回到了他们正坐着的这块巨石上。他觉得，若没有这块牢牢嵌在裂缝里的障碍物，他们就能在通往下一级阶梯的路上畅通无阻，但他也知道，只有用炸药才能挪动这块沉重的花岗岩板。岩石的背后零零散散地分布着大小不一的碎片,当他再次将目光转向这些碎石时,猛然间灵光一闪。

"高布拉,快来!"他喊道,"快帮我把这些碎石挖走。这是逃脱这个困境的唯一希望了!"

"好的,主人!"高布拉回答道,紧接着加入埃里克,跟他一起行动起来,尽管黑人并不明白,他们为什么要捡这些石头。他们把堵住裂缝的碎石挖出来,向巨石外面扔出去,有些石块还很重,搬起来颇为费劲。

埃里克听到扔下的石头猛烈撞击在山下的岩石上发出的巨响,感到乐在其中。沉迷于这种声响的他更加卖力地挖起石头来,乐此不疲地往悬崖下抛去,而且更热衷于挖一些体积较大的石块,享受着大石头相互撞击的巨响带来的乐趣。

"现在看来,我们有希望能成功!"过了没多久,埃里克便说道,"我们应该能成功,除非我们这么挖石头,导致上方的整座岩石松动而滑落下来——若真发生那种情况的话,高布拉,我们就再也见不到传说中那个神秘的失落的部族了。"

"是的,主人!"高布拉说着,抬起一块异乎寻常的大石头,向裂缝的边缘外推出去。"天哪!主人,快看!"他指着石块被搬走的地方惊呼道。

顺着他所指的方向,埃里克看到了一个与人的头部差不多大小的空洞,通往他们下方的裂缝。

"谢天谢地!"这个白人兴奋地高喊,"高布拉!就像蚱蜢是你们部落的图腾一样——这条路简直是我们的救世主!"

于是两人匆匆忙忙地行动起来,把长时间以来嵌在裂缝里,将它堵得严严实实的碎石挖出来,不断扩大这个洞口。当岩石不断从山上滚落,发出响亮的撞击声时,一个高大挺拔的武士正站立在一艘独木舟的船头,远远地漂在沼泽湖面上,抬头望着不断坠落的岩石,并呼唤他的战友们,让他们注意。

他们可以清楚地听到坠落的碎石撞击到裂缝底部的岩石发出的回响,几个眼尖的武士甚至还能看见埃里克和高布拉抛下的许多较大的石块。

"这面悬崖马上就要塌了!"一个武士说道。

"只是一些小石子而已,"另一个武士说,"用不着大惊小怪。"

"但这种情况只有在大雨之后才会发生。"第一个武士又说,"所以这肯定是悬崖要倒塌的先兆!"

"或许是有恶魔住在峭壁上那条巨大的裂缝里!"又一个武士插进来说道,"我们赶紧去通知主人。"

"让我们拭目以待吧,"此时第一个武士却说,"万一有什么情况发生了再去通知他们也不迟。如果我们只是跑去告诉主人,悬崖上滚落下来一些岩石,肯定会被他们嘲笑的。"

埃里克和高布拉一直在不断扩大那个洞口,现在已经大到足以能让一个成年人通过。透过洞口,这个白人能看到,这条崎岖不平的裂缝一直延伸到下一级阶梯,并且确定,他们能轻松地沿着这条裂缝往下爬,顺利到达下一级阶梯。

"高布拉,这个洞每次只能允许一个人过,"埃里克说,"我登山经验丰富,所以我先下去。你要仔细观察,严格按照我的动作往下爬。这很容易,不会有危险的,你不用害怕。你要确保背部紧贴一侧的岩壁,双腿紧蹬另一面岩壁,一步一步向下。岩壁粗糙不平,我们向下爬的时候很有可能会被划伤,但只要小心谨慎,缓慢下降,我们就肯定能安然无恙地下山。"

"好的,主人。您先下去,"高布拉回答道,"我紧跟您的步伐,或许我也能做到。"

埃里克从洞口钻了下去，身体牢牢地紧贴在岩壁上，开始缓慢谨慎地向下挪动。不一会儿，高布拉就看到他的主人毫发无损地站在谷底了。尽管心已经提到了嗓子眼，但这个黑人还是毫不迟疑地跟随埃里克的脚步，开始往下爬。当他终于成功落地，站在埃里克身边时，他如释重负般长舒了一口气，引得埃里克大笑起来。

看见埃里克从裂缝中走出来，独木舟上的武士连忙喊道："那个就是魔鬼！"

独木舟漂浮在河道里，半隐藏在高大茂密的纸莎草丛后面，正好可以看到裂缝底部的平地。他们先看见埃里克从裂缝中走了出来，不一会儿又看到了高布拉的身影。

其中一个武士焦急地说："现在我们真得赶紧去通知主人了。"

"不，再等等！"第一个武士又开口道，"这两个家伙有可能是恶魔，但看起来也有可能是人类。我们先弄清楚他们的身份，以及他们的来意，再去通知主人。"

从裂缝底部出来，向东是约一千英尺长的斜坡，通往峡谷的底部，崎岖不平，但远比从裂缝中爬下悬崖要容易得多。从悬崖下降的过程中，他们能够看到远处的湖泊和山谷，但视野常常被大量风雨侵蚀的花岗岩完全阻挡，有时甚至难以看清脚下的路。一般说来，最容易攀援下来的路线，就是两座高耸的悬崖峭壁之间的山体，而在他们看不见山谷的同时，隐藏在湖面上的武士也看不到他们。

从悬崖下来走了三分之一的路，埃里克二人就来到了一片嶂谷的边缘，谷底郁郁葱葱，枝繁叶茂，毫无疑问地表明，这附近有丰富的水源。埃里克一路带领着高布拉往下走进峡谷里，在谷底他发现了一条小溪，潺潺流淌。他们在小溪边饮水止渴，并休息了片刻，随后又沿着溪流而下，一路畅通无阻。

很长一段时间，他们行走在狭窄的山谷里，视野一直被溪流两岸的参天大树阻挡，看不到湖泊和谷底。但当埃里克走到峡谷斜坡下的河谷时，还是不由得驻足欣赏眼前的美景，叹为观止。在他们的正下方，两条小溪流汇聚到一起，形成了一条小河。河流从斜坡上急剧而下，流入一片生机盎然的绿草地，在山谷里蜿蜒曲折地穿行约十英里，流向远处的大沼泽。

湖面上长满了羽毛状的水生植物，和岸边的草地浑然一体，满目苍翠，所以埃里克只能大致推测湖泊的面积。开阔的水域若隐若现，像迂回曲折的小径，在沼泽地里四面八方地伸展开去。

正当埃里克和高布拉驻足欣赏这个神秘新奇的世界时，独木舟上的武士也在凝神注视着他们。这两个陌生来客离他们还很远，无法辨认出他们的身份，但这群人中的首领却信誓旦旦地向武士们保证，这两个人不是恶魔。

"你怎么知道他们不是魔鬼？"其中一个武士质问道。

"我能看出他们是人类。"武士首领回答。

"魔鬼聪明强大，诡计多端，"那个持怀疑态度的武士不依不饶，"他们可以乔装成各种各样的东西，可能会变成小鸟，或者其他动物，甚至是人类！"

"他们又不是傻子！"武士首领不耐烦地说，"如果恶魔想要从悬崖峭壁上下来，为什么要选择最麻烦的方式？为什么不化作小鸟轻轻松松地飞下来？"

另一个武士一时语塞，窘困地挠挠头，不知该如何反驳。因为想不到该说什么好，他只得提议，立刻去向他们的主人汇报这一情况。

"不，再等等，"武士首领说，"我们先留在这里，等他们靠近，

深入悬崖谷底 | 033

最好能把他们一同带去见主人。"

刚一踏入这片茂密的草地，还没走几步，埃里克就发现，沼泽地里危机四伏，一旦陷进去就难以脱身。

两人挣扎着从沼泽里出来，埃里克便开始重新侦察地形，在谷底寻找更坚实的地面行走。但他发现，河流两岸的沼泽地一直延伸到悬崖脚下的最低处，相比之下，他们头顶上的悬崖显得格外高耸巍峨，但这些沼泽仍然是无法逾越的障碍。

如果重新登上峡谷，或许能找到更坚实的地面向西进发，但这一点他并不敢确定。况且，刚从峡谷上爬下来的他和高布拉都已经筋疲力尽了，如果行得通，他宁愿选择一条更容易到达湖岸的路线。

他发现，这条河流在此处的水流并不湍急，这个流速足以证明，河底应该没有淤泥。如果河水也不是很深，他们完全可以横跨这条河流，抵达湖泊。

为了验证这个想法是否可行，他率先踏入河里，一手紧紧抓住登山杖的一头，并让高布拉抓紧另外一头。他发现，虽然河水及腰深，但河底坚实稳固，可以通行。

"来吧，高布拉！我想，这条应该是我们通往湖边最近的路了。"他呼唤道。

当高布拉跟随主人潜入河中时，武士们也驾着独木舟，沿着纸莎草丛里的河道悄悄地靠近。他们快速无声地划着桨，朝河流注入湖泊的地方赶去。

随着埃里克和高布拉一路顺流而下，他们发现水深并没有明显增加。偶尔有几次，他们不小心被坑洼的河底绊倒，但游几下也就过去了，有些地方水面又突然变浅，仅仅没过他们的膝盖。终于，他们来到了湖边，但沿岸的纸莎草丛比水面高出了十二到十五英尺，完完全全挡住了视线。

"看来我们有希望成功，"埃里克说，"虽然沿岸好像没有坚实的土地，但我们可以踩在纸莎草的根上。如果我们能想办法到达湖的西岸，就一定能找到坚实的地面。因为在悬崖上下来的过程中，我看到远处有高地。"

他们一路小心翼翼地摸索前进，终于来到了纸莎草丛边。正当埃里克要踩着草丛坚实的根部爬上岸时，一艘独木舟突然从草丛后面漂了出来，满载一船携带武器的战士，将这两个人团团围住。

Chapter 5

巴格哥的村庄

卢科迪是巴格哥人,他们部落的村庄位于威伦瓦兹山脉西侧的斜坡下面。此时他正拿着一个葫芦,里面装满了牛奶,向村子里的一个小棚屋走去。

两个高大强壮的士兵正手持长矛,把守在小屋门口。"那育托派我来给俘虏送牛奶,"卢科迪说道,"他醒了吗?"

"你自己进去看吧。"其中一个哨兵指使他说。

卢科迪走进屋子,昏暗的光线下,他看见一个魁梧奇伟的白人坐在泥地上,正凝视着他。那个白人的双手被牢牢地绑在背后,双脚也被粗绳紧紧捆在一起。

"这是吃的。"卢科迪说着,把葫芦放到囚犯身边的地上。

"可你们把我的双手绑在身后,我怎么吃东西?"泰山质问道。

卢科迪挠了挠头,说:"我也不知道。那育托只派我来给你送吃的,并没有让我给你松绑。"

"把绳子剪开,"泰山说,"不然我没办法吃东西。"

门口的一个哨兵闻声,便走进小屋,问道:"他在说什么?"

"他说,让我们把他的手松开,否则他没办法吃东西。"卢科迪回答说。

"那育托叫你给他松绑了吗?"那个哨兵又问。

"没有。"卢科迪回答道。

哨兵听后耸了耸肩,说:"把葫芦留下,你就完成任务了。"

卢科迪正转身准备离开小屋,泰山连忙说道:"等等。那育托是谁?"

"他是巴格哥部落的首领。"卢科迪回答说。

"你去跟他说,我想见见他。还有,你告诉他,我的手被绑在身后,没法吃东西。"

半小时后,卢科迪回来了,手里拿着一条已经生锈的奴隶链,还有一把老旧的挂锁。

他对门外的两个哨兵说道:"那育托说,我们可以把他锁在房间中央的柱子上,然后就能把他手上的绳子剪断了。"

说完,三人便一起走进屋子。卢科迪把奴隶链的一头绕在房间中央的柱子上锁住,另一头穿过一个吊环,然后绕在泰山的脖子上,并用奴隶挂锁锁住。

"把他手腕上的绳子剪掉。"卢科迪指挥其中一名哨兵说。

"你自己动手,"那个哨兵反驳道,"是那育托让你做的,他可没吩咐我剪掉绳子。"

卢科迪犹豫不决,显然是有些害怕。

"别担心,我们就在旁边保护你,"两个哨兵同时说道,"我们有长矛,他伤害不了你的。"

"我不会伤害他的,"泰山说,"你们到底是什么人?你们又认

巴格哥的村庄 | 037

为我是谁？"

其中一个卫兵笑了，说："他难道不知道我们是谁吗？还明知故问！"

"没关系，反正我们知道你是谁。"另一个哨兵说道。

"我是人猿泰山，"这个囚犯说，"我和你们巴格哥人之间从来没有过节。"

方才说话的那个哨兵不禁又轻蔑一笑，嘲弄地说："那或许是你的名字。你们失落的部族的人名字都千奇百怪。也许你们跟巴格哥人没有矛盾，但巴格哥人跟你们有矛盾。"说完，他就笑着和另一个哨兵一起离开了。但年轻的卢科迪却留下了，显然是被泰山所迷住了，只是愣愣地站着，像看神祇一般凝视着他。

泰山拿过葫芦，喝起里面装着的牛奶，但卢科迪始终目不转睛地盯着他。

"你叫什么名字？"泰山问道。

"卢科迪。"这个年轻人回答。

"你从来都没有听说过人猿泰山吗？"

"没有听过。"年轻人又回答说。

"那你觉得我是什么人？"泰山继续问道。

"我们都知道，你是从失落的部族来的。"

"可我一直以为，失落的部族里的成员都是亡灵和鬼魂。"泰山接着说。

"那我们就不知道了，"卢科迪回答，"有的人这样想，有的人那样想。但你肯定清楚，毕竟你是他们中的一员。"

"我真的不是他们的人，"泰山说道，"我来自遥远的南方，但我听说过巴格哥人，也听说过失落的部族。"

"我可不相信你。"卢科迪说。

"我说的真的是实话。"泰山再次强调。

卢科迪挠了挠头,说道:"或许你的确是在说实话。你穿的衣服,还有我们在你身上搜到的武器,都和失落的部族的人用的不一样。"

"你见过失落的部族的人?"泰山问道。

"见过好几次,"卢科迪回答说,"每年,他们都会从威伦瓦兹山里的深处出来一次,与我们进行交易。通常他们会带来鱼干、蜗牛和铁,换取我们的盐、山羊和奶牛。"

"既然他们是来与你们进行和平交易的,你们也认为我是他们中的一员,那为什么还把我当成囚犯关起来?"泰山质问道。

"从一开始,我们就与失落的部族交战,"卢科迪回答说,"我们的确一年一度和他们进行交易,但他们永远都是我们的敌人。"

"那又是为什么呢?"泰山不解地问道。

"因为不知道从什么时候起,他们就会派许多武士来,掳走我们的男人、妇女和小孩,带回威伦瓦兹山里,有去无回。这些人就从此下落不明,很有可能都被他们吃掉了。"

"那你们的首领那育托准备怎么处置我?"泰山又问。

"我也不知道,"卢科迪回答说,"他们正在讨论这个问题。大家都希望你能被处死,但有些人又担心这么做会激怒已故的巴格哥人的亡灵。"

"你们杀了我,为什么会激怒巴格哥人的亡灵?"泰山不解。

"我们部落里的很多人都认为,失落的部族的人就是我们死后的亡魂。"卢科迪回答。

"卢科迪,那你是怎么想的?"泰山继续问道。

"当我看着你时,我认为你和我一样,都是血肉之躯。因此,当你说你不是失落的部族的人时,我相信你或许是在说真话,因为我敢确定,他们都是鬼魂。"

"但是,当他们与你们进行交易或是交战之时,你们难道分辨不出他们是人还是鬼吗?"

"他们无比强大,"卢科迪说,"他们可以乔装成血肉之躯,也可能化作蛇或是狮子的样子,所以我们没法确定。"

"那你觉得,他们讨论之后会打算怎么处置我?"泰山问道。

"依我看来,毫无疑问,他们会把你活活烧死,这样就能把你的肉体和灵魂一并销毁,以免你的鬼魂再回来打扰我们的生活。"

"你最近有见过其他白人,或是听到过任何消息吗?"泰山又问道。

"并没有,"年轻的卢科迪回答说,"许多年前,在我能记事之前,据说来过两个白人。他们自称不是失落的部族的人,但我们并不相信,就把他们处死了。我必须得走了,明天再给你带牛奶来。"

卢科迪走后,泰山开始仔细打量链条、挂锁和小屋中央的柱子,企图想办法逃出去。小屋是圆柱形的,顶上是一个圆锥形的草垛房顶。侧壁由几英寸高的木桩所组成,直立在地面上,桩子的顶部和底部分别用蔓生植物牢牢地固定住。房间中央的柱子则粗壮结实得多,四周有一圈橡子与侧墙顶部相连,将它牢牢固定在屋子中心。小屋的内部涂满了泥巴,显然都是被人先直接倒上去、然后再用手掌抹平的。对于这种常见的房屋结构,泰山很熟悉。他心想,自己或许可以把整个中心柱抬起来,然后把链条从底下取走。

当然,要想在不引起卫兵注意的情况下做到这一点,是非常困难的。况且,泰山也有可能因为与小屋中央的柱子离得太远,而举不起来。如果时间充裕的话,他还可以挖掘柱子周围的地基。但由于门口的两个警卫总是时不时探头进来,以确保一切正常,泰山很难做到挣脱枷锁而不被他们发现。

夜幕逐渐笼罩了这座村庄，泰山躺在坚实的泥地上舒展身躯，进入了梦乡。有一阵，他一直被村子里的嘈杂声吵醒，但最终还是迷迷糊糊地睡着了。突然间，他又被什么声音给惊醒了，也不知道刚才到底睡了多久。从孩提时代起，他就与各类野兽为伍，与它们一起生活成长，练就了一种本能，一旦醒来就能够迅速清醒，并进入所有感官完全调动的状态。现在就是如此，他立刻警觉地意识到，声音是屋顶上的某个动物发出的。不管是什么动物，反正它是在蹑手蹑脚地活动，但泰山想象不到，它接下来究竟要干什么。

村子里正在生火野炊，传来浓烈刺鼻的烟火气，使得泰山分辨不出屋顶上的动物发出的气味。他脑海里仔细回想了所有的可能性，为什么这个动物会出现在巴格哥人的茅草屋顶上。逐个排除后，他只能得出一个结论，那就是外面的这个动物正在想办法进来。它要么就是笨到不知道可以从门口进来，要么就是狡猾到知道要避开门口守卫的哨兵。

可为什么会有动物想要进入这个屋子呢？黑暗中，泰山仰面躺在地上，凝视着正上方的屋顶，思索着这个问题。正在此时，屋顶上露出一道缝，月光洒了进来。不管屋顶上的是什么动物，它一直在悄悄撕扯着茅草，把洞口越撕越大。洞口位于侧壁附近，是椽子间距最大的地方，但泰山不知道它是有意还是无意。随着洞口越来越大，泰山看清了那个动物在月光下的剪影，顿时笑容浮上了脸庞。现在他能看到那坚强的小手指在不断掰扯椽子间用于加固屋顶的桁条，在移除了几根之后，紧接着一个毛茸茸的小身体扭动着，从洞口挤进来，跳下来落到泰山的身旁。

"你是怎么找到我的，小猴子？"泰山小声问道。

"小猴子一路跟过来的，"小猴子回答说，"小猴子一整天都坐在村子里一棵高高的大树上,盯着这个地方等着天黑。人猿泰山,你怎么还待在这儿?你怎么还不带着小猴子一起离开?"

"我被链条锁住了,"泰山说道,"我走不了。"

"那小猴子回去把伟万里和佩带锋利长棍的黑猿找来帮忙。"小猴子说。

当然,小猴子并没有用人类的这些语言,但泰山完全能理解它用猿语所表达的意思。比如,它口中"佩带锋利长棍的黑猿"指的就是瓦兹瑞战士,而"伟万里"则是它自己创造的名字之一,但它和泰山之间都能相互理解彼此想要表达的意思。

"不行,"泰山说,"形势危急,就算我需要伟万里的帮助,他也没法及时赶过来帮我。小猴子,你先回到森林里去等我。或许我很快就能脱身了。"

小猴子嘟嘟囔囔,不愿意丢下泰山自己离开,它害怕单独待在这片陌生的丛林里。事实上,小猴子长期生活在惊恐之中,只有当它依偎在主人泰山的腿上,被他坚实的臂膀保护之时,才能感到安心。此时,门口的一个哨兵听见了屋里的动静,便探进身来视察。

"瞧!"泰山对小猴子说道,"你看你把警卫都给引来了。你现在最好乖乖照泰山说的做,趁他们还没把你抓走吃掉,赶紧离开这儿,回到森林里去。"

"你在跟谁说话?"哨兵探进头来问道。说话间,他听见有什么东西在黑暗中奔跑,一抬头看见屋顶上有一个洞口,几乎同时,他又瞥见一个黑影从那里窜了出去,"嗖"地一下消失了。"刚才那是什么?"他顿时紧张起来,不安地问。

"那个啊,"泰山回答说,"那是你们祖先的灵魂。他来告诉我,万一我有什么三长两短的,你们和你们的妻子、孩子都会相继病倒然后死去。他还说,这消息要让那育托也知道。"

哨兵顿时被吓得瑟瑟发抖。"快把他叫回来!"他恳求道,"告诉他,这件事与我无关。要杀你的不是我,是我们的首领那育托。"

"我可没办法把他叫回来,"泰山说,"所以,你最好还是去告诉那育托,不能杀我。"

"直到明天早上我才能见到那育托!"哨兵禁不住哀号起来,"到那时恐怕就已经晚了!"

"来得及,"泰山说道,"明天之前,你们祖先的灵魂还不会有什么行动。"

哨兵魂不守舍地回到门口,激动又害怕地与他的同伴谈论起这件事来。泰山听了不觉暗笑,不一会儿便又睡着了。

第二天上午,一直都没有人踏足泰山被关的小屋。直到很晚的时候,卢科迪才带着那个装满牛奶的葫芦来了,显得格外兴奋。

"奥冈约说的都是真的吗?"他问道。

"奥冈约是谁?"泰山反问。

"就是昨晚在这里守卫的一个哨兵。他告诉了那育托和全村人,说昨晚听见我们祖先的鬼魂和你交谈,那鬼魂说,如果我们敢伤害你,他就会杀光全村的人。现在所有人都害怕极了。"

"那育托也害怕了吗?"泰山问道。

"那育托天不怕地不怕。"卢科迪回答说。

"就连祖先的灵魂也不怕?"泰山又问。

"不怕。在所有的巴格哥人里,那育托是唯一一个不畏惧失落的部族的人。现在他非常生气,因为你吓坏了他的百姓,他今晚就要烧死你。你看!"说着,卢科迪伸手指向小屋低矮的门口,"看见他们正在摆放的木桩了吗?到时候你就会被绑在那里,男孩子们正在森林里收集干柴呢。"

泰山却指了指屋顶上的洞口，说道："你看，那个洞口就是奥冈约祖先的灵魂弄的。你去把那育托找来，让他亲自看看，或许他就会信了。"

"没用的，"卢科迪说，"就算他亲眼看见一千个鬼魂，他也不会害怕。他非常勇敢，但同时也很固执愚蠢。现在看来，我们大家都会没命的。"

"那是毫无疑问的。"泰山附和道。

"你能救我吗？"卢科迪问。

"如果你能帮我逃跑，我就向你保证，鬼魂不会伤害你的。"

"唉，要是我能做到就好了。"卢科迪说着，把装满牛奶的葫芦递给了泰山。

"你每天都只给我送牛奶，"泰山疑惑地问，"这是为什么？"

"我们这个村子里的人都属于布里索氏族，因此，我们既不喝黑母牛的奶，也不吃它的肉，只留给客人或俘虏吃。"

此时泰山无比庆幸，布里索氏族的图腾是一头乳牛，而不是一只蚱蜢或房屋顶上的雨水，抑或是其他宗族所崇敬的奇奇怪怪的物件。尽管泰山经过幼年时期的训练，已经能够接受将蚱蜢作为一种食物，但他还是更倾向于喝黑母牛的牛奶。

"我真希望能和那育托当面谈谈，"人猿泰山说道，"那么他就会发现，与其把我当作敌人，还不如与我做朋友。很多人都曾想杀我，包括很多比那育托更高级的酋长。我已经不是第一次被当作俘虏关在这样的小屋里了，也不是第一次有人准备用火堆来烧死我了。我到现在还活着，而那些想要处死我的人却全都死了。所以，卢科迪，快去告诉那育托，他应该把我当作朋友对待，我真的不是从威伦瓦兹山里失落的部族那里来的。"

"我相信你，"卢科迪说，"我这就去劝说那育托，但恐怕他是不会听我的。"

正当这个年轻人转身要走到小屋门口时，村子里突然传来了一阵骚动。泰山听到有男人在发号施令，还听到孩子的哭喊声和许多赤脚在坚实的土地上"咚咚"跺地的声音。紧接着，战鼓声四起，兵器铿铿作响，吼声震天。他还看见门口的哨兵立刻进入了战斗状态，冲去加入其他的战士，而门边的卢科迪却一边惊恐地哭喊着一边往里退缩。

"他们来了！他们来了！"他惊声尖叫着，蜷缩到小屋的角落里，止不住地浑身颤抖。

Chapter 6

被困神秘国度

埃里克注视着那些战士们的脸庞,他们身形高大、近乎赤身裸体,独木舟低矮的船舷上摆满了武器,全都对准他,而这些武器的特性一下子就引起了他的注意。

埃里克曾见过许多现代野人使用长矛,但现在他们手里的却与以往任何他所见过的都不一样。不同于非洲野人的普通长矛,他们手里的标枪看起来异常沉重,令人望而生畏,不禁让这位年轻的考古学家联想到了古罗马人所使用的长矛。旋即,他又看见战士们的左肩上斜挎着皮带,上面绑着的刀鞘里悬挂着短而宽的双刃剑,这又进一步证实了他们的武器与古罗马军团的相似性。埃里克断定,这种武器正是古罗马帝国军团使用的宽刃短剑,否则,他的考古研究可以说都是白学了。

"高布拉,问问他们到底想要干什么,"他吩咐道,"或许他们能听懂你说的话。"

"你们是什么人？你们要把我们怎么样？"高布拉用他们部落的班图方言问道。

"我们想和你们做朋友，"埃里克也用同样的方言补充道，"我们是特意来拜访你们国家的，请带我们去见你们的首领！"

此时，站在独木舟船尾的一个高大的黑人却摇了摇头，用一种陌生的语言说："我听不懂你们在说什么，你们是我们的俘虏了，我们要把你们带去见我们的主人。来，快上船。要是敢反抗或者捣乱，就杀了你们。"

"他们讲的语言真奇怪，"高布拉说，"我一个字也听不明白。"

埃里克的脸上却浮现出迷惑不解的神情，仿佛看到了一个已经死了将近两千年，但又突然起死回生的人一样，目瞪口呆地站在原地。

埃里克曾仔细学习研究过古罗马历史及其早已消亡的语言，但他现在亲耳听到并辨认出了活生生的拉丁语，却与他在古老陈旧的手稿中学到的相去甚远。

根据那个战士所说的话，他大致能理解他想要表达的意思。尽管语调变化听起来似乎和拉丁语一致，但他依然辨识出，这种语言是拉丁语和班图语词根的混合体。

早在学生时代，埃里克就常常把自己想象成一个罗马公民。他曾在论坛上发表演说，也曾在非洲和高卢地区参加作战时在军队中发表讲话，可如今当他不用再凭空想象，而是面对真真切切的罗马人时，这一切又是多么地不同。他说话的声音连自己听来都觉得奇怪，当他试着用凯撒大帝时期的语言对高个战士说话时，更是结结巴巴，犹豫不决。

"我们不是敌人，"他说道，"我们是以朋友的身份来拜访你们国家的。"说完便静静地等着，心想那个战士应该听不懂他说的话。

被困神秘国度 | **047**

"你们是罗马帝国的公民吗？"战士问道。

"不是，但是我们国家一直与罗马和平相处。"埃里克回答说。

那个战士听后不解地看着他，好像没有明白他回答的意思。"那你们就是从撒奎纳琉斯军营来的。"他的话里带着一丝火药味。

"不，我是从日耳曼尼亚来的。"埃里克回答。

"我从来没听说过有这个国家。我看，你肯定就是从撒奎纳琉斯军营来的罗马公民！"

"请带我去见你们的首领吧！"埃里克请求道。

"我也正有此意。上来吧，我们的主人知道该怎么处置你们。"

埃里克和高布拉爬上了独木舟，但是由于动作笨拙，差点把船弄翻，惹得船上的战士们非常反感，粗暴地一把抓住他们，迫使他们蹲在这艘脆弱的小船底部。独木舟掉了个头，继续沿着蜿蜒的河道划行，两岸是茂密的纸莎草丛，比水面高出了十到十五英尺。

"你们属于哪个部落？"埃里克向那个战士首领问道。

"我们是梅里军团的野蛮人，是东方皇帝奥古斯都的臣民。但是你问这些干什么？你们应该和我们一样心知肚明。"

沿着迂回的河道平稳地划行了半个小时后，他们来到了一排密集的小屋旁。这里的纸莎草高大的叶面已经被清理干净，刚刚好为五六间小棚屋腾出空间来。小棚屋都建在纸莎草的浮根上，组成了一个小村落。

一到这里，埃里克和高布拉就被团团围住，男人、女人和孩子们全都兴奋不已，好奇地张望着。从他们的对话里，埃里克还听到，那个武士首领把自己和高布拉描述成了从撒奎纳琉斯军营来的间谍，并且第二天他们就会被押往梅里城堡。他断定，武士首领常挂在嘴边的那个神秘"主人"，一定就在那个村庄里。尽管他们被这些黑人土著理所当然地当成了敌人,但并没有受到非常恶劣的对待。

当他们终于见到村子的酋长时,埃里克按捺不住好奇心,问道:"村子里的所有人看起来似乎都认为我们是敌人,既然如此,为什么没有人攻击我们呢?"

"你是罗马帝国的公民,而另一个是你的奴隶,"酋长回答说,"任何罗马公民,即便有可能来自撒奎纳琉斯军营,我们的主人也不允许我们的野蛮人伤害他,除非是出于自卫,或是在战争时期的战场上。"

"那你们的主人是谁?"埃里克又问。

"这还用问吗?我们的主人当然是居住在梅里城堡的罗马公民了。作为从撒奎纳琉斯军营来的人,你应该一清二楚。"

"但我真的不是撒奎纳琉斯军营的人。"埃里克坚持道。

"这话你还是留着对皇帝奥古斯都的手下说吧,"酋长回答说,"或许他们会相信你,但我肯定不会相信。"

"那些住在梅里城堡里的人也是黑人吗?"埃里克继续问道。

"来人,把他们带走,"酋长不耐烦地命令道,"把他们关进小屋里,派人看好,让他们自己去讨论那些只有傻子才会问的问题。我可不想再跟他们废话了。"

随后,埃里克和高布拉便被一群武士带走,领到了村子里的一间小棚屋里。不一会儿,有人给他们拿来了晚餐,有鱼、蜗牛,还有一盘水煮纸莎草。

第二天拂晓时,又有人给埃里克和高布拉端来了早餐,和他们前一天晚上吃的食物几乎一模一样。没过多久,他们就被叫出了屋外。

村前的河道上,泊了五六艘独木舟,上面满载着战士。他们

被困神秘国度 | 049

的脸上和身上都涂抹了作战文身颜料，并且似乎全都戴上了所有野蛮的项链、脚链、手镯、臂章和羽毛等华丽的装饰，整装待发。即便是独木舟的船头也用新鲜的颜料画上了不同寻常的图案。

战士人数众多，远远超过了这一小块空地上的小棚屋所能容纳的范围。不过，正如埃里克所知道的，这些战士都是从其他空地过来的，其中几个空地加起来组成了村庄。埃里克和高布拉被命令登上了酋长的独木舟，片刻之后，独木舟便缓缓离岸，向水中驶去。强壮的桨手推动着独木舟，沿着蜿蜒曲折的河道向东北方向前行。

前半个小时里，他们经过了几块小小的空地，每块空地上都有几座小屋，总有妇女和孩子们从屋里出来，走到水边看着船队划过。但在大多数时间里，河岸两边都被高大的纸莎草丛所包围，目所及处一成不变，单调乏味，只有偶尔会遇到几段比较开阔的水域。

埃里克一直试图与船里的酋长交谈，尤其想知道他们的目的地是哪里，以及他们即将被交给的"主人"又是什么人。但沉默寡言的战士始终无动于衷，碰了钉子的埃里克最后不得不乖乖放弃，闭口不言。

他们已经连着划行了好几个小时，酷热难耐，景致单一，几乎令人无法忍受。直到船队在前面拐了个弯，一小片开阔的水域才映入眼帘。水面对岸似乎是一片低洼地，地面上被一圈泥土壁垒所包围，顶上还竖立着坚实的栅栏。独木舟径直朝着两座高耸的塔楼驶去，那儿显然是防御土墙的关卡。

远远地，可以看到许多人影在关卡附近走动巡逻。独木舟船队刚一进入他们的视线，就响起了号角声，二十几个身影从关卡上冲出来，跑到河岸边集结。

随着独木舟逐渐靠近，埃里克才得以看清，这些人都是士兵。在其中一个士兵的命令下，船队在离岸约一百码的地方停了下来，静静地等候着。此时，船上的酋长向岸上的士兵喊话，表明自己的身份和此行的目的。随后，首领的独木舟便被允许通行，但其余船只被命令留在原地。

当独木舟靠岸时，一名看起来显然是下级军官的士兵命令道："你们待在原地等着，我已经派人去请百夫长了。"

与此同时，埃里克正惊奇地打量着岸边列队的士兵。他们上身穿着紧身制服和斗篷披风，脚上穿着凉鞋战靴，头戴盔帽，身披胸甲，还佩带着带长矛的古老盾牌和一把西班牙剑，全然都是凯撒军团的配置，活像一幅古老的画卷。只有他们的肤色掩饰了他们的真实身份。他们既不是白人，也不是黑人，但大多数人都是浅棕色的皮肤，五官端正。

他们似乎对埃里克并没有多少兴趣，总体上看起来漠不关心。那个下级军官向船上的首领询问了有关村子里的情况，都是些稀松平常的话题，没有什么特别之处。但在埃里克眼里，这却似乎体现出，纸莎草沼泽外偏远村庄里的黑人与本土显然更加文明的浅棕色皮肤的人之间，关系和谐友好。然而，唯独酋长的独木舟被允许靠岸，这表明他们之间有时也存在不愉快的关系。越过土墙，埃里克看到了建筑物的屋顶，而在建筑物的后面，远远地高耸着陡峭的悬崖，那是峡谷的另一端。

不一会儿，正对着他们泊船上岸的地方，又有两个士兵从关卡中出来了。其中一个显然是他们正在等待的军官，他的披风和胸甲都是用上等的材料制作的，并且装饰更加精致。而另一个则是普通士兵，跟在他身后离他几步远的地方，可能是被派去请他的通信兵。

而现在，自从埃里克越过悬崖峭壁的重重阻碍，进入这个时代错乱的小山谷之后，又一次出现了令他惊讶万分的事情——那个军官竟然是个白人，千真万确！

"卢芬纳斯，这些都是什么人？"他向那个下级军官问道。

"他们是从西岸村庄里来的蛮族首领和战士，"卢芬纳斯回答说，"他们在河崖边俘获了两名囚犯，特意带来。作为奖赏，他们希望能被允许进城并觐见皇帝。"

"他们有多少人？"军官又问。

"六十个人。"卢芬纳斯答道。

"让他们进城吧，"军官说，"我可以给他们放行，但是他们必须把所有武器都留在独木舟上，并且确保天黑之前出城。再派两个人跟着他们。至于觐见皇帝奥古斯都的事，我无权安排，他们可以自己到皇宫里去请示那里的行政长官。把囚犯带到岸上来。"

当埃里克和高布拉跨出独木舟时，这位军官的脸上瞬间流露出不可思议的神情。

"你是什么人？"军官问道。

"我叫埃里克·冯·哈本。"这个俘虏回答说。

军官听后猛地摇了摇头，不耐烦地反驳道："不可能！撒奎纳琉斯军营里没有这样的家族姓氏。"

"我不是从撒奎纳琉斯军营来的。"

"你不是从撒奎纳琉斯军营来的？"军官轻蔑一笑。

蛮族酋长一直在旁边默默地听着，此时也插进来说道："他也是这么跟我说的。"

"我猜，他接下来是不是要说，自己不是罗马帝国的公民了？"军官说。

"他就是这么告诉我们的。"酋长答道。

被困神秘国度 | 053

"不过，等等！"那个军官突然惊呼，"也许你的确是从罗马帝国来的！"

"不，我真的不是从罗马来的。"埃里克再次向他保证道。

"非洲怎么可能会有白种野蛮人呢！"军官大声喊道，"的确，你的衣着与罗马人的不一样。那么你肯定是个野蛮人，除非你没有告诉我真相，依我猜测你就是从撒奎纳琉斯军营来的！"

"说不定是个间谍！"卢芬纳斯提议说。

"不！"埃里克反驳道，"我真的不是间谍，也不是敌人，"旋即他又一笑，"我的确是野蛮人，不过，是一个友善的野蛮人。"

"那这个人又是谁？"军官指着高布拉问道，"你的奴隶？"

"他是我的仆人，不是奴隶。"

"跟我来吧，"军官命令道，"我要和你好好谈谈。虽然我不相信你说的话，但我发现你这个人还挺有意思。"

埃里克笑了笑，说道："这不怪你。即便亲眼看见你活生生地站在面前，我也难以相信你是真实存在的。"

"我不明白你的意思，"军官听了说道，"先跟我到营房里来吧。"

他命令手下暂时把高布拉押在禁闭室里，然后自己带着埃里克向城墙入口附近的一座塔楼走去。

垂直的大门与城墙形成直角，两侧各有一座高塔。城墙在此处向内弯曲，与大门内端的塔楼相连。这样就形成了一个弧形的入口，一旦有敌人试图闯入，就会被迫向城墙上的守卫士兵暴露出自己没有防备的一面。埃里克知道，这正是古罗马人特有的一种营地防御工事。

那个军官的营房是一个空荡荡的小房间，里面只有一张桌子、一条长凳和几把粗制滥造的椅子,几乎没有什么装饰,隔壁直接连着一个更大的房间,是给警卫队成员用的。

"坐吧,"待他们走进房间后,军官说道,"跟我说说关于你自己的情况。如果你不是撒奎纳琉斯军营的人,那么你到底是从哪里来的?你又是怎么进入我们国家的?你来这里要干什么?"

"我来自日耳曼尼亚。"埃里克回答说。

"呸!"军官气愤地大喊,"他们都是一群野蛮凶残的土著人,根本不会讲罗马的语言,甚至连你这蹩脚的罗马语还不如。"

"你最近一次接触到德意志野蛮人是什么时候?"埃里克问道。

"哦,我吗?我当然从来没有接触过,但是我们的历史学家都很了解他们。"

"那历史学家最近一次写到这些人是什么时候?"

"你问这些做什么?撒奎纳琉斯就在他的自传中提到过这些人。"

"撒奎纳琉斯?"埃里克继续问道,"我印象中从来没听说过有这个人。"

"撒奎纳琉斯曾在罗马历839年与日耳曼尼亚的野蛮人打过仗。"

"那已经是距今一千八百三十七年前的事了,"埃里克提醒军官说,"我想,你不得不承认,与那时候相比,日耳曼尼亚已经有了许多进步。"

"凭什么?"另一个人质疑道,"撒奎纳琉斯已经逝世一千八百多年了,从他生活的时代直到现在,我们这个国家就没有什么改变。既然罗马公民都没有变化,野蛮人又怎么可能会有很大的进步呢?你说你是从日耳曼尼亚来的,或许是作为俘虏被带到了罗马,并在那里接受了文化教育。但是你的衣着很怪异,罗马人不穿这样的衣服,我也没有听说有什么地方是穿这种衣服的。你继续讲你的故事吧。"

"我父亲是非洲的一名医疗传教士,"埃里克讲述道,"每当我去探望他时,都经常会听到一个传说,关于一个居住在深山里的失落的部族。当地土著间流传着许多稀奇古怪的故事,有关这个居住在威伦瓦兹山深处的白人部族。他们说,那个山里居住的都是他们祖先的亡灵。简而言之,我是来调查这个故事的。但当我们到达山外的斜坡时,我的手下们都吓坏了,纷纷丢下我叛逃了,只剩下最后那个仆人。当我们俩终于想方设法从悬崖上爬到谷底时,立马就被你们俘获,并带到了这里。"

那个军官听完沉默了片刻,静静地思索着。

"或许你的确是在说真话,"过了好一会儿,他才说道,"你的衣着和外表都不像是撒奎纳琉斯军营的。而且你说话的口音也很特别,显得非常吃力,显然我们这种语言并不是你的母语。我会把俘获你的事情向皇帝报告,但在此之前,我要先把你带到我的叔叔家去。他叫塞普蒂默斯·法沃尼乌斯,在皇帝奥古斯都面前有相当大的影响力。如果我的叔叔也相信你的故事,那就肯定能帮助你。"

"你真是太好了,"埃里克说,"如你所言,如果罗马帝国的风俗仍然在你们国家盛行,那么我就需要有一个朋友。既然你已经了解了很多有关我的事了,不如你也告诉我一些关于你自己的情况吧。"

"至于我,就没什么可说的了,"军官回答道,"我叫马里乌斯,是皇帝奥古斯都军队里的一名百夫长。如果你熟知罗马的风俗习惯,或许你会疑惑,为什么一个贵族只能担任百夫长的职位。但在这一点上,还有其他一些方面,我们与罗马的习俗不尽相同。撒奎纳琉斯准许他所有的百夫长都是贵族阶级,自此以后的一千八百多年里,就只有贵族才能被任命为百夫长。"

"这位是阿斯帕尔,"马里乌斯正说着,另一名军官走进了房间,"他是来换我的班的,一旦他接管了大门,我们就能去找我的叔叔法沃尼乌斯了。"

Chapter 7

威伦瓦兹鬼魂

人猿泰山惊讶地看着卢科迪,随后把头探出小屋低矮的门框,想要看看究竟发生了什么让这个年轻人内心如此恐惧。

从门框里,泰山只能看到外面村道的一小部分,那里正挤满了乱哄哄的浅棕色皮肤的人群、挥舞的长矛,还有惊恐万分的妇女和孩子。外面究竟发生了什么?

起初,泰山以为,卢科迪的意思是巴格哥人上门来抓他了。但现在看来,巴格哥人是自己遇到了麻烦。一番推断后,泰山得出结论,是其他野蛮部族正在袭击这个村庄。

但不管是由什么原因引起的,这场骚动很快就结束了。随即,他看到巴格哥人纷纷转身,四处逃窜,东躲西藏。许多奇怪的身影从他眼前闪过,穷追不舍。村子里一度稍稍平静了下来,只有匆匆忙忙的脚步声,时不时有人发号施令,偶尔还夹杂着恐惧的尖叫。

正在此时，三个身影破门而入——是敌军士兵在搜查村庄，来追捕逃犯了。卢科迪被吓得浑身瘫软，结结巴巴，正蜷缩在小屋最里面的角落，瑟瑟发抖。而被牢牢锁住的泰山则背靠房间中央的柱子，气定神闲地坐着。一看见他，领头的士兵便一下停住了脚步，脸上流露出不可思议的表情。他的同伴们也大吃了一惊，赶紧聚拢过来，激烈地讨论了片刻，显然是关于这个重大发现。不一会儿，其中一个士兵开口向泰山发问了。尽管听不懂他们在说什么，但泰山隐约意识到，这种语言有种似曾相识的感觉。

紧接着，另一个士兵发现了正蜷缩在角落里的卢科迪，便走过去把他拖到屋子中央。随后，他们又再次开口向泰山发话，示意他朝门口走去。泰山于是明白，他们是在命令他离开小屋，但他没有回答，只是伸手指了指脖子上的锁链。

其中一名士兵上前，仔细检查了链条上的挂锁，与他的同伴交谈几句后，转身离开了屋子。不一会儿，他便拿着两块石头回来了。他让泰山躺在地上，并把挂锁放在其中一块石头上，然后手拿另一块石头"砰砰"地砸下去，没几下便将锁头砸开了。

一解开锁链，泰山和卢科迪便被命令离开了屋子。待他们走到外面的空地上，泰山才得以有机会更仔细地打量俘获他们的人。在村子的中央，大约有一百来个浅棕色皮肤的士兵，正围着一群男女老少，约有五十个人左右，都是刚被他们劫持来的巴格哥村民。

泰山心里清楚，这些入侵者身上穿戴的短袍、胸甲、头盔和凉鞋，都是他以前从未见过的，然而就像他们所使用的语言一样，隐约有种说不清的、似曾相识的感觉。

他们清一色手持沉重的长矛，右侧腰间佩带着刀剑，全然不像他所见过的任何矛或剑，但他依然隐约感觉到，这些东西对他来说并不是完全陌生的。这些陌生人的出现，着实令人心潮澎湃。

这样的情况在生活中屡见不鲜。我们常常会在经历某事之后立马涌现出一种熟悉的感觉，信誓旦旦地认为自己曾真切地体验过这些细枝末节，但却无法回忆起具体的时间、地点或任何与之重合的事件。

这正是泰山切切实实正在体验到的感觉。他觉得自己曾经见过这些人，觉得自己曾经听见过他们说话，甚至一度认为自己能听懂他们的语言，而同时，又心里清楚，自己与他们素未谋面。紧接着，一个身影从村子的另一头向他走来——一个白人，衣着与战士们类似，但装饰更加华丽考究。泰山恍然大悟，一下子揭开了谜底。来者很有可能正是从罗马康塞巴托里宫殿美术馆里尤利乌斯·凯撒雕像的基座上走下来的人！

他们都是罗马人！在罗马帝国覆灭一千年以后，他竟然被一帮罗马军团的士兵们俘获了。现在他总算明白了，为什么他对这种语言感到如此的似曾相识。原来，为了能在文明世界里获得一席之地，以备不时之需，泰山曾经努力学习过很多东西，其中就包括拉丁文。但仅仅通过粗略地阅读凯撒评注和维吉尔的作品，并不足以掌握这门语言，因此，泰山既不会说也听不懂拉丁语。他对这门语言只是略知一二，当听到别人讲拉丁语时，难免会觉得耳熟。

泰山凝视着这个神似凯撒的白人向他走来，仔细打量着他身边黝黑壮实的军团士兵，突然感到全身一阵颤动。这一定是在做梦！但紧接着，他又看到了卢科迪和其他巴格哥俘虏，还看到为了烧死他搭建起来的火刑柱。他这才知道，这一切的一切，连同他身边奇奇怪怪的士兵，都是真实存在的。

每个士兵手里都拿着一小段的链条，链条其中一端是一个金属项圈和一把挂锁，他们正在快速地把这些链条套在每个俘虏的脖子上,将他们一个个连接起来。

正当这些白人士兵忙着给俘虏们上锁时,另一个白人走了过来,看起来显然是位军官,旁边还跟着两个衣着近似的白人。三人一瞥见泰山,便立即上前对他进行盘问,但他只是摇摇头,表示听不懂他们说的话。他们只好转向那几个在小屋里发现他的士兵,一番询问之后,那个长官下达了一些关于如何处置泰山的指示,便转身离开了。

最终,泰山没有和其他俘虏锁在一起、与他们排成一列,但还是再次被戴上了铁项圈,毫无疑问,每根链条的末端都在一名军团士兵手里紧紧握着。

泰山只好认为,他之所以能享受这种优惠待遇,是由于自己的肤色。因为,这群白人军官显然不愿意把另一个白人同胞同黑人锁在一起。

当这群入侵者带着俘虏离开村庄时,其中一名军官和十几个军团士兵走在队伍最前头。紧随其后的是按纵列排成长队的俘虏们,由另一名军官和几个卫兵陪同,其中许多俘虏还被迫提着作为战利品一部分的活鸡。在俘虏们的后面,还跟着另一队士兵,边走边赶着从村子里掳来的母牛、山羊和绵羊。而在第三个军官的指挥下,大部分的军团士兵都跟在队伍的最后,组成大后方部队。

大部队浩浩荡荡沿着山脉底部进军,一路向北,目前正在斜行横穿威伦瓦兹山脉西侧的上坡。

泰山排在所有俘虏队伍的后方,恰巧卢科迪也正走在队伍的末尾。

整支队伍已经平定下来,开始稳步前进后,泰山抓紧机会问道:"卢科迪,这些都是什么人?"

"这些人就是威伦瓦兹山里的鬼魂。"这个年轻的巴格哥人回

威伦瓦兹鬼魂 | 061

答说。

"他们是来阻止我们杀害他们的同胞的，"此时，另一个俘虏插话道，同时意味深长地盯着泰山，"我就知道，那育托不应该劫持他。我就知道，这会给我们带来灾祸。不过，幸好这群鬼魂在我们杀死他之前就来了。"

"这又有什么区别呢？"又一个俘虏说道，"我宁可在自己的村庄里遇害，也不愿意被那些鬼魂带到他们的领土上再杀死。"

"或许他们并不会杀了我们呢？"泰山提醒说。

"你是他们中的一分子，他们当然不会杀你。但他们却肯定要杀死巴格哥人，因为我们竟然敢劫持你。"

"但他现在也被他们当作俘虏了，"卢科迪反驳道，"你们难道看不出来他不是他们中的一员吗？他甚至都听不懂他们的语言。"

但其他俘虏只是摇了摇头，显然并不买账。他们已经下定决心，坚信泰山和这群鬼魂就是一伙的，并且任何事情都无法动摇这一信念。

连续行进了两个小时之后，队伍突然向右急转，进入一个岩石嶙峋的狭窄山谷中。峡谷的入口被乔木和灌木丛遮蔽得严严实实，若是站在下面的斜坡上，从任何角度都不可能看到这个入口。

随着队伍在峡谷中不断前进，两侧的岩壁迅速变窄，窄到只有一个人双臂伸直的宽度。地面上布满了从悬崖峭壁上坠落的花岗岩块，凹凸不平，荆棘密布，让人难以落脚，大大降低了队伍的行军速度。

大部队继续不断前进，泰山渐渐意识到，尽管他们在不断往山里深入，但峡谷的走向并不是上升的，而是向下倾斜的。两侧的悬崖在头顶上越来越高，直到他们被黑暗完全包围，而在远处，星星正在晨空中闪闪发光。

沿着死气沉沉、幽暗曲折的峡谷，他们走了好长时间。突然间，队伍停了下来。短暂地休息了一两分钟后，又重新出发，泰山看到远处有一面人造的实心砌体墙，至少有一百英尺高，完全阻断了整个峡谷。走在他正前方的人，正在排队穿过墙上的拱门。当轮到泰山穿过门洞时，他发现门边有士兵把守，衣着外貌都与俘获他的士兵类似，而门后紧跟着另一扇巨大的手工凿制的木门，用以加强防卫，正敞开着准许这支队伍通过。

泰山看见，在他面前有一条陈年小道，通往一片茂密的森林。森林里布满了巨大的橡树，还零星点缀着其他品种的树木，其中，泰山能认出金合欢、各种各样的梧桐树以及一些雪松。

在通过门洞后不久，主管军官便一声令下，让所有人停在了一个布满锥形棚屋的小村庄前。村子里居住的都是黑人，他们不仅外形与巴格哥人不同，而且还佩带着与军团士兵类似的长矛和刀剑。

士兵们立刻开始着手在村子里安营扎寨，当地人纷纷把自己的小屋让出来，拱手交给这些士兵，但从他们脸上的表情可以看出，显然都是极其不情愿的。这些军团士兵肆意妄为，强行夺取任何他们想要的东西，并俨然一副征服者的权威和自信，任意摆布原本拥有这些小屋的当地人。

在村子里，这些俘虏每人只领到了一些定量的玉米和鱼干作为口粮，而且身无蔽所。不过他们被允许去收集枯枝来生火取暖。于是，他们只好围坐在火堆边，每个人的脖子上依然锁着链条。

泰山抬起头来，看见众多奇怪的鸟类在树枝间飞来飞去，还有无数的猴子在"吱吱喳喳"，喋喋不休。不过，对于人猿泰山来说，猴子并不新奇，他则是饶有兴趣地注视着俘获他的士兵，打量着他们的行为方式和风俗习惯。

威伦瓦兹鬼魂 | 063

忽然间，一颗橡子落在了泰山的头上，但是鉴于橡树上经常会有橡子掉落，他也并没有在意。直到第二颗、第三颗橡子接连不断地从树上掉下来，每一颗都不偏不倚地砸在他的脑袋上，他这才抬起头，发现一只小猴子正坐在他头顶正上方一根低矮的树枝上，朝他扔橡子。

"啊，小猴子！"泰山惊呼起来，"你是怎么找到这儿来的？"

"我看见他们把你从黑人的村子里带走了，于是就一路跟了过来。"

"小猴子，你也是从峡谷穿过来的？"

"小猴子害怕悬崖上滚落的岩石，害怕会被砸得粉身碎骨，"小猴子回答说，"于是便爬到了山顶，沿着悬崖边缘翻山过来，远远地还可以听见白人和黑人沿着悬崖底部行进的脚步声。而在那高高的悬崖上，狂风大作，猎豹的足迹遍地都是，还有大狒狒在追捕我！小猴子又冷又怕，万幸的是，跑到悬崖尽头时，终于看到了远处山下的丛林。这座山陡峭险峻，即便是小猴子都怕它三分，幸好后来找到了安全下山的路。"

"小猴子，你最好赶快跑回家去，"泰山说道，"这片森林里到处都是奇怪的猴子。"

"我才不怕！"小猴子拍着胸脯说，"它们是小猴子的同类，它们都畏惧小猴子。这些小猴子相貌平平，远不如小猴子这么俊美可爱，而且小猴子还看到，已经有一些母猴子向自己投来了赞赏的目光。这个地方对于猴子来说倒也还不错。对了，人猿泰山，这些陌生的白人究竟要对你做什么？"

"我也不知道。"猿人对小猴子说道。

"那小猴子这就回去，把伟万里和瓦兹瑞战士们带来。"

"不，"泰山说，"先等我找到我们正在寻找的那个白人，然后你再回去通知伟万里。"

那天晚上，泰山和其他的俘虏只好露宿在外，在坚硬的地面上席地而卧。待到天黑之后，小猴子便从树上爬下来，紧紧依偎在它主人宽阔的臂膀里。小猴子就这样躺了一夜，心满意足地靠在他最爱的这个白人身边安然入睡。

第二天黎明时分，同其他巴格哥人一起被俘获的奥冈约醒了，于是他睁开眼睛，开始环顾四周。他看见营地里的士兵们也刚刚睡醒，营地渐渐热闹起来，还有一些士兵正从他们强占的小屋里走出来，而其他俘虏则紧紧挤作一团，相互取暖。在他们的不远处，躺着一个白人，正是他的首领那育托最近派他在村子里关押的那个犯人。正当他的目光停留在这个熟睡中的白人身上时，他忽然看见一只小猴子的脑袋，从这个白人环抱着的臂弯里冒了出来。他看到这只小猴子朝着正从小屋里走出来的军团士兵瞟了一眼，然后迅速敏捷地蹦跳到附近的一棵树上，旋即消失在头顶上方茂密的枝丫中。

奥冈约顿时惊恐地尖叫起来，一下子惊醒了躺在他旁边的其他俘虏。

"奥冈约，发生什么事了？"其中一个俘虏惊呼道。

"那是我祖先的鬼魂！"他不禁惊叫起来，"我又看到他的鬼魂了！他从那个自称叫泰山的白人嘴里跑了出来。我们囚禁了这个白人，所以他给我们下了诅咒。如今我们自己成了囚犯，很快就会被杀死然后被吃掉。"其他俘虏听了，只是点了点头表示同意，神情严肃。

俘虏们拿到的早餐和他们前一晚吃的食物类似，待所有人和军团士兵都吃完后，队伍开始继续前进，沿着尘土飞扬的小道，一路向南。

他们一路风尘仆仆，缓慢而艰难地向南进发，沿途还经过了好几个类似于他们昨晚露宿的村庄。直到中午时分，队伍突然转向，径直朝东面走去，转入一条与主干道相连的道路。不一会儿，泰山看到，在他面前，路的两侧森林茂密，尽头高耸着一座城墙，顶上围着栅栏和城垛。在正前方处，这条路向左偏转，开始进入城墙外围，随后穿过一道大门，两侧矗立着高耸入云的塔楼。城墙的底部有一条宽阔的护城河，河水缓缓流淌，河上横跨着一座桥，与这条路在城外相交。

队伍在到达城墙大门时停了下来，主管军官派了一个士兵，前去与守城的长官商谈。没过多久，军团士兵和俘虏们便被放行了。穿过城门后，泰山惊讶地发现，在他面前所展现的，并不是一个由土著小屋组成的村庄，而是一座由众多大而结实的建筑物所组成的城市。

城门附近有几幢灰泥粉饰的平房，泰山发现，屋顶的上方高高耸立着树叶，显然，房子中间肯定还围着一个内庭院。但远远地，沿着一条长长的林荫大道望去，他还看到有一座宏伟气派的建筑物的轮廓，正矗立在路的尽头。

队伍沿着林荫道一路前进，他们陆续看见路边和房屋门口都聚集着许多人——有棕色皮肤的，还有黑色皮肤的，尽管许多黑人近乎赤身裸体，但其余大多数人都身穿束腰上衣和斗篷。城门附近的建筑物都是一些商店，但随着他们不断向前走，这些建筑物都逐渐被居民住宅所取代。住宅区绵延了相当长的一段距离，直到他们来到了另一个新的地段，似乎专门用于修筑高档商店和公共建筑。在这里，他们才渐渐开始看到白人的身影，不过白色皮肤的人占总人口的比例似乎很小。

路人看见他们经过，都不禁停下脚步来，好奇地打量着这些军团士兵和他们的俘虏。在十字路口处，聚集起了一小群人，其中还有不少人跟在他们后面走着，不过大多数都是小男孩。

泰山明显发现，是他自己吸引了大量的注意力，人们似乎都在对他评头论足。其中一些路人还向军团士兵喊话，都得到了他们和善的回答，还有相当多的人在戏谑打趣——泰山揣测，很有可能，这些都是以牺牲不幸的俘虏为代价的玩笑。

还没等队伍在这座城市中穿行多久，泰山便推断出，黑人居民多半是仆人，甚至是奴隶；棕色皮肤的人都是军团士兵或商店老板，而白人则是豪门贵族或官僚阶级。

待所有人都进城后，队伍便开始向左拐弯，转入另一条宽阔的大道。不一会儿，他们便来到一座巨大的圆形建筑前。整幢建筑物由花岗岩块凿成，拱形门洞的两侧分别矗立着典雅的圆柱，层层叠叠，高达四五十英尺。除了第一层以外，上方所有的拱门都是中空的。透过这些门洞，泰山可以看到，里面的围场并没有屋顶，而且与罗马斗兽场有明显的相似之处。于是他便猜测，这堵高墙里围着的是一个竞技场。

当他们走到建筑物的另一侧时，队伍的排头便转过方向，从一个低矮宽敞的拱门下面走进去。在建筑物的一楼，他们被指引着穿过一道道走廊，沿着花岗岩台阶走入一个阴暗的地下室。在那里又是一条长长的走廊，左右两端都消失在无尽的黑暗中，走廊两侧是一整排狭窄的门廊，每个门口都悬挂着沉重的铁门。俘虏们三三两两地被解开脖子上的锁链，然后被命令走进门后的地牢里。

泰山和卢科迪以及另外两个巴格哥人一起，被关在一间狭小的牢房里。整个牢房完全由花岗岩石块建成，除了他们进来时那个狭窄的栅格门洞，仅有的缺口便是门对面墙上一个装着格栅的小窗，透过窗户勉强传进来一丝光亮和新鲜空气。门外的栅栏"砰"地一下被关上了，并"咔哒"一声锁上了沉重的挂锁，只留下这群无助的俘虏，不知道将面临怎样的命运。

Chapter 8
梅里城堡

梅里城堡是一个海岛城市,此时,在南城墙上守城长官的营房里,军官马里乌斯带着埃里克走了出来,并召唤一名士兵,命令他去把高布拉带来。

"埃里克,你跟我一起去我叔叔家做客吧,"马里乌斯提议道,"我以众神之王朱庇特的名义担保,假如我没猜错的话,我叔叔法沃尼乌斯一定会感谢我,给他带去这么一个惊喜的发现的。我的叔叔经常喜欢宴请宾客,早已耗尽了梅里城堡所有可供选择的方案,正愁缺乏新鲜事物呢。他曾邀请过一位西部丛林里的黑人首领作为晚宴的贵宾,甚至还邀请过梅里城堡的贵族们前去看一头大猩猩。

"他的朋友们要是见到一个来自日耳曼尼亚的蛮族首领,一定会欣喜若狂的——你是野蛮人的首领,对吧?"正当埃里克要开口回答时,马里乌斯用一个手势止住了他,"算了,不管了!我就介绍你为蛮族首领。如果我不知道有任何的不同,那就不能被指控为作伪证。"

埃里克顿时意识到,在这个世界上,无论任何时间、任何地点,人性都何其相似。想到这里,他不禁淡然一笑。

"你的奴隶来了,"马里乌斯又开口说道,"作为法沃尼乌斯的客人,你必须得有仆人可以使唤。但毫无疑问,你一定希望能带自己的贴身男仆。"

"的确,"埃里克说,"高布拉一直忠心耿耿,我也不愿意与他分开。"

马里乌斯一路带领他们来到城墙里面,城墙下方有一长排倚墙而建的棚屋,里面有两个轿子,还有许多高大魁梧的搬运工人。一看到马里乌斯出现,八个搬运工人立刻跑回到他们的岗位上,围着其中一个轿子前后站好,然后把轿子从棚子里抬出来,稳稳地摆在他们的主人面前。

"如果你最近去过罗马,那么你来说说看,我的轿子和现在罗马贵族所使用的相比,谁的更好?"马里乌斯问道。

"马里乌斯,你要知道,现在的罗马变化之大,早已不是你们历史学家撒奎纳琉斯笔下的那个罗马了。即便是告诉你其中最小的一个变化,恐怕你也不会相信我。"

"但是,轿子的样式肯定不会有太大的改变,"马里乌斯争辩说,"而且我敢肯定,贵族阶级一定还在使用它们。"

"他们的轿子现在已经装上轮子了。"埃里克说道。

"简直不可思议!"马里乌斯不由得惊呼起来,"若是给轿子装上牛车的大木轮,在崎岖不平的人行道和乡间小路上颠簸时,绝对是一种折磨。不,埃里克,这次我恐怕没法相信你的故事。"

"如今,城市里的路面都很平整,乡村公路也宽阔平坦、四通八达。现代的罗马公民用的轮胎又小又软,这样一来,轿子就能够快速地在这些道路上飞驰——马里乌斯,它们与你心里所想的牛车的大木轮截然不同。"

说话间,这名军官向搬运工们一声令下,他们便敏捷地操作起来。

"埃里克,我敢向你保证,我们的轿子绝对是整个罗马国家里速度最快的。"他引以为豪地吹嘘说。

"我们现在前进的速度有多快?"埃里克问道。

"每小时至少八千五百步。"马里乌斯回答说。

"如今,对于有轮子的轿子来说,每小时五万步的速度也稀松平常,"埃里克说道,"我们管它们叫汽车。"

"你一定会引起轰动的!"马里乌斯一边欢呼,一边满意地拍着埃里克的肩膀,"如果法沃尼乌斯的客人不认可我的这个重大发现,就让众神之王朱庇特赐死我吧!你告诉他们,如今罗马的轿夫速度之快,能达到每小时五万步。他们一定会称赞,你是整座梅里城堡有史以来所出现过的最了不起的艺人和撒谎高手。"

埃里克听后不以为意,温和地笑了。"但是,我的朋友,你不得不承认,我可从来没有说过是轿夫可以每小时跑五万步。"他提醒马里乌斯道。

"可是,难道不是你信誓旦旦地说,现在的轿子能跑这么快的吗?要是没有搬运工人的话,轿子怎么能自己前进呢?或许现在的轿子都是由马拉的,但这世上哪有一小时能跑五万步的马?"

"马里乌斯,现在的轿子既不是由马拉,也不是由人抬的。"埃里克解释说。

这位军官往后一仰,靠在轿厢的软垫上,捧腹大笑。"那我猜,他们是用飞的吧!"他戏谑地说道,"看在大力神赫拉克勒斯的分上,你一定要把这个故事再给法沃尼乌斯讲一遍,我保证他肯定会喜欢你的。"

他们正沿着一条宽阔的林荫道不断前进,路的两边古树环绕。这条大道的路面是未经修整的泥地,路面上积满了灰尘,一旦有人经过,就会尘土飞扬。两侧的房屋紧紧沿着道路边缘而建,相邻房屋之间的空隙完全被高墙堵住。这样一来,道路两边都呈现出一面连续不断的坚实砖墙,偶有拱门、重门和装满栅栏没有玻璃的小窗,才露出一丝缝隙来。

"这些都是居民住宅吗?"埃里克指着路边不断后退的建筑物问道。

"没错。"马里乌斯回答。

"从厚重坚实的大门和装满栅栏的窗户来看,我猜测你们的城市里应该是不法分子泛滥成灾了吧?"埃里克发表意见说。

马里乌斯摇了摇头,否认道:"事实恰恰相反,我们梅里城堡几乎没有罪犯。你所看到的这些防御工事是用来对抗奴隶起义或蛮族入侵的,以防万一。自从建城以来,曾发生过几次这样的事件,于是我们便建立起了防卫设施,谨防这样的灾难再次发生。但尽管如此,家家户户即使是在晚上也很少锁门,因为没有盗贼会闯入,也没有罪犯威胁我们百姓的生命安全。如果一个人做出了伤害他同胞的行径,才能有理由等别人拿凶器来报复他。但若问心无愧,他完全不用担心会受到攻击,可以心安理得地生活。"

"我还是无法想象,偌大一个城市,竟然几乎没有罪犯,"埃里克又说,"这你该如何解释呢?"

"这很简单,"马里乌斯答道,"罗马历953年,当乌纳思·哈斯塔发动起义并建立梅里城堡时,西方的撒奎纳琉斯军营里罪犯横行,要是没有全副武装的保镖陪同,根本无人敢在夜晚出门,甚至连自己家里都不安全。鉴于此,东方的第一个皇帝乌纳思·哈斯塔便郑重承诺,誓要让梅里城堡没有任何罪犯,还颁布了严厉的法令,将所有盗贼和凶犯都赶尽杀绝,严惩不贷。事实上,哈斯塔所制定的法律,不仅处死了罪犯本人,还包括他所有的家庭成员,从而避免了道德败坏的父辈向子孙后代传输犯罪倾向的危害。

"尽管当时有不少人认为,哈斯塔是一个残酷的暴君,但随着时间的流逝,事实证明,他颁布的许多法案都是非常英明的。并且,多亏了哈斯塔的严刑峻法抑制了罪犯的滋生,我们才得以免受犯罪分子之扰。现在很少有人会偷窃或肆意杀人,一旦发生便是重大事件,届时全城都会放假,前去观看那个罪犯及其家人被行刑。"

说话间,他们转入了另一条大道,路两边的房屋看起来更加富丽堂皇。轿夫停在了一座装饰华丽的大门前,随即马里乌斯和埃里克也从轿子上走了下来。马里乌斯一声令下,一个奴隶便赶紧上前,为他们打开大门,于是埃里克便跟随着他的这位新朋友,穿过铺着瓷砖的前院,来到了一个内花园。树荫下,一位身体健壮的老人正坐在一张低矮的书桌前写字。埃里克顿时感到兴奋不已,因为他注意到,这个人正在使用的,是古罗马墨水瓶、芦苇笔和羊皮纸卷。一切都是如此自然,好像它们并没有在一千年前消失一样。

"叔叔,好久不见!"马里乌斯大喊道。当那个老人转向他们时,他开口说道:"我给您带来了一位客人。自从建城以来,梅里城堡绝对没有招待过这样的客人。叔叔,这位是埃里克,一位野蛮人首领,来自遥远的日耳曼尼亚。"说完,他又立即转向埃里克介绍道:"这位就是我尊敬的叔叔,法沃尼乌斯。"

法沃尼乌斯随即起身,亲切地问候了埃里克。然而,他的言谈举止中依然流露出一种下意识的威严,暗示着一个野蛮人,即使尊为蛮族首领和客人,在现实社会中也不可能与罗马公民平起平坐、相提并论。

马里乌斯简略地叙述了他和埃里克相遇的前因后果。法沃尼乌斯听后,对他的侄子大加赞赏,非常赞成邀请埃里克前来做客。紧接着,在这位老人的建议下,马里乌斯便带着埃里克去自己的套房里更衣打扮。

一个小时后,埃里克刮了胡子,换了衣服,穿着打扮俨然一个年轻罗马贵族的样子,从房间里走了出来。他刚刚使用的房间,连同毗邻的卧室,都是马里乌斯豪华套房的一部分。

"你先下楼到花园里去吧,"马里乌斯说道,"等我穿戴整齐,就去那里与你碰面。"

在通往花园的途中,埃里克一路穿过了法沃尼乌斯的整座豪宅。在这里,多种文化风格的房屋建筑与室内装饰奇妙融合,令他印象深刻,颇受震撼。

整幢建筑物的墙壁和柱子都遵循了最简洁的希腊式建筑风格,而地毯、帷幔和壁画装饰却明显是受到了东方文明和野蛮非洲色彩的影响。他可以理解其中夹杂着的非洲蛮族格调,但许多装饰中的东方设计却让他百思不得其解。因为,显然,好几个世纪以来,除了居住在附近的巴格哥野蛮人,这个失落的部族与外部世界根本没有任何往来。

踏入偌大的花园后,他看到了罗马元素和非洲野蛮色彩的进一步融合。虽然整座建筑物的主体部分由手工瓷砖铺满了屋顶,但几个门廊顶上覆盖的却是天然茅草。而在花园远处的尽头,有一间小小的外屋,看起来简直和巴格哥人的小棚屋一模一样,只是墙壁未经粉刷,所以看起来更像是一间避暑小屋。法沃尼乌斯已经离开了花园,埃里克便趁此机会,更加仔细地打量着周围的环境。花园里有一条布满石子的小径,蜿蜒曲折,两边簇拥着灌木丛和鲜花,偶尔点缀着几棵树木,有些显然是古木,树干上有深深的纹路。

这个年轻人看得如痴如醉,满心满眼都沉迷于身边的景致。他一路沿着小径往前走,在路边一大片灌木丛边转过一个弯,迎面与一位年轻女子不期而遇,他顿时大惊失色,不知所措。

那个年轻女子瞬间瞪大了眼睛,流露出惊愕的表情,与埃里克面面相觑,显然也是吃了一惊。他们就这样呆呆地站着,对峙了许久,默默注视着对方。埃里克心想,他一生中从未见过如此美丽动人的姑娘。但他无从得知,那个姑娘的心里正在想什么。最终,是那位姑娘率先打破了沉默。

"你是什么人?"女孩轻声细语地问道,声音缥缈得如同一个幽灵突然出现在眼前一般。

"我是一个陌生人,刚来到这里,"埃里克回答说,"初来乍到,我该为擅闯你的私人领地向你道歉,我还以为花园里只有我一个人呢。"

"你到底是什么人?"女孩又重复了一遍,"我以前从来没见过你,也没有见过像你这样长相的人。"

"我也一样,"埃里克接着说道,"我从未见过像你一样的姑娘。这是在梦里吗?还是你本来就不存在?现实世界中竟然有像你这样貌若天仙的女子,简直令人难以置信。"

女孩听完,瞬间红了脸。"我能看出来,你不是梅里城堡的人。"她说道,语调冷漠,略显傲慢。

"多有冒犯,对此希望你能原谅,但我着实不是有意的,"埃里克解释说,"但你的突然出现,令我彻底着迷,惊喜不已。"

"以至于都忘了礼貌教养了吗？"女孩反问，但这次，眉眼间却带着笑意。

"那么，你原谅我了？"埃里克试探地问道。

"在我回答这个问题之前，你必须先告诉我，你究竟是谁，为什么会在这里，"女孩答道，"就我所知，你有可能是敌人，也有可能是野蛮人。"

埃里克笑了笑，旋即说道："是马里乌斯邀请我来这里的，他坚决认定我是个野蛮人。但即便如此，我也是他叔叔，法沃尼乌斯的客人。"

女孩听后，耸了耸肩。"果然不出我所料，"她说道，"众所周知，我父亲总是喜欢招待各种各样的客人。"

"你是法沃尼乌斯的女儿？"埃里克惊讶地问道。

"没错，我是法沃妮亚，"女孩回答，"但你还没有告诉我任何关于你自己的情况。现在我命令你自我介绍。"她语气傲慢地说。

"我叫埃里克，来自日耳曼尼亚。"法沃妮亚面前的这个年轻人回答道。

"日耳曼尼亚！"女孩听后，不禁惊呼，"凯撒和撒奎纳琉斯都曾在书中提到过这个国家，那里似乎与我们隔着千山万水，遥不可及。"

"它从来没有像现在这样遥远过，"埃里克意味深长地说，"但与长达好几个世纪的阻碍相比，三千英里的距离似乎也显得微不足道。"

法沃妮亚皱了皱眉头，疑惑地说："我不明白你的意思。"

"没关系，"埃里克说道，"这不能怪你。"

"那么，你肯定是一位蛮族首领吧？"她又问。

埃里克并没有直接否认女孩的猜测，因为他已经从他认识的这三位贵族的态度中看出，在梅里城堡中，野蛮人的社会地位很容易受到质疑，要想改善这一状态，只能通过获得高贵的头衔。埃里克深深地为自己的国家感到自豪，他意识到，他们这些二十世纪文明开化的后裔，与凯撒时代的欧洲野蛮人相比，有着天壤之别。而且，几乎不可能说服这些人，让他们相信，从他们的历史记载以来，整个世界已经发生了翻天覆地的变化。并且，他也明确地感受到了心底里的渴望，竭力想要在这个迷人的旧时代少女的心里留下一个良好印象。

"法沃妮亚！"埃里克不禁脱口而出，声音低得几乎听不见。

女孩不解地抬起头，看着他说："嗯？"

"一个多么可爱的名字，"埃里克说，"我以前从来没有听过别人喊这个名字。"

"你喜欢这个名字？"法沃妮亚问道。

"当然，非常喜欢。"

法沃妮亚听后又皱起了眉头，若有所思。女孩眉如远山含黛，眼眸宛若星辰，一举一动，一颦一笑，无一不体现出她的聪慧和灵性。"也不知道为什么，听到你说喜欢我的名字，我竟然感到很开心。你说你是个野蛮人，但你看起来一点也不像。你的外表和仪态都俨然是一副贵族气派，尽管你或许在一个素昧平生的年轻女子面前过于冒失，但我把这归咎于野蛮人的无知，因此也就不追究了。"

"看来，作为一个野蛮人也还是有好处的，"埃里克笑道，"或许我的确是个野蛮人。希望你能再次原谅我的鲁莽，如果我说你是我见过最动人的姑娘，也是唯一能让我……"说到这里，他不由得迟疑了一下。

"能让你什么？"她追问道。

"我想要说的话,即便是野蛮人,也不敢对一个刚认识十分钟的人说出口。"

"你到底是何方神圣,竟然如此独具慧眼。"此时,埃里克的身后忽然传来了一个男人的声音,语带讽刺。

两人都没有意识到还有第三个人的存在,法沃妮亚瞬间惊讶地抬起头,同时埃里克也迅速地转过身来。来者是一个身材矮胖、肤色黝黑、满面油光的年轻人,上身穿着精致的束腰短袍,一手正搭在腰间佩带的剑柄上,脸上还带着一丝讥讽的冷笑。

"法沃妮亚,你的这位野蛮人朋友是谁?"他继续发问道。

"这位是埃里克,应邀来我父亲法沃尼乌斯的家中做客的。"她傲慢地回答道。旋即又转向埃里克,介绍说,"他是福普斯,经常受到我父亲的款待,以至于胆敢目中无人地对其他客人品头论足。"

福普斯瞬间满脸通红。"我道歉,"他赶紧说道,"但对于法沃尼乌斯邀请的客人,什么时候该表示尊敬,什么时候该奚落嘲笑,实在是难以捉摸。如果我没记错的话,上一次来的客人是一头猩猩,而在那之前,则是从某个外村来的野蛮人——不过他们都很有意思,我相信,这个野蛮人埃里克,也一定不会例外。"他的语气冷嘲热讽,着实惹人厌恶,顿时让埃里克怒火中烧,抑制不住脾气。

幸好,正在此时,马里乌斯及时出现,埃里克才被正式介绍给法沃妮亚。随即,福普斯也将注意力从埃里克身上转移开,进而专注地对着法沃妮亚大献殷勤。从他们的对话中,埃里克发现,两人的关系非常友好亲密。他还猜测,福普斯已经爱上了法沃妮亚,但从女孩的态度上,他无法看出她是否回应了他的爱慕之情。

埃里克能够确信的还有一件事——那就是他也爱上了法沃妮亚。过去,他也曾多次以为自己坠入了爱河,但这一次他的感受和反应,与以往几次所经历的相比,不论是在情感上还是程度上,都截然不同。尽管才认识了不到一刻钟的时间,他就发现自己讨厌福普斯,不仅是因为他含情脉脉地看着法沃妮亚,最可恶的还是他言谈举止间流露出的傲慢自大和挖苦嘲讽——当然,对于一个神志清醒的人来说,这还不足以构成杀人的理由。尽管如此,埃里克还是下意识地拨弄了一下手枪的枪托。除了马里乌斯为他配备的小匕首外,他还执意要随身携带着这把手枪。

后来,法沃尼乌斯也加入了他们,并提议大家一起去公共浴场。马里乌斯对埃里克低声耳语说,他的叔叔已经迫不及待想要展示自己的新发现了。

"他要带我们去凯撒浴场,"马里乌斯说道,"那是只有最富裕的贵族才会光顾的地方。所以,你得先准备几个好故事,但把最精彩的故事保留着,比如你给我讲过的关于现代罗马的轿子。今晚我叔叔肯定要大摆筵席——届时整个梅里城堡地位最尊贵的人都会出席,甚至皇帝本人也有可能驾到。"

凯撒浴场设在一座气势雄伟的建筑物里,其中朝向大街的门面则似乎都是专营的高级商店。主入口径直通往一个大厅,他们一到,便受到了许多早已聚集在那儿的浴场主顾的热情迎接。这足以证明,法沃尼乌斯和他女儿法沃妮亚,以及他的侄子都很受欢迎,但埃里克也明显看出,福普斯的人气则要低得多。

男更衣室和女更衣室位于大楼里不同的区域,分别有仆人带领他们过去。

在一个温暖的房间里,埃里克脱光了衣服,并且被浑身涂抹了精油,随后被引到了另一个室温更高的房间,和那间屋子里的男人们一起进入了一个带泳池的大厅,里面男男女女都聚集在一起。泳池周围有许多座位,大约能容纳好几百人,在凯撒浴场里,这些全都是由锃光瓦亮的花岗岩打造的。

尽管埃里克无比希望能在这冰凉清澈的水里畅游一番,但更令他感兴趣的,还是能与法沃妮亚再次相处的机会。当他走进大厅时,法沃妮亚正缓缓沿着泳池边缘游泳。埃里克从远处助跑跳水,纵身一跃,从容优雅地潜入水中,轻划几下便游到了她的身边。他的跳水动作迅速敏捷,优美娴熟,引来了一阵掌声。但埃里克却置若罔闻,因为他并不知道,梅里城堡的公民竟然从来没有见过跳水这项体育技巧。

福普斯跟在埃里克身后进了冷水浴场,在看见他的跳水表演并听到阵阵掌声后,又不屑地露出了轻蔑的冷笑。他以前从来没有见过跳水,但他却认为这个动作看起来轻而易举,并且意识到,这项才艺如此优雅,能为他带来巨大的优势。他当机立断,要向在场聚集的贵族,尤其是向法沃妮亚展示,他和那个野蛮人一样,也能漂亮地表演这项运动艺术,甚至比他做得更好。

于是,福普斯便学着刚才看到埃里克做的那样,也朝着泳池尽头跑去,然后拼命跃起,但旋即又直直坠落。只听见"啪"的一声,他的肚子重重地拍打在水面上,水花四处飞溅,浪花四起。

他卖力地游回到泳池边缘,牢牢攀在岸边,大口喘着粗气,在一旁聚集的贵族哄堂大笑。福普斯又羞又恼,面红耳赤。在这之前,他看待埃里克时持着一丝不屑和轻微怀疑;而现在,则是充满了轻蔑、怀疑和仇恨的目光。福普斯懊恼地从池子里爬出来,立即转身回到更衣室里,愤愤地穿上衣服准备离去。

"福普斯,这么早就走了?"更衣室里,一个年轻贵族一边脱衣,一边问道。

"没错。"福普斯咬牙切齿地回答。

"我听说,你是跟着法沃尼乌斯和他的新发现一起来的。那人

是什么来路？"

"凯利乌斯·梅特拉斯，你给我听好了，"福普斯说，"这个自称埃里克的人说，他是日耳曼尼亚来的蛮族首领，但我觉得并不是这么回事。"

"哦？那你怎么认为？"梅特拉斯礼貌地回答道，但显然没什么兴趣。

福普斯向他凑近，小声说道："我认定他是从撒奎纳琉斯军营来的间谍，只不过是假扮成了一个野蛮人。"

"但他们都说，他甚至都不太会说我们的语言。"梅特拉斯质疑道。

"他当然会说，只不过是假装听不懂罢了，任何人都能故意装成那样子讲话。"福普斯说。

梅特拉斯摇了摇头，说道："法沃尼乌斯是那样精明，我可不相信，撒奎纳琉斯军营里还有人聪明到这种地步，能够骗得过他。"

"只有一个人有权对此做出判断！"福普斯怒气冲冲地说，"只有他能比我提前一个小时掌握事实。"

"你指的是谁？"梅特拉斯疑惑地问。

"东方皇帝，奥古斯都——我现在就要去觐见他。"

"别犯傻了，福普斯！"梅特拉斯劝告他说，"你只会沦为笑柄，甚至下场更惨。你难道不知道，法沃尼乌斯在皇帝心里的地位有多高吗？"

"也许吧。但众所周知，他与卡西乌斯私下交好。而卡西乌斯·哈斯塔虽是皇帝的侄子，但却因被指控叛国而遭皇帝放逐，据传现在投靠了撒奎纳琉斯军营。我不用费吹灰之力，就能说服皇帝相信，这个埃里克，就是卡西乌斯派来的特使。"

梅特拉斯听完，不由得大笑起来："那你就自己去丢人现眼吧，福普斯！等着你的下场很有可能就是绞刑。"

"的确，绞刑就能了结这桩事了，"福普斯表示认同，"但最终被处死的不是我，将是埃里克。"

Chapter 9
撒奎纳琉斯军营

　　夜幕逐渐笼罩了整个撒奎纳琉斯军营，这座位于罗马斗兽场底下的花岗岩地牢，也陷入了一片漆黑。四周严严实实的墙壁上，只有装着格栅的窗户，映出一小块长方形的星空。

　　泰山背靠墙壁，蹲在粗糙不平的石头地上，透过唯一的窗户，看着星星从那一小方天空中缓缓划过。作为一头在野外土生土长的"野兽"，泰山无法忍受任何束缚，牢笼之困令他内心油煎火燎、焦灼不安——或许正是由于他的人类思维，才使得他比低级动物感受到更深的痛苦。然而，和在窗边来回踱步、试图挣脱栅栏逃跑的野兽相比，他则显得更加泰然自若。

　　泰山的思绪随着"野兽"的脚步，不安地丈量着地牢城墙的每一个角落，时时刻刻都想要逃跑。

　　当卢科迪和地牢里的其他囚犯都睡了的时候，泰山仍然坐在那儿看着窗外的星星，羡慕它们的自由之身。忽然间，他听见一阵微弱的动静，隐隐约约从竞技场里传来。地牢的小窗开在墙的顶部，窗台的高度大致与竞技场的地面相持平。透过窗户，泰山看到，有什么东西正偷偷摸摸、小心翼翼地在竞技场的沙地上移动着。不一会儿，在月光的映衬下，一个熟悉的身影出现在了窗口。泰山顿时会心一笑，轻轻唤了一声它的名字，声音低得人耳几乎听不见。只见小猴子从窗格间悄悄地钻了进来，落到了地牢的地面上。转眼间，小猴子便跳上前，用它那又长又健壮的胳膊，牢牢搂住泰山的脖子，紧紧地依偎在他怀里。

"快跟我回家吧，"小猴子苦苦央求道，"这个地洞又冷又黑，你为什么还待在这里？"

"有一个笼子，我们有时拿来关押金毛狮王杰达·保·贾的，你还记得吗？"泰山反问道。

"我见过。"小猴子回答说。

"除非我们把门打开，否则杰达·保·贾逃不出去的，"泰山解释道，"我现在也一样，被关在这个笼子里。直到他们打开牢门，我才能出去。"

"那我去把伟万里和他手下的黑人找来，"小猴子说，"他们有锋利的棍棒，一定能让你出去的。"

"不，小猴子，"泰山说，"如果我想不到办法自己逃出去，伟万里也无法及时赶到这里解救我。何况，伟万里能带来的士兵数量，远远不及这里的战斗部队，即便来了，我们英勇的瓦兹瑞战士们也会伤亡惨重。"不一会儿，泰山便躺下了，小猴子蜷缩在他怀里，安然入睡。第二天清晨，当泰山再次醒来时，小猴子已经不见了。

将近中午时分，来了一群士兵，打开了地牢的大门，随后，几个士兵走了进来，其中有一位年轻的白人军官，他的身旁还跟着一个奴隶。这位军官用他们当地的语言，对着泰山说了些什么。

但泰山只是摇摇头,表示听不明白。于是,军官便转向身边的奴隶,对着他说了几句话,随后那个奴隶便用巴格哥方言对泰山发话,问他是否能够听懂。

"我能听懂。"泰山答道,军官便继续询问泰山,由那个奴隶来充当翻译。

"你到底是谁?你一个白种人,在巴格哥人的村庄里做什么?"军官质问道。

"我是人猿泰山,"泰山回答说,"当时我正在寻找另一个白人,他在这深山里的某处迷路了。但是一不小心,我就从悬崖边上滑落,摔了下来。趁我还昏迷不醒时,巴格哥人便俘虏了我。后来,你的士兵们又袭击了巴格哥村庄,就在那儿发现了我。既然你已经知道我的身份了,我想,现在我应该能被释放了吧?"

"为何要释放你?"军官追问道,"你是罗马公民吗?"

"我当然不是,"泰山答道,"这和我是不是罗马公民又有什么关系?"

"因为,倘若你不是罗马公民,那就很有可能是敌人。我们怎么知道,你是不是从梅里城堡来的?"

泰山只好耸耸肩。"是啊,我也不知道,"他无奈地说,"我甚至都不知道梅里城堡是什么,你们又怎么会知道,我是不是从那儿来的呢?"

"如果你诚心要欺骗我们,当然会这么说,"军官反驳道,"你还可以假装成你不会说,甚至听不懂我们语言的样子。但我告诉你,你会发现,想要欺骗我们可没这么容易,我们才不像梅里城堡的人想象中那样愚蠢。"

"这个梅里城堡到底在哪?它究竟是个什么地方?"泰山问。

军官不由得大笑,说道:"你还很有小聪明。"

撒奎纳琉斯军营 | **085**

"我向你们保证,"泰山坚持说,"我并非在试图欺骗你们。请相信我片刻,回答一个问题。"

"你想知道什么?"

"在过去的几个星期里,有没有另一个白人出现在你们的国家里?他就是我正在寻找的那个人。"

"一千八百二十三年前,马库斯·克里斯普斯·撒奎纳琉斯率领第十军团第三大队,成功地征服了当地的野蛮人,"军官答道,"自那以后,这个国家里就再也没有出现过白人。"

"如果有陌生人进入你们国家,你就肯定会知道吗?"泰山接着问道。

"没错,如果他的确身在撒奎纳琉斯军营的话,"军官回答,"但如果他进入了山谷东面的梅里城堡,那我就无从得知了。够了,我不是来这里回答你问题的,我是来把你带去接受审问的。"

军官一声令下,他身边跟着的士兵便把泰山从地牢里押了出来。沿着前一天来时穿过的走廊,泰山又被带回到了地面上。在城里的街道大约穿行了一英里,这支小分队来到了一座气派宏伟的建筑物前。建筑物的入口处驻扎着一支警卫队,他们身上精致的胸甲、头盔和徽章,无一不表明他们很有可能隶属于某个顶级军事组织。

泰山发现,他们的胸甲和头盔上的金属似乎都是用黄金打造的,而每把刀柄和刀鞘上都精心雕刻着纹路,并装饰以彩色宝石,巧妙地镶嵌在金属里。每个警卫身上还披着猩红色的斗篷,为他们华丽的外表锦上添花。

与门口的官员一番交涉后,泰山、军官和他的奴隶翻译一行人便被放行了。随即来了一支华丽耀眼的重骑兵队,衣着与守卫宫殿入口的士兵类似,接替了他们的位置。

紧接着，泰山便立即被带进了这座建筑物里，穿过一条宽敞的走廊，两侧分布着许多敞开的房间，他们最终来到一个长方形的大房间里。大厅两侧都是高大庄严的圆柱，而在尽头凸起的高台上，有一把雕花椅子，上面端坐着一个身形魁梧的男人。

大厅里还有许多人，几乎全都身穿色彩鲜艳的短袍以及华丽的皮革或金属胸甲，外披明亮多彩的斗篷，而其余一小部分则只穿着朴素飘逸的托加袍，通常都是白色的。房间里，奴隶、信使和官员在不断地进进出出。随同泰山一起进来的其他人则退到了房间一侧，站在柱子之间默默等着。

"这是什么地方？"泰山向那个巴格哥翻译问道，"坐在大厅尽头的那个人又是谁？"

"这里是西方皇帝的王座室，而那位正是皇帝塞拉特斯本尊。"

好一会儿，泰山饶有兴趣地注视着眼前的情景。他看见房间里有许多人，显然都属于不同的阶级，纷纷走近宝座，向皇帝请安。尽管听不懂他们在说什么，但他断定，他们是在向这位统治者请愿。在这些请愿者中，有达官显贵，有棕色皮肤的商店经营者，有身着华丽的原始服饰的野蛮人，甚至还有奴隶。

皇帝塞拉特斯正端坐在宝座上，器宇轩昂，威风凛凛。他身穿白色亚麻短袍，外面披着黄金的胸甲，脚踏带有金色搭扣的白色凉鞋，肩上披着象征帝王的紫色长袍。另外仅有前额上那一条刺绣亚麻头带，能表明他尊贵的身份。

宝座的正后方，垂着重重的帷幔。一排士兵整齐列队，紧靠在帷幔前，手握长杆，每根杆子顶端都挂着银鹰的图案以及其他各式装备和旗帜，但对于这些饰物的含义和作用，泰山无从得知。沿着墙壁的一侧，也悬挂着旗帜和横幅，与皇帝身后所列的不尽相同，每一根圆柱上还挂着形状各异的盾牌，与墙上的旗帜和横幅相交映。大厅里一切相关的装饰品，都是尚武好战的，就连壁画图案也粗略地描绘着战争场景。

正在这时，一名男子向他们走来，看起来像是位宫廷官员。他对着把泰山从斗兽场带来的那个军官，问道："你就是马克西姆斯·普利克拉乌斯？"

"是我。"那名军官答道。

"带着你的俘虏，上前觐见皇帝。"

皇帝的宝座四周被一支警卫队包围着，泰山大步流星地走上前，吸引了所有人的目光。尽管他只身披着一张豹皮和缠腰布，但在这群衣着华丽的朝臣和士兵中，依然显得格外引人注目。他的皮肤晒得黝黑，一头黑发浓密蓬乱，眼睛乌黑发亮，这些外貌特征在一众深肤色、黑头发和灰眼睛的人里，并不足以显现出他的独一无二之处。但在黑压压的人群中，只有一个人远远高出他们好几英寸，而那就是泰山。他昂首阔步地向前，步伐轻盈，起伏流畅，即便是傲慢自大的塞拉特斯，也不由得感受到了百兽之王凶猛野蛮的力量。或许正是因此，皇帝比一般情况下更早地举起手来，示意来人停在了比通常觐见时离宝座更远的地方。

待他们在宝座前停下来后，还没等皇帝开口质问，泰山便转向了巴格哥翻译，说道："你问塞拉特斯，为什么要囚禁我。并且告诉他，我要求他立刻释放我。"

那个奴隶一听，顿时不寒而栗。泰山又补充道："立刻照我说的去做。"

"他在说什么？"塞拉特斯向那个翻译问道。

"他说的话太狂妄了，我不敢向皇帝复述。"奴隶回答说。

"我命令你重复他的话。"塞拉特斯坚持说。

"他问，为什么要把他当成阶下囚，并且要求您立即释放他。"

"你问他,他到底是什么身份,"塞拉特斯怒气冲冲地说道,"竟敢向皇帝塞拉特斯发号施令,好大的胆子!"

听完奴隶向他转述的皇帝的话后,泰山说道:"你告诉他,我是人猿泰山。但如果这对他来说,就像他的名字于我一样,没有什么意义的话,那我还有其他办法可以令他相信,我同他一样,习惯了发号施令,并让别人服从。"

泰山的话被转述后,皇帝勃然大怒,语带颤抖地咆哮道:"放肆!来人,把这个无礼的家伙带走!"

士兵们立刻上前,抓住泰山,但都被他一把甩开了。"告诉他,"泰山厉声说道,"以一个白人对另一个白人的身份,我要求他回答我的问题!告诉他,我是作为朋友来到他的国家,而不是敌人!还有,在离开这个房间之前,我要让他保证,让我受到应有的待遇。"

待奴隶把这些话翻译给塞拉特斯后,皇帝顿时暴跳如雷,气得脸色骤变,与斗篷的深紫红色浑然一体。

"把他抓走!"他尖叫道,"把他抓走!把警卫召来!把普利克拉乌斯关进牢里,竟敢把这种犯人带来皇帝面前放肆。"

随即又上前两个士兵,一左一右擒住了泰山的胳膊。但他双臂猛然一挥,令这两人的头部重重地撞在一起。两个士兵瞬间失去意识,松开了抓着他的手,倒在地上不省人事。泰山挣脱二人后,像一只猫一样,敏捷地跳到皇帝塞拉特斯的宝座上。

泰山这一动作一气呵成,如此迅速,出乎所有人的意料,以至于没有人来得及冲到皇帝面前,阻止泰山接下来将要对皇帝做出的侮辱行为。

泰山一把抓住皇帝的肩膀,将他从宝座上拎了起来。几个手持长矛的士兵见状,正要飞扑上来营救塞拉特斯时,泰山猛然转身,旋即抓着皇帝的脖颈和胸甲底部,把他从地上高高地举了起来。但当士兵们准备用长矛恐吓泰山时，塞拉特斯正在拼命尖叫，又被泰山一把抓过来，当作挡箭牌，导致士兵们不敢进攻，生怕误伤了他们的皇帝。

"告诉他们，"泰山冲着那个巴格哥翻译说，"在我回到大街上之前，若有任何人敢阻拦，我就拧断皇帝的脖子。你告诉皇帝，让他命令这些人退下。如果他照做，那我一走出这幢建筑物就放了他。如果他不肯，那么，后果自负。"

当奴隶把这些话转述给塞拉特斯后，他顿时不再大喊着让他的手下攻击泰山了，转而警告他们，千万要确保泰山离开宫殿。于是，泰山把皇帝高举在头顶，从宝座上一跃而下。与此同时，塞拉特斯还命令在场的朝臣，让他们纷纷背过身去，以免目睹他们的统治者正在经受的如此奇耻大辱。

走出长长的王座室，沿着走廊来到宫殿外庭，人猿泰山一路将塞拉特斯高举在头顶，并命令那个黑人翻译走在跟前带路。但其实也用不着他，因为塞拉特斯一直在发号施令，保持前路始终畅通。他的声音微微颤抖，夹杂着愤怒、恐惧和羞耻。

走到宫殿大门时，警卫队员苦苦央求塞拉特斯，请求获准进行营救，并为他所遭受的耻辱报仇。但皇帝却警告他们，只要泰山遵守诺言，一到达宫殿外的大街上就放了皇帝，那就必须要让他毫发无伤地离开皇宫。

身披鲜红斗篷的警卫们只好后退，嘴里不满地嘟囔着，看着皇帝正在遭受的屈辱，眼里燃烧起熊熊怒火。尽管他们并不爱戴他，但他依然是政府权力和尊严的象征，而现在亲眼目睹的场景，让他们颜面尽失。一个半裸的野蛮人，正扛着他们的最高统帅，穿过宫殿大门，走向远处树木环绕的林荫大道。而泰山前面还走着那个奴隶翻译，因为不知道是该出于恐惧而更加垂头丧气，还是

撒奎纳琉斯军营 | 091

该因为这种不同寻常的抛头露面而得意扬扬，显得左右为难。

撒奎纳琉斯军营位于峡谷的西面，是从一片原始森林中开拓出来的。这座城市的缔造者颇有远见卓识，只清理了道路、建筑物和类似用途所需的必要空间，大部分的原始丛林均被保留。宫殿前，大道两侧古树林立，在其他许多地方，树叶还铺满了低矮的屋顶，与内庭院里树木的枝叶混合交错。

正行走在宽阔的林荫道上时，泰山突然在中途停下了脚步，并把塞拉特斯放了下来。随即，他把目光转向了宫殿大门，发现塞拉特斯手下的士兵们正从大门鱼贯而出，追到了大街上。

"你告诉他们，"泰山对那个巴格哥翻译说，"让他们回到皇宫里去，只有这样，我才会放了他们的皇帝。"因为泰山注意到，许多警卫士兵手里，已经准备好了标枪。他还猜测，一旦他失去塞拉特斯这块挡箭牌，他的肉体就会变成眼前众多武器的众矢之的。

当奴隶翻译把泰山的最后通牒传达给他们时，这群卫兵明显犹豫了。但塞拉特斯命令他们，必须服从泰山，因为这个野蛮人正牢牢紧抓着他的肩膀，令他确信，除非他和他的士兵都同意这个家伙的要求，否则他没有希望能够活着或是毫发无损地从泰山手中逃脱。待最后一名卫兵也退回到宫殿庭院内后，泰山便释放了皇帝。塞拉特斯急忙快步逃往宫殿大门，见此情景，卫兵们猛然出击，争先恐后地冲到林荫大道上。

只见他们的猎物迅速转身，快走了几步，高高跃到空中，旋即消失在一片悬垂的橡树叶里。士兵们纷纷将标枪猛投进树枝间，并快步冲上前去，眼睛紧紧地盯着树上，但猎物已经消失得无影无踪了。

塞拉特斯紧随在他们身后。"快！"他呼喊着，"追上他！谁能击败这个野蛮人，我就赏他一千便士！"

"他在那儿！"一个士兵指着树丛里的某处，惊呼起来。

"不是那儿！"旋即另一个士兵又高喊说，"我看见他在那边的树叶里，我看见树枝动了。"说着，他指向了一个相反的方向。

与此同时，泰山正沿着林荫道一侧的树林里快速地穿行，随即跳到一个低矮的屋顶上，并穿过房顶跳到内院的一棵树上。泰山在树上停留了片刻，仔细倾听敌人追赶的声音。仿效着野兽在自己的丛林中狩猎的样子，泰山像幽灵的影子一样向前移动，悄无声息。所以，即便他现在就蹲在离他们不到二十英尺的上方，在他下方院子里的两个人，也对他的存在浑然不觉。

但泰山早就发现了他们，他还听到了敌军逐渐高涨的呼喊声，正在从城里的四面八方传来。正在此时，他也留意到了身下花园里一男一女的举动，很显然，这名男子正在追求这个年轻的女子。泰山根本都不需要知道他们说了什么，仅从姿态、眼神和表情上就能看出，这名男子正在热烈恳求，而女子则显得冷漠淡然。

有时，年轻女子的头微微一斜，向泰山露出了部分侧影。泰山便看出，这名女子秀色可餐，而她身边年轻男子的长相，只能让他想起老鼠丑陋的脸庞。

显而易见，他的追求并没有讨得女子的欢心，她现在的语气里已经充满了愤怒的迹象。女孩傲慢地站起身，冷冷地甩下一句话便转身离开了。男子随即从方才他们坐着的长凳上一跃而起，粗暴地抓住她的胳膊。女子转过身来，眼神里充满了惊讶和愤怒，刚要呼救，便被那个贼眉鼠眼的男子一手捂住了嘴，用另一只手将她拉进自己的怀里。

但所有这一切都不关泰山的事。对于这个野蛮的猿人来说，撒奎纳琉斯军营里的女子，和巴格哥首领那育托村庄里的女子一样，都毫无意义。于他而言，她们和母狮没什么两样，在他心里的地位远远不及阿库特部落或是拓约特猿王部落的母猿——可人猿泰山又总爱冲动行事。他突然意识到,自己非常厌恶那个贼眉鼠眼的年轻男子,而且永远都不可能对他产生好感。相比之下,对骚扰者表现出强烈拒绝的女孩则显得格外讨人喜欢。

男子一把抱住女孩瘦弱的身体,把她拉回到长椅上。他正要把嘴唇凑上去亲吻女孩时,地面突然一阵晃动,一转头,他惊讶地发现身旁竟多了一个半裸的巨人。巨人钢灰色的眼眸,正直勾勾地盯着他圆溜溜的小黑眼睛。紧接着,一只沉重的大手落在他短袍的衣领上,瞬间将他从女孩身边高高拎起,然后粗暴地扔到一边。

男子倒在地上,小眼睛打量着袭击者,看见他把女孩从长凳上扶了起来,同时还注意到了另一件事:这个陌生人竟然手无寸铁!费斯特斯当即一跃而起,拔剑出鞘,握着赤裸的钢铁径直刺向人猿泰山。女孩见状,知道费斯特斯是要刺杀前来保护她的陌生人,而这个陌生人毫无防备,于是便奋不顾身扑上前,挡在他们两人中间,同时大声呼喊着:"阿克修斯!萨鲁斯!穆平谷!快过来!马上!"

泰山一把搂过女孩,迅速把她挡在身后,同时费斯特斯也冲到了他面前。当费斯特斯挥舞着锋利的西班牙剑刺向泰山时,后者一下子就矫健地躲开了。这个罗马人本以为可以轻易征服赤手空拳的敌人,但突然间似乎不那么容易实现了,他的如意算盘显然落了空。

费斯特斯这辈子从来没有见过如此敏捷的身手,就好像这个野蛮人一直比他的剑看得更快、动得更快一样,并且总是能与他的刀尖擦身而过。

费斯特斯凶神恶煞地向这个陌生人挥了三剑,但三次都扑了空，而女孩则在一旁看得目瞪口呆，惊讶地旁观这场看似不平等的决斗。她的心里充满了对这位陌生的年轻巨人的仰慕之情，尽管他显然是一个野蛮人，但看起来却比费斯特斯更有贵族风范。泰山轻巧地躲过了费斯特斯挥来的三剑，毫发无伤——随即便发起了闪电般的进攻。一只棕色的大手从这个罗马人的下方突袭，钢铁般的手指死死抓住他的手腕，转瞬之间，便把他的剑扔到了庭院里铺着地砖的小道上。正在这时，两个白人和一个黑人气喘吁吁地冲进花园，迅速向他们跑来——两个白人手里拿着匕首，而另一个黑人则握着剑。

他们看见，泰山正站在费斯特斯和女孩之间，这个陌生人的手里还牢牢控制着费斯特斯。他们还看见宝剑"哐当"一声掉在地上，于是自然而然地得出了一个看似可能的结论——费斯特斯试图保护女孩，但被这个陌生人击败了。

眼见他们朝着自己走来，泰山意识到，不得不以寡敌众了。正当他要把费斯特斯当作挡箭牌，用来抵御新的敌人时，女孩走到三人面前，并示意他们停下来。女孩向来人解释了前因后果，而泰山则站在一旁，依然牢牢抓着费斯特斯的手腕。他的耳边又充斥着似曾相识的语言，隐约感觉能听懂，但实则不然。

不一会儿，女孩便转向泰山，对他说了些什么，但他只是摇摇头，表示听不懂她的话。随即，他的目光落在那个黑人身上，发现他长得和居住在城外的巴格哥人十分相像。泰山突然灵光一现，想到了一个方法，或许能与这些人交流。

"你是巴格哥人吗？"泰山用巴格哥部落的方言询问道。

那个黑人看起来显然吃了一惊。"没错，"他答道，"我是巴格哥人，但你又是谁？"

"你会说这些当地人的语言吗？"泰山无视了他的问话，径自指着年轻女子和费斯特斯问道。

"当然,"黑人回答说,"许多年以前,我就被抓来这里当俘虏了。但俘虏中还有其他许多巴格哥人,所以我们也没有忘记我们的母语。"

"很好,"泰山说道,"这样你就可以帮我转述这位年轻女子的话了。"

"她想知道,你是什么人,从何而来,在她的花园里做什么,又是怎么闯进来的,以及为什么碰巧从费斯特斯手里救出了她,还有——"

泰山连忙摆了摆手。"一句一句来,"他赶紧说道,"你告诉她,我叫人猿泰山,是个异乡人,来自一个遥远的国度。我来到你们的国家是出于友谊,来寻找一个失踪的朋友。"

突然间,这幢房子的大门外传来"砰砰"的敲门声,还伴随着高声呼喊,打断了他们的对话。

"阿克修斯,去看看发生了什么。"女孩一下令,其中一个奴隶便立刻转身,恭顺地按她的吩咐出去了。女孩又继续向泰山问话,由奴隶翻译转述。

"你赢得了德里科塔的感激之情,"她说,"你应当得到她父亲的嘉奖。"

此刻,阿克修斯回来了,身后还跟着一个年轻军官。来人一看见泰山,瞬间惊讶地瞪圆了双眼,猛然后退,把手伸向了他的剑柄。几乎同时,泰山也认出此人正是普利克拉乌斯,那位将他从罗马斗兽场带到皇宫的年轻贵族军官。

"普利克拉乌斯,把剑放下,"年轻女孩说道,"他不是敌人。"

"德里科塔,你确定吗?"普利克拉乌斯质问道,"你对这个人了解多少?"

"我所知道的是,有个讨厌鬼本要伤害我,幸好他及时赶到,把我救了出来。"女孩傲慢地说道,极其轻蔑地瞥了费斯特斯一眼。

"我不明白了,"普利克拉乌斯说,"这人自称泰山,是一个野蛮人战俘。今天早上,在皇帝的命令下,我把他从罗马斗兽场带到皇宫。塞拉特斯想要亲自见一见这个陌生人,因为有人怀疑他是梅里城堡派来的间谍。"

"如果他是俘虏的话,那他在这里干什么?"女孩问道,"你又为什么来这儿?"

"这个家伙袭击了皇帝本尊,然后从宫里逃了出来。现在全城都在进行搜查,而我负责率领一队士兵,被分配搜查这一区域。我就担心会发生这样的事情,害怕这个野人会找到你并且伤害你,所以立刻赶来了这里。"

"会伤害我的,是皇帝塞拉特斯的儿子,贵族子弟费斯特斯,"女孩说道,"正是这位野人把我从他手里救了出来。"

普利克拉乌斯快速地瞥了一眼皇帝之子费斯特斯,旋即又把目光转到泰山身上。这位年轻的军官似乎陷入了一个进退两难的困境。

"你要抓的人就在那儿,"费斯特斯说道,脸上掠过一丝冷笑,"把他带回地牢。"

"不用我说,你也应该清楚自己的职责吧,"他继续说道,"普利克拉乌斯竟然胆敢违抗费斯特斯的命令。"

"普利克拉乌斯,这个人救了我,你还要逮捕他?"德里科塔恳求道。

"不然我还能怎么办?"普利克拉乌斯无奈地反问,"这是我的职责。"

"那就赶紧把他抓起来。"费斯特斯不屑地说。

普利克拉乌斯顿时怒不可遏,脸色骤变。"费斯特斯,我警告你,我现在竭力克制住冲动不揍你,"他怒气冲冲地说道,"就算你是众神之王朱庇特的儿子,我也能轻而易举地要了你的命。如果你知道怎么做才对你自己有好处,那就不要试图挑战我的底线,乖乖离开这里。"

"穆平谷!"德里科塔紧接着说,"把费斯特斯请出去。"

费斯特斯听完,气得满脸通红。"这一切,我回去马上就告诉我父亲,尊敬的国王陛下!"他咆哮道,"德里科塔,别忘了,你父亲在皇帝塞拉特斯那儿也没留下什么好印象。"

"趁我还没有命令我的奴隶把你扔到大街上,"德里科塔气愤地喊道,"赶紧滚出去!"

费斯特斯一声冷笑,趾高气扬地离开了花园。他一走,德里科塔便立刻转向了普利克拉乌斯。

"这位高尚的陌生人从费斯特斯手里救了我,我一定要保护他!但同时你又必须履行职责,把他带回皇帝面前,"她焦急地说道,"我们到底该怎么办?"

"别慌,我有一个计划,"普利克拉乌斯说,"但我必须得和这个陌生人亲自沟通,否则无法执行。"

"穆平谷能听懂他的话,可以帮你翻译。"女孩赶紧说道。

"你能毫无保留地相信穆平谷吗?"普利克拉乌斯有一丝犹豫,询问道。

"绝对可信。"德里科塔保证说。

"那先让其他人都退下。"普利克拉乌斯指着阿克修斯和萨鲁斯说道。当穆平谷把费斯特斯送到街上并折返后,发现花园里只剩下了普利克拉乌斯、德里科塔和泰山三人。

普利克拉乌斯见穆平谷回来了,随即示意他上前。"你告诉这个陌生人,我是被派来抓捕他的,"他对穆平谷说道,"但同时也告诉他,鉴于他救了德里科塔一命,我愿意庇护他,只要他肯按照我的指示去做。"

"他们到底是什么人?"泰山听完奴隶的转述后,不由得问道,"你想让我怎么做?"

"我想让你跟我一起走,"普利克拉乌斯答道,"你假装成囚犯的样子,跟我一起离开。我会带着你往斗兽场的方向走去,当经过我家门口时,我会给你一个手势示意,让你知道那是我的房子。紧接着,我会找准机会让你逃跑。你就像劫持塞拉特斯从皇宫里出来那样,躲进树林里。然后你就立刻跑去我家,待在那儿直到我回来。德里科塔现在就派穆平谷去我家,通知我的奴仆们准备接应你。在我的命令下,他们会拼死保护你的。你听清楚了吗?"

"我明白了。"待穆平谷把这个计划解释给泰山后,他欣然同意了。

"到时候,"普利克拉乌斯接着说道,"我们再想办法把你送出撒奎纳琉斯军营,翻越这座山脉。"

Chapter 10

古罗马的历史

　　东方皇帝这一头衔,尽管听起来威风凛凛,但奥古斯都实际拥有的领土面积狭小,臣民数量也甚少,因此整个国家的百姓并不怎么重视他。梅里城堡是一座海岛城市,人口仅有两万两千人左右,其中大约三千人是白人,一万九千人是混血儿。至于其他的臣民,约有两万六千个黑人,都分布在城外湖畔居民的村庄里和梅里军团的东海岸居住。

　　今天,在接待完前来汇报和觐见的官员后,皇帝回到了宫廷花园,与他的几个心腹交谈了一个小时。一旁藤蔓缭绕的凉亭里,他的乐师还在为他演奏助兴。正当他沉浸在谈话中时,一个侍从上前走近,通报说,贵族福普斯前来请求皇帝觐见。

　　"福普斯难道不知道觐见时间已经结束了吗?"皇帝不满地怒斥道,"告诉他,让他明天再来。"

　　"尊敬的陛下,他坚称事情十万火急,"侍从说道,"他还说,因为事关皇帝您的性命安全,所以才迫不得已在这个时候前来。"

"那就把他带过来吧,"奥古斯都下令说,"总有像福普斯这样愚蠢的家伙,拿着荒唐的故事闯进来打断我,真是一刻也不得清闲。"当侍从转身离去时,他不满地向身边的同伴抱怨道。

片刻之后,福普斯便走进了花园,发觉皇帝正用傲慢的眼神冷冷地盯着他。

"尊敬的陛下,"福普斯开口道,"我这次前来,是为了履行一个罗马公民的义务。作为罗马公民,最应该关心的首要问题就是皇帝的安危。"

"你到底在说什么?"奥古斯都不耐烦地说,"有话快说!"

"最近梅里城堡里多了一个陌生人,自称是从日耳曼尼亚来的野蛮人,但我认为,他实际上是撒奎纳琉斯军营派来的间谍。据说,卡西乌斯·哈斯塔也在那座城里,而且还是皇帝塞拉特斯的贵宾。"

"关于卡西乌斯,你都知道些什么?他与此事又有什么关系?"奥古斯都质问道。

"据说——有传闻说,"福普斯结结巴巴地回答说,"他——"

"有关卡西乌斯的谣传,我已经听得够多了!"奥古斯都脱口而出,"难道我不可以派遣我的侄子外出执行任务吗?为什么梅里城堡中有这么多愚人,日思夜想,琢磨我的动机,到最后还要归咎于我?"

"我只是听到坊间有这样的传说,"福普斯涨红了脸,不安地答道,"我没有说我知情,我对此事一无所知。"

"那么,你都听说了些什么?"奥古斯都接着问道,"说来听听。"

"在凯撒浴场里,流传着这样的说法:卡西乌斯因为密谋叛国,被您流放了,随后他就立刻投靠了西方皇帝塞拉特斯。塞拉特斯亲切地接纳了他,而他们现在正在密谋要攻打梅里城堡。"

奥古斯都顿时怒目:"一派胡言!"他说道,"但你说的那个陌生人呢?他与此事又有何干?为什么一直没有人向我报告这个人的存在?"

"这我也不清楚,"福普斯回答,"窝藏这个陌生人的,是城里最显赫的贵族,而且极有可能野心勃勃。因此我更感责任重大,一定要来向您汇报。"

"你指的是谁?"皇帝问道。

"法沃尼乌斯。"福普斯回答说。

"法沃尼乌斯?"奥古斯都不由得惊呼,"这不可能!"

"没有什么不可能的,"福普斯大胆直言道,"尊敬的陛下,不知您是否还记得,卡西乌斯与马里乌斯曾经交好。而马里乌斯正是法沃尼乌斯的侄子,这样一来,法沃尼乌斯的家也就等于是卡西乌斯的家。尊敬的奥古斯都皇帝,尽管您可能还没有听说,但法沃尼乌斯野心勃勃,这在宫外已是尽人皆知的事了,他或许很快就会向这位有钱有势的朋友求助了。"

皇帝一下子站起身来,不安地来回踱步。在场的人都紧张忐忑地盯着皇帝,而福普斯则眯起了眼,满心邪恶地期待着些什么。

突然间,奥古斯都停住脚步,转向其中一个朝臣,大声说道:"如果福普斯的话没有一丝可信,就让大力神赫拉克勒斯赐死我吧!"随即又转向福普斯,问,"这个陌生人是个什么样的家伙?"

"他是一个白种人,但肤色和外貌与一般的贵族略有不同。他会说我们的语言,但故作生硬,假装好像并不熟悉一样。我想,这不过是他阴谋诡计的一部分罢了。"

"他是怎么混进梅里城堡的?为什么一直没有官员向我汇报此事?"奥古斯都继续问道。

"马里乌斯可以回答您这个问题，"福普斯回答说，"当时，一些湖畔村庄的野蛮人把他当作俘虏带到了德库马纳城门，马里乌斯正在那儿负责守卫。即便凯撒大帝也知道，要想贿赂这些家伙，混进城来，简直轻而易举。"

"福普斯，"皇帝发话，"你解释得这么清楚，不得不让人怀疑，你也是这个阴谋的始作俑者之一，或者至少也仔细深思过类似的诡计。"

"皇帝英明，明察秋毫。"福普斯顿时吓得脸色煞白，勉强赔笑道。

"那就让我们拭目以待吧！"奥古斯都转向另一个官员，厉声说道，"传令下去，立刻把法沃尼乌斯、马里乌斯和这个外来人给我抓起来！"

话音刚落，又一个侍从走进了花园，来到皇帝身边。"法沃尼乌斯请求觐见，"他通报说，"同行的还有他的侄子马里乌斯，以及一个外地人。"

"把他们带过来，"奥古斯都下令，随即转过身来，对正要动身去抓捕他们的官员说道，"先等一等。我倒要看看，法沃尼乌斯有什么要说的。"

不一会儿，三人走进花园，来到皇帝跟前。法沃尼乌斯和马里乌斯向奥古斯都行礼后，法沃尼乌斯便正式向皇帝介绍，说埃里克是从日耳曼尼亚来的一位蛮族首领。

"我们已经听说过这位蛮族首领了。"奥古斯都冷笑了一声，不满地说。法沃尼乌斯和马里乌斯不禁同时瞥了一眼福普斯。"为什么你们捕获了这个俘虏之后，没有立即向我汇报？"这一回，皇帝径直向马里乌斯提出质问。

"尊敬的陛下，我们丝毫没有耽搁，"这位年轻的军官回答说，

"在把他带来之前，必须得先沐浴更衣，装扮得体才能面圣。"

"没有必要把他带来这里，"奥古斯都说道，"对于撒奎纳琉斯军营来的俘虏，应当直接关进梅里城堡的地牢。"

"他不是从撒奎纳琉斯军营来的。"法沃尼乌斯解释道。

"那你到底是从哪里来的？到我的国家里来干什么？"奥古斯都转向埃里克质问道。

"我来自日耳曼尼亚，你们的历史学家记载过这个国家。"埃里克回答说。

"我想，你在日耳曼尼亚曾经学习过我们的语言？"奥古斯都不屑地追问。

"是的，"埃里克答道，"我以前学过。"

"你从来没有去过撒奎纳琉斯军营？"

"从未去过。"

"那么，我想你肯定去过罗马吧。"奥古斯都不禁笑道。

"是的，去过许多次。"埃里克接着回答道。

"现在的罗马皇帝是谁呢？"

"罗马皇帝已经不复存在了。"埃里克说。

"罗马没有皇帝！"奥古斯都听后，高声说道，"如果你不是撒奎纳琉斯军营派来的间谍，那就一定是个疯子，或许两者皆是。只有疯子才会妄想，我怎么可能会相信这样荒唐的故事。罗马帝国竟然没有皇帝！"

"现在的确没有罗马皇帝了，"埃里克解释道，"因为罗马帝国已经不复存在了。马里乌斯告诉我说，在过去的一千八百多年里，你们国家与外界没有任何交流。在这么长一段时间里，可以发生很多事情——也的确发生了许多变化。大约一千多年以前，罗马帝国就灭亡了。如今，所有国家都不再使用这种语言了，只有神职人员和研究学者还能读懂。日耳曼尼亚、高卢还有大不列颠的野蛮人，纷纷建立起了帝国势力和大国文明，而罗马只不过是意大利的一座城市而已。"

马里乌斯不禁喜形于色，低声对法沃尼乌斯说道："我早就说了，你一定会喜欢他的。众神之王朱庇特保佑，一定要让他给奥古斯都讲那个轿夫的故事。他曾告诉我说，现在的轿子每小时能跑五万步！"

埃里克语气坚定，神态自若，言语间流露出来的自信，使得奥古斯都即便满腹狐疑，也不得不开始相信这个陌生人所讲的看似荒诞的故事。他还发现，自己在不经意间，竟然在向这个野蛮人问问题。

最后，皇帝转向福普斯，质问道："你哪里来的证据，指控这个年轻人是撒奎纳琉斯军营派来的间谍？"

"不然他还能是从哪来的呢？"福普斯辩解，"我们都知道他不是梅里城堡的人，所以他一定是从撒奎纳琉斯军营来的。"

"也就是说，你并没有依据可以证实你的指控？"

福普斯迟疑着不敢开口。

"滚出去！"奥古斯都勃然大怒，下令道，"我以后再找你算账。"

福普斯恼羞成怒，像是警告一般，恶狠狠地扫视着法沃尼乌斯、马里乌斯和埃里克，愤愤地离开了花园。待福普斯离开花园后，过了好几分钟，奥古斯都一直打量着站在自己面前的埃里克，目光意味深长，好像试图看穿这个陌生人的心思。

"那么，现在罗马已经没有皇帝了，"他若有所思地自言自语道，"那是罗马历848年二月初一的前六天，时值涅尔瓦皇帝执政的第二年，撒奎纳琉斯率领军队离开了埃及。从那天起，撒奎纳琉斯

古罗马的历史 | 105

和他军队遗留下来的世世代代,就再也没有听说过任何有关罗马的消息。"

埃里克的大脑开始飞速运转,努力搜寻脑海里关于古代历史的重大日期和资料,这些古老的史料在他的记忆里,与他自己的时代记忆一样清晰。"二月初一的前六天,"他喃喃自语道,"那也就是罗马历848年1月27日——原来如此,涅尔瓦就是在公元98年1月27日逝世的。"

"啊,如果撒奎纳琉斯知道的话就好了,"奥古斯都说道,"但埃及与罗马之间相距甚远,何况撒奎纳琉斯当时远在尼罗河南端,在古代的信使能够送达他之前,他的敌人就已经死了。那涅尔瓦死后,是谁继任了皇位?你知道吗?"

"图拉真。"埃里克回答说。

"你一个野蛮人,为什么对罗马历史如此了如指掌?"皇帝不解地问道。

"我在学生时代专门学习过这些知识,"埃里克解释说,"立志成为研究这个问题的权威专家,一直都是我的理想抱负。"

"涅尔瓦去世之后发生的事,你能全都记载下来吗?"

"所有我能回忆起来的,或是所有我读过的东西,我都可以写下来,"埃里克说,"但这需要很长时间。"

"你必须得做这件事,"奥古斯都说,"我会给你充足的时间。"

"但是我并没有打算继续留在你们的国家。"埃里克表示异议。

"你必须留下,"奥古斯都命令道,"不仅如此,你还要为东方皇帝奥古斯都写一部关于他统治期间的史书。"

"可是——"埃里克突然插话道。

"够了!"奥古斯都不耐烦地说道,"我是皇帝,你必须服从我的命令。"

埃里克只好耸耸肩,无奈地笑了。他意识到,于他而言,罗马帝国和统治者们一直以来都只出现在发霉的羊皮纸上,以及碎石上刻着的饱经风霜的铭文里,从来没有像现在这样如此真实。

在他面前的,是一个真真切切的罗马皇帝。尽管他的帝国只剩下几平方英里的沼泽,以及一片位于未知峡谷底部的岛屿和沼泽海岸,所有的臣民加起来总共也不到五万人——但重要的是,奥古斯都与历任皇帝同姓不同名,是第一个没有沿用"凯撒·奥古斯都"这个称谓的皇帝。

"走吧!"奥古斯都接着发话,"我亲自带你去藏书阁,那儿就是你以后工作的地方。"

藏书阁位于一条长长的走廊尽头,在这个拱顶房间里,奥古斯都骄傲地向他展示了好几百册羊皮纸卷,全都整整齐齐地排列在书架上。

奥古斯都拿起一卷羊皮纸,对埃里克说道:"这一卷讲的是撒奎纳琉斯的故事,以及梅里城堡建立之前,我们国家的历史。你把这一卷拿去,闲暇时多读读。你就继续住在法沃尼乌斯那里,我会派马里乌斯负责照看你。但你必须每天都到皇宫里来,我会向你口述我统治时期的历史,你负责为我撰写下来。好了,你和法沃尼乌斯都退下吧,明天这个时候再来觐见。"

当他们走出奥古斯都的宫殿时,埃里克转向马里乌斯问道:"我有一个问题,我现在究竟是囚犯,还是客人?"他苦笑着说。

"或许,你两者皆是吧,"马里乌斯回应,"但即便你只是部分算是客人,也很幸运了。你要知道,奥古斯都是个傲慢自负、残酷无情的暴君,而且生性多疑。他其实心里清楚,他并不受百姓们爱戴。而且,福普斯显然抢在了我们之前,到皇帝面前搬弄是非,想把你我和法沃尼乌斯都置于死地,差点就让他的阴谋得逞

古罗马的历史 | 107

了。也不知道为什么，皇帝突然心血来潮改了主意，但对你来说，实在是万幸；对于法沃尼乌斯和马里乌斯而言，也是走运。"

埃里克又说："可是，要写下整个罗马的历史，需要耗费数年的时间。"

"但如果你敢违抗圣旨，那就是死罪一条。这样的话，与完成这项任务花费的时间相比，岂不是不值当？"马里乌斯咧嘴一笑，回应道。

"梅里城堡是个很适宜居住的地方。"法沃尼乌斯也劝说道。

此时，埃里克的脑海里却浮现出了他女儿法沃妮亚迷人的面容，不禁说道："嗯，也许你们说得对。"

作为考古学家兼研究学者，一回到法沃尼乌斯的家里，埃里克便抑制不住本能的冲动，迫不及待地想要阅读皇帝借与他的纸莎草卷古籍。于是，刚回到专为他准备的套房里，埃里克便躺到一个长条沙发上，舒展身躯，解开卷轴外缠绕的线绳，如饥似渴地读起来。

随着卷轴缓缓展开，呈现在他眼前的是用古拉丁文书写的手稿，改动和擦拭留下了不少破损的痕迹，纸张也因为年代久远而微微泛黄。以前，在对古罗马历史和文学进行学术调查时，他也曾亲手研究过许多物件，但都与现在手持的书卷截然不同。因为，检验像他手里这样的原始古代手稿，尽管都是牧师或学者的本职工作，但一眼就能看出，眼前的手稿是一个不善于从事文学工作的士兵付出的艰苦努力。

这份手稿里，充斥着古老军团远征营地里的粗鄙方言，以及近两千年前罗马和埃及人所使用的俚语。对于一些人物和地点，在现代人所知的历史或地域中从未出现过的，还进行了标注——都是些小地方和小人物，在自己的时代里默默无闻，早已在历史的长河中被磨灭了痕迹，但到了埃里克的手中，这份粗糙的手稿又奇迹般地死而复生了——有一个官员，曾在埃及的一个小镇救过撒奎纳琉斯一命，但在任何地图上都找不到这个小镇；以及早在公元90年，当时涅尔瓦是罗马帝国的执政官，马库斯·克里斯普斯·撒奎纳琉斯就已足够强大到引起涅尔瓦的敌意了——马库斯·克里斯普斯·撒奎纳琉斯随后自己建立起了一个帝国，但在任何关于古罗马的历史记载中，都找不到他的名字。

埃里克饶有兴致地读着卷轴，字里行间都流露出撒奎纳琉斯的怨言和愤懑。由于激起了皇帝涅尔瓦的敌意，他被贬谪并流放到底比斯古城，那是一片远在埃及的炎热沙漠地带。

纸莎草纸上，撒奎纳琉斯用第三人称叙述道：

"撒奎纳琉斯，第十军团第三大队的指挥长官。罗马历846年，在涅尔瓦继任皇位后不久，便被指控蓄意谋害皇帝，当即被贬至埃及，驻守底比斯古城。

"那是罗马历848年二月初一的前六天，涅尔瓦派来一名特使，声称要逮捕撒奎纳琉斯，并命令这位指挥官立刻返回罗马。但撒奎纳琉斯并不愿意束手就擒，并且当时营地里又没有第二个人知道，涅尔瓦究竟下达了什么指令。于是，撒奎纳琉斯便用他的匕首击倒了来使，并在手下的士兵中散布传言说，这个人是罗马派来的刺客，而自己是出于正当防卫杀死了他。

"他还告诉他的中尉副官和百夫长们，说涅尔瓦派遣了一支大部队来摧毁他们的军队。后来，他成功地说服了他们，沿着尼罗河寻找一个新的国度，他们可以在那里建立自己的政权，远离这个妒贤嫉能的皇帝，逃脱他的邪恶势力。第二天，行军队伍就浩浩荡荡地出发了。

"碰巧的是，不久之前，一支由一百二十艘船组成的船队在米

古罗马的历史 | 109

奥斯赫尔墨斯靠岸。米奥斯赫尔墨斯港是埃及的一个港口，位于红海阿拉伯湾。这个商船队伍，每年都会从塔普洛巴纳岛带来丰富的商品——与奢侈品黄金、珍珠和钻石等值的丝绸，多种多样的香料，以及其他各式商品。靠岸后，货物被转移到驼队上，从米奥斯赫尔墨斯港经内陆输送至尼罗河沿岸，并顺流而下运往亚历山大港，再由那里的船队驶往罗马。

"这支穿越沙漠的商队里，有成百上千的奴隶，有的来自印度，有的来自遥远的中国，甚至还有浅肤色的人，都是被蒙古族入侵者从偏远的西北地区俘获的。其中大部分都是年轻女孩，注定要被送往罗马参加拍卖。恰巧，撒奎纳琉斯的军队遇到了这个商队，便趁机洗劫了满载的奢侈品和年轻女子。在接下来的五年里，这支军队曾多次安营扎寨，尽管每次他们都希望能够永久定居下来，但每次都不尽如人意。直到罗马历853年，机缘巧合下，他们才找到了一片隐秘的峡谷，也就是撒奎纳琉斯军营现在所处的地方。"

"你觉得这卷书很有意思？"此时，门口传来一个声音问道。埃里克旋即抬起头，发现马里乌斯正站在门边。

"非常有趣。"埃里克回答。

马里乌斯耸了耸肩，说道："我们猜测，如果那个古老的刺客能够死而复生，把真相写下来，那就更有意思了。事实上，尽管撒奎纳琉斯在位时间持续了二十年，但关于他统治期间的历史鲜有人知。他在执政第二十年时遇刺身亡，相当于罗马历873年。我们的这位老朋友，不仅以自己的名字命名这座城市，自己颁布了一套历法，而且还将自己的头像印在金币上，其中一些至今仍然存在。时至今日，我们依然经常使用他的历法，和使用我们罗马祖先的历法一样频繁。但在梅里城堡，我们都尽可能地遗忘撒奎纳琉斯这个负面例子。"

"我经常听到你们提起,这座被称为撒奎纳琉斯军营的城市,究竟是个什么地方?"埃里克问道。

"它就是最初由撒奎纳琉斯建立的城市,"马里乌斯解释说,"在建城一百多年后,城里的生活条件越来越差,令人难以忍受。所有人的生命和财产安全都岌岌可危,除非愿意把自己降低到近乎奴隶的地位,不断地向皇帝阿谀奉承、溜须拍马,才有可能自保。就在那时,乌纳思·哈斯塔发动起义,率领几百户人家来到山谷东面的这个岛屿,建立起这座帝国城市——梅里城堡。这里的百姓全都是这些家族的后代,在过去的一千七百多年时间里,我们都生活在相对和平与安全的环境里,但几乎始终与撒奎纳琉斯军营处于交战状态。

"两座城市相互依赖,所以需要进行贸易往来,但经常因突袭和战争被迫中断。两座城市的居民之间也互相怀疑和憎恨,都是被两国的皇帝煽动的。因为这两个皇帝都担心,两座城市之间的友好交流,会导致其中一座城市的覆灭。"

"那么,在现在这个皇帝的统治下,梅里城堡的百姓都心满意足、安居乐业吗?"埃里克问道。

"这个问题,倘若如实回答,怕是会惹祸上身。"马里乌斯无奈地耸耸肩,说道。

"如果我每天都要去宫里,为奥古斯都书写罗马的历史,并从他那里收集他统治期间的事迹,"埃里克接着说,"我最好能够提前了解一些关于他的情况,否则就有可能惹大麻烦。鉴于皇帝还派你和法沃尼乌斯对我负责,一旦出事,很有可能会直接牵连你们。我向你保证,如果你愿意事先告诫我,我就绝对不会触犯任何禁忌。"

马里乌斯轻轻地倚靠在门边的墙上,一边思索着他刚才说的话,一边漫不经心地摆弄着匕首的剑柄。想了好一会儿,他方才抬起头,直视埃里克的眼睛。

"我选择相信你,"他说道,"首先,因为你胸有成竹,信心满满;其次,若是故意陷害法沃尼乌斯或是你自己,都对你没什么好处。整座梅里城堡对这个皇帝都并不满意,他狂妄自大、暴戾恣睢——与梅里城堡以往的历任皇帝都不一样。

"上一任皇帝性情温和,善良仁厚,但当他去世的时候,他的儿子才只有一岁。于是,作为皇帝的兄弟,奥古斯都便被选中继承皇位。

"前任皇帝的儿子,也就是奥古斯都的侄子,叫做卡西乌斯。由于他在老百姓间颇受爱戴,引起了奥古斯都的猜忌和敌意,最近就被派去了山谷的最西面,执行一项危险的任务。很多人都认为,这事实上就是流放,但都被奥古斯都坚决否认了。没有人知道,卡西乌斯接到的命令到底是什么。他是在夜间悄悄离开的,仅有少数几个奴隶陪同。

"坊间传言,他是奉命潜入撒奎纳琉斯军营去当间谍了。如果真是这样的话,那他的任务几乎等同于被判处了死刑。卡西乌斯是整个梅里城堡最受欢迎的人物,如果这变成众所周知的事实,那人民大众肯定会叛变起义,反抗奥古斯都。

"不多说了,我不应该拿梅里城堡的伤心事来烦你的。拿着书卷去楼下的花园里看吧,树荫下比这里凉快。我随后就来陪你。"

在法沃尼乌斯家的花园里,埃里克舒展身躯,躺在树荫下凉爽的草地上。但此时此刻,他的心思并不在撒奎纳琉斯的历史上,也不在于梅里城堡的政治困境,而是在仔细思索着逃跑计划。

作为一名学者、探险家和考古学家,他本是很愿意留在这里的,因为这样一来,他就有充足的时间去探索这个山谷,研究当地居民的治理体系和风俗习惯。但一想到要被东方皇帝继续囚禁在这个拱顶的藏书阁里,用芦苇笔和拉丁文书写古罗马历史,记录在纸莎草纸上,他便完全失去了兴趣。

正当他思绪万千时,耳边传来了亚麻布清爽的"沙沙"声,还伴随着草鞋轻轻落在花园石子路上的脚步声。埃里克被打断了思路,于是抬起头来,眼前出现了法沃尼乌斯的女儿——法沃妮亚姣好的面庞,冲着他甜美一笑。瞬间,就像日出冲破晨曦的薄雾一样,他脑海中的古代罗马历史,连同刚制订了一半的逃跑计划,都烟消云散了。

Chapter 11

普利克拉乌斯

撒奎纳琉斯军营里,普利克拉乌斯押着人猿泰山,从迪翁·斯普兰迪乌斯的家里走了出来。他手下的士兵们纷纷聚集在门口,心满意足地高声咒骂呼喊着。他们拥戴这位指挥他们的年轻贵族,并引以为傲,因为他竟然单枪匹马就俘获了这个无法无天的野蛮人。

普利克拉乌斯一声令下,喧闹声戛然而止,士兵们立刻上前把俘虏围了起来,然后昂首挺胸地朝着罗马斗兽场进军。还没行进多远,普利克拉乌斯突然停下了队伍,径自穿过他们正在前行的大道,走到路边一座房屋的门口。他在门前停住脚步,沉思了一会儿,仿佛想走进去,但随即又改变了主意,转身回到自己的小分队里。泰山当即知道,这位年轻军官是在向他暗示,那是他住的地方,泰山随后可以去那里寻求庇护。

紧接着,队伍又恢复了行军,沿着大街往前走了几百码远。

来到一大片树荫下时，普利克拉乌斯又命令队伍停了下来。树荫对面有一座饮水喷泉，建在一堵花园围墙外面，紧挨着一棵异常高大的树。巨树茂密的枝叶不仅布满了大道的一侧，甚至还蔓延到街对面的墙上，与对面花园里其他树木的枝丫混杂交错。

普利克拉乌斯穿过大街，走到对面的喷泉边饮水，随后又折返回来，向泰山比画手势，问他是否要喝水。泰山点点头，表示同意，普利克拉乌斯于是下令，允许他横跨林荫道，去喷泉边喝水。

泰山不慌不忙地走到大街对面，在喷泉边停住脚步，弯下腰来喝水。他边喝边打量着四周，发现身旁是一棵粗壮的树干。头顶上枝繁叶茂，藏到那儿可以挡住士兵们的视线，从而免受其抛掷物的袭击。泰山找准时机，从喷泉边转身，快步一跃，瞬间消失在巨树后面。一名士兵见状，顿时大喊起来，向普利克拉乌斯发出警报。整个队伍立刻进入警戒状态，在那个年轻贵族的率领下，迅速冲到了大街对面。但当他们赶到喷泉和树边时，囚犯早已不见踪影了。

他们沮丧地大喊大叫起来，抬着头紧盯上方的树叶，但丝毫不见那个野蛮人的踪迹。几个士兵争先恐后地爬上树枝，而普利克拉乌斯则指着与他家相反的方向，高声喊道："这边！他往这边跑了！"他边喊边沿着大街奔跑起来，身后紧随着他的士兵们，人手一把长矛准备就绪。

撒奎纳琉斯军营的绝大部分路面都被树木覆盖，泰山悄无声息地在繁茂的枝叶间穿行，沿着大街的反方向朝普利克拉乌斯家移动，最终在一棵树上停了下来。从那棵树上可以俯瞰到房子的内庭院，或者说是一个带围墙的花园，这种风格似乎是这座城市里所有建筑的一个显著特征。

在他下方，泰山看见一个身形高大的黑人，正激动地对着一

普利克拉乌斯 | 115

个贵族阶级的中年妇女在说些什么。女人身边还聚集着一群奴隶，有男有女，正急切地听着那个黑人滔滔不绝。

泰山一眼认出，那个在说话的黑人正是穆平谷。并且，尽管听不懂他说的话，但泰山仍然意识到，穆平谷正按照普利克拉乌斯在斯普兰迪乌斯家的花园里给他下达的指令，让家里的奴隶准备接应泰山。不仅如此，从他兴奋地比手画脚，以及身边听众目瞪口呆的神情中，泰山还明显看出，他正在绘声绘色地描述这个故事。

那个贵族妇女正凝神倾听，心平气和，仪态端庄，似乎还微微有点被逗笑了。但她究竟是因为这个故事本身，还是由于穆平谷的手舞足蹈而发笑，泰山也不得而知。

这名妇女雍容华贵，年纪大约五十左右，头发微微灰白，泰然自若，落落大方，无一不彰显出她尊贵的地位。显然，她浑身上下都是一副贵族的气派，但从她的眼神里，以及眼角细微的皱纹中，同时也流露出宽厚仁慈和亲切善良的秉性。

穆平谷显然已是才尽词穷了，搜肠刮肚也想不出足够合适的词汇来描述，那个野蛮人是如何把他的女主人从费斯特斯手里救出来的，于是只好极尽夸张的动作，将他女主人在花园里的遭遇重现出来。正在此时，泰山从天而降，轻轻落在他身边的草地上。泰山的意外出现，吓得这群黑人奴隶措手不及，而那个白人妇女依然不动声色，没有流露出任何惊讶的表情。

"这就是你说的那个野蛮人吗？"她向穆平谷问道。

"就是他。"黑人回答说。

"你告诉他，我是菲斯特维塔斯，普利克拉乌斯的母亲，"女子向穆平谷命令道，"以我儿子的名义，我欢迎他来到我们家。"

通过穆平谷的转述，泰山回应了菲斯特维塔斯的问候，并对她的友好款待表示感激。随后,她便命令一个奴隶将这位外乡人带到一间豪华套房里,供他任意使用。

临近傍晚时分,普利克拉乌斯才回到家中,一回来就径直去了泰山的套房。他的身边还跟着另一个人,正是今天上午充当翻译的那个奴隶。

"我会和你一起留在这里,"那个人对泰山说道,"既是你的翻译,也是仆人。"

"冒昧地说一句,"普利克拉乌斯让奴隶翻译道,"整个撒奎纳琉斯军营里,这儿是唯一没有被搜查过的地方了。尽管现在塞拉特斯确信你已经逃走了,但他还是派了三支队伍彻底搜寻城外的森林。你先在我们这里避几天风头,我想,到时候定能找到办法,趁天黑之后送你离开这座城市。"

泰山不由得笑了笑。"不论白天还是黑夜,"他说道,"我随时都可以选择离开。除非让我确信,我要找的那个人的确不在这里,否则我是不会离开的。但是,首先,请让我对于你的善意帮助表示感谢,尽管我并不理解你为什么要这么做。"

"这很容易解释,"普利克拉乌斯说,"今天早上你救的那个年轻女子,是迪翁·斯普兰迪乌斯的女儿,德里科塔。我和她就要结为夫妻了。我想,这样就足以说明我的感激之情了。"

"明白了,"泰山说道,"我也很高兴,幸好当时我及时赶到了。"

"你万一再次被抓获,就不会那么走运了,"普利克拉乌斯说道,"你从费斯特斯的手里救出了德里科塔,他可是皇帝塞拉特斯的儿子。现在,皇帝就有双重理由找你复仇了。不过,你留在这儿还是很安全的,因为我们的奴隶都非常忠诚,不可能暴露你的行踪。"

"我要是继续留在这里,"泰山问道,"万一你被发现包庇罪犯,皇帝会不会迁怒于你?"

普利克拉乌斯耸了耸肩。"我每天都在等着祸从天降，"他满不在乎地说道，"不是因为你，而是因为皇帝的儿子，他也想娶德里科塔。塞拉特斯根本不需要找其他借口来消灭我。就算让他知道了我与你为伍，我的处境也不会比现在的更糟。"

"那么说来，如果我留在这儿，说不定还能对你有所帮助。"泰山说道。

"除了留下来，我想不到你还有什么别的事情可做，"普利克拉乌斯说，"塞拉特斯已经重金悬赏，现在撒奎纳琉斯军营里所有的男女老少，都在密切留意你的行迹。除了这座城里的居民以外，城外还有成千上万的野蛮人，他们会暂时抛开其他所有杂务，不顾一切也要抓到你。"

"今天，你应该见到了两次，我是如何轻而易举地从塞拉特斯的士兵手里逃脱的，"泰山微笑着说，"同样地，我也能轻轻松松离开这座城市，并且避开外面村庄的野蛮人。"

"那你为什么还留在这里？"普利克拉乌斯不解地问道。

"我来这里，是为了帮助一个朋友寻找他的儿子，"泰山回答说，"好几个星期前，这个年轻人出发考察，去威伦瓦兹山脉探险，也就是你们国家所在的地方。他的手下在抵达外山坡时就叛逃了，丢下他孤身一人。我确信，他就在这座山脉里的某个地方，而且极有可能身在这个峡谷中。如果他真的在这儿，并且还活着，肯定迟早会来到你们的城市里。按照我自己的经验来看，我敢肯定，他在这里是不会被你们的皇帝友好对待的。这就是我希望留在附近的原因。既然你告诉我，你也处在危险之中，那我不妨继续留在你家里，说不定还可以有机会，报答你对我的好意。"

"假如你朋友的儿子真的在山谷的这一端，他肯定会被抓获并带来撒奎纳琉斯军营里，"普利克拉乌斯说，"一旦发生这种情况，我就一定会知道,因为我被派遣负责镇守罗马斗兽场——这是一个军官最不愿意被分配到的职务,可见我在皇帝塞拉特斯心里并不受青睐。"

"那么,我正在寻找的这个人,有没有可能会出现在山谷里的其他地方?"泰山问道。

"这不可能,"普利克拉乌斯回答说,"整座山谷只有一个入口,就是你来时经过的那个。虽然山谷的东面还有另一座城市,但要想到达那里,他必须得穿越撒奎纳琉斯军营周围的深山密林。在这个过程中,他肯定会被外面的野蛮人俘获,并上交给塞拉特斯。"

"那我就暂且在这里留一段时间。"泰山说道。

"我们非常乐意招待你。"普利克拉乌斯答道。在接下来的三周里,泰山都一直待在普利克拉乌斯家里。菲斯特维塔斯对这个古铜色皮肤的野蛮人产生了极大的兴趣,并且很快就厌倦了需要通过翻译与他进行交谈的方式,于是开始亲自教他当地的语言。结果,没过多久,泰山便可以用拉丁语与她进行对话了。他也从来不乏锻炼这一新技能的机会,常常给菲斯特维塔斯讲外部世界的故事,以及现代文明社会的风俗习惯,菲斯特维塔斯也百听不厌、乐此不疲。

人猿泰山就这样逗留在撒奎纳琉斯军营里,默默地等待着,希望能听到埃里克出现在山谷中的消息。而与此同时,他要找的那个人正被软禁在东方皇帝的宫廷里效力,过着年轻贵族的生活。尽管大部分时间里,他都在皇宫藏书阁里愉快地工作,然而一想到自己实际上仍然是一名囚犯,就对此感到十分恼火,并且常常在脑海里制订逃跑计划——但每当靠近法沃尼乌斯的女儿,他就不由自主地被她深深吸引,以至于把这些计划都忘得一干二净。

在藏书阁里,他沉浸在工作带来的纯粹乐趣中,流连忘返。

关于逃跑的想法总是因为发现珍宝而抛在脑后,例如荷马著作的拉丁译本原著,以及前所未有的维吉尔、西塞罗和凯撒手稿的拉丁译本原著——手稿的历史跨越了好几个世纪,一直追溯到罗马共和国建立的初期,其中还包括一篇尤文纳里斯早期的讽刺作品。

日子就这样一天一天过去了。而远在另一个陌生的世界里,一片森林中,一只小猴子正在惊惶失措地狂奔。

Chapter 12

泰山遭遇背叛

自吹自擂这一特性,人们或多或少都会有,并非任何种族或个人所独有。这个秘密只有穆平谷和他的女主人,以及普利克拉乌斯家的奴隶们知道,重要性不言而喻。所以,穆平谷会时不时地走漏一些风声,让听众对他的重要地位留下深刻印象,也不足为奇。

穆平谷其实并无恶意。他对斯普兰迪乌斯一家忠心耿耿,绝对不会想要给他的主人或主人的朋友带来伤害。但人多口杂,言多必失,穆平谷也难免在无意间说漏嘴。果不其然,某天,他正在市场上以物易物,为斯普兰迪乌斯家的厨房换取食物时,突然感到有只手重重地搭在了他的肩上。转过身来,他惊讶地发现,自己面前正站着一名宫廷侍卫的百夫长,他的身后还排着一列军团士兵。

"你就是斯普兰迪乌斯家的奴隶穆平谷?"百夫长发问。

"是我。"穆平谷回答道。

"你跟我们走吧。"百夫长下令说。

所有人都畏惧皇帝手下的军队，穆平谷也不例外。他害怕得连连后退，不安地问道："你们为什么要抓我？我什么也没做。"

"走吧，野蛮人！"军官继续命令道，"我是奉命来把你带走的，不是来和你商量的！"说完，他粗暴地把穆平谷猛拉过来，一把将他推向身后的士兵。

闻声，一群人便聚了过来——每当有人被捕时，附近总是围着看热闹的人群。但百夫长视若无睹，丝毫没有理会这些人，径直带领士兵押着穆平谷离开了，围观群众纷纷退到一旁给他们让路。在场没有人提出怀疑或插手干涉，毕竟，谁敢质疑皇帝手下的军官呢？谁又会为了一个奴隶挺身而出呢？

穆平谷心想，他应该会被带到罗马斗兽场底下的地牢里，那儿通常是所有囚犯被关押的监狱；但他很快又察觉到，俘获他的人并没有带领他朝斗兽场的方向前进。当他终于意识到，皇宫才是他们的目的地时，心里顿时充满了恐惧。

在这之前，穆平谷从未涉足过皇宫周围的区域，当宫殿大门在他身后缓缓关上时，他几乎精神崩溃。他对塞拉特斯的残酷暴行，以及皇帝对敌人可怕的打击报复早有耳闻，此时不禁开始胡思乱想，吓得头脑一片空白。以至于当他最终被带入一个内殿时，正处在一种半昏半醒的状态，目光呆滞地面对着一名宫廷要员。

此时，把他带来的那名百夫长开口道："他就是穆平谷，斯普兰迪乌斯家的奴隶。按您的吩咐，给您带来了。"

"很好！"官员说道，"我向他问话时，你和你手下的士兵可以留在这里。"随即，他又转向了穆平谷，问道，"涉嫌协助皇帝的敌人，你知道会招致什么惩罚吗？"

122

穆平谷的下巴不由自主地抽搐起来，仿佛他想要回答，但却控制不了自己的声音。

"会死，"高官咬牙切齿地说，目光凶狠，"会死得很惨，惨到让人永世都不会忘记。"

"我什么都没干！"穆平谷瞬间恢复了说话的能力，惊恐地大喊起来。

"野蛮人，别想对我撒谎！"官员厉声说道，"你协助了那个自称泰山的囚犯逃跑，甚至现在还在窝藏逃犯，与你尊敬的皇帝陛下作对。"

穆平谷恐惧地哀号："不，我没有帮助他逃跑，我也没有把他藏起来。"

"你在撒谎！你知道他在哪里。你向其他奴隶吹嘘过。快说，他现在在哪里？"

穆平谷颤抖着说："我真的不知道。"

"如果把你的舌头割掉，那就没法告诉我们他在哪儿了，"罗马官员说道，"如果炽热的烙铁刺进你的眼睛，你就不能领我们去他的藏身之处。我们是一定会找到他的，但我们要是在没有你帮助的情况下找到他，那你的舌头和眼睛就不需要了。你听明白了吗？"

穆平谷又一遍重复道："我真的不知道他在哪里。"

那个罗马人于是转过身去，敲了一下锣，然后静静地站着。随后，一个奴隶响应召唤，走进了房间。"去把火钳拿来，"他向奴隶吩咐道，"还有带着烙铁的木炭火盆。快去快回！"

奴隶离开后，房间里又重新陷入了一片寂静。官员正在给他机会仔细思考，而穆平谷是如此地魂不守舍，以至于在他看来，那个奴隶才刚离开房间，一转眼就端着火钳和熊熊燃烧的炉子回

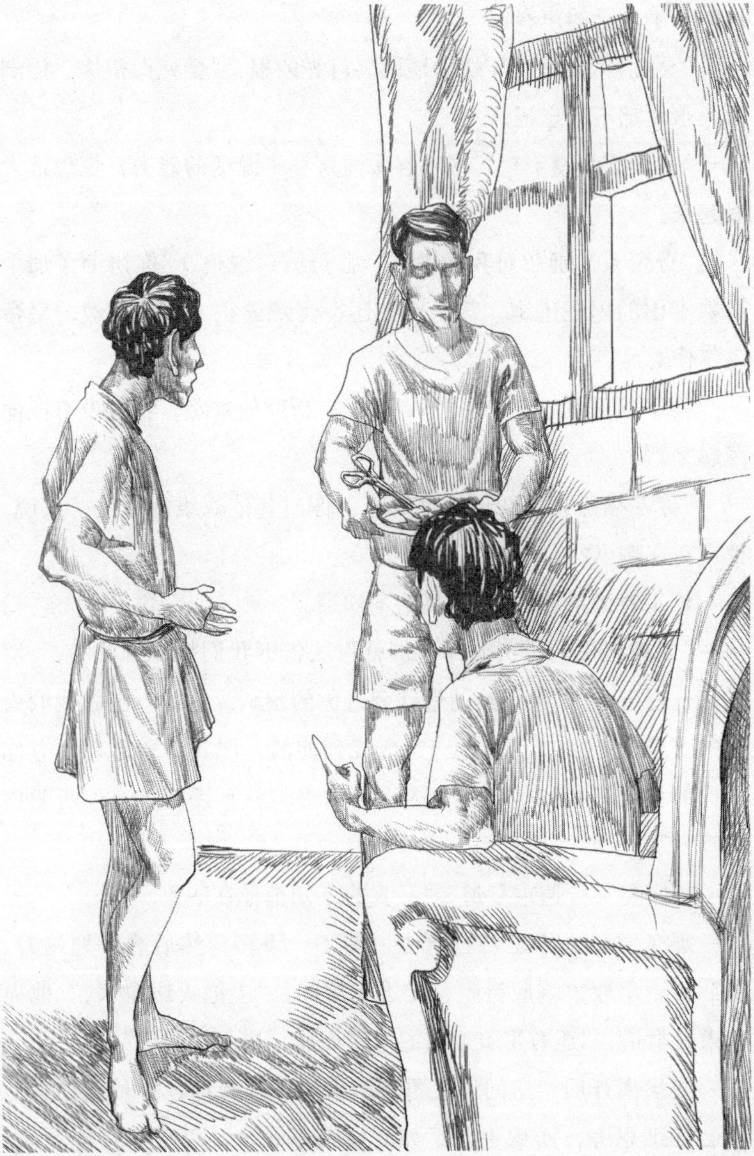

来了。炽热的火焰里,隐隐约约露出一块烙铁。

那名官员对百夫长说道:"让你的手下把他扔到地板上,然后按住他。"

穆平谷清楚地意识到,自己的末日来临了。这位官员甚至都不打算再给他一次说话的机会。

"等等!"穆平谷突然尖叫起来。

"哟!"官员说道,"你的记忆恢复了吗?"

"我只是个奴隶,"穆平谷无助地哀号,"我必须按照主人的命令办事。"

"那他们命令你去做了什么?"罗马官员问道。

"我只是给他们充当翻译,"穆平谷说,"那个白种野蛮人会说巴格哥方言,而我正是巴格哥人。他们都是通过我的转述进行交谈的。"

"那他们都说了些什么?"这个审讯者继续追问道。

穆平谷把目光垂向了地板,踌躇不决。

"快说!"审讯官员不耐烦地呵斥道。

"我不记得了。"穆平谷说。

那名官员向百夫长点了点头,士兵们随即抓住穆平谷,粗暴地将他推倒在地,其中四个士兵上前,分别牢牢地压制住他的四肢。

"火钳!"在官员的指挥下,奴隶把刑具递给了百夫长。

"等一下!"穆平谷拼命尖叫起来,"我全都告诉你。"

"让他起来,"官员下令,然后又对穆平谷说,"这是你最后的机会。如果你再次被放倒,那就会同时失去你的舌头和眼睛。"

"我全都交代!"穆平谷说,"我只是给他们进行翻译,仅此而已。至于帮他逃走或藏匿包庇,统统与我无关。"

"如果你说的是实话,那我们就不会惩罚你,"那个罗马人说,

"那个白种野蛮人现在躲在哪里？"

"他正藏在普利克拉乌斯家里。"穆平谷回答说。

"你的主人也参与了这件事吗？"罗马人继续追问。

"斯普兰迪乌斯与此事毫不相干，"穆平谷答道，"都是普利克拉乌斯一手策划的。"

"就这样吧，"那名官员对百夫长说，"把他带走，派人严加看管，直到你接到下一步命令为止。确保他不能跟任何人进行交流。"

几分钟后，审讯穆平谷的官员来到了皇帝的宝殿里。当时，塞拉特斯正在与他的儿子费斯特斯交谈。

官员报告说："尊敬的塞拉特斯陛下，我已找到那个白种野蛮人的下落了。"

"很好！"皇帝说道，"他现在在哪儿？"

"他正躲在普利克拉乌斯的家里。"

费斯特斯说道："我早就这么怀疑了。"

"还有谁与此事有牵连？"塞拉特斯又问。

"他是在斯普兰迪乌斯家的庭院里被抓到的，"费斯特斯说，"想必皇帝您也已经听说了，斯普兰迪乌斯对尊贵的皇位觊觎已久，这早就是尽人皆知的事了。"

官员补充说："但那个奴隶说，只有普利克拉乌斯一人帮助了那个野蛮人逃跑。"

"他是斯普兰迪乌斯家的奴隶，对吧？"费斯特斯问。

"是的。"

费斯特斯便说："那他自然会维护自己的主人，这不足为奇。"

塞拉特斯于是命令道："把他们全都抓起来。"

"您说的是斯普兰迪乌斯、普利克拉乌斯和野蛮人泰山吗？"官员询问。

塞拉特斯回答说："我指的不仅是那三个人，还有斯普兰迪乌斯家和普利克拉乌斯家的所有人。"

"皇帝，且慢，"费斯特斯提议道，"那个野蛮人已经两次从军团士兵手中逃脱了。哪怕有一丝风吹草动，他都可能再次逃脱。我想到一个计划，听我说！"

一个小时后，一个信使来到斯普兰迪乌斯家，奉旨邀请这位参议员和他的夫人出席当晚一名宫廷高级官员举办的宴会。与此同时，另一个信使带着一封信来到普利克拉乌斯家，邀请这位年轻军官参加当晚一名富有的年轻贵族组织的娱乐活动。

由于发出邀请的两个家族都深得皇帝器重，即便是对于斯普兰迪乌斯这样举足轻重的参议员来说，这样的邀请实际上几乎等同于命令。因此，无论是主人还是客人，他们的心里都一清二楚，毫无疑问，邀请是肯定会被接受的。

撒奎纳琉斯军营里，夜幕降临了。斯普兰迪乌斯和他的夫人抵达了东道主的家门口，正从轿子里走下来；而另一边，在全城最富有的公民之一的宴会厅里，普利克拉乌斯则正与其他宾客一起饮酒。费斯特斯也在那儿。这位王子一反常态，态度友好，不仅令普利克拉乌斯感到意外，更引起了他的困惑。

他对一位密友说道："每当费斯特斯冲我微笑，我总怀疑有什么事情要发生。"

此时，在斯普兰迪乌斯家里，德里科塔正和她的女性奴隶围坐在一起，听其中一个从荒蛮的非洲村落来的奴隶，给她们讲关于那里的故事。

而在普利克拉乌斯家中，罗马女主人菲斯特维塔斯则聚精会神地坐着，同时又不断催促她的外乡客人泰山，听他讲野蛮的非洲和文明的欧洲的故事。突然间，外面隐约传来了一阵敲门声。

不一会儿，一个奴隶便来到他们坐着的房间里，向他们报告说，门外是斯普兰迪乌斯家的奴隶穆平谷，他给泰山带口信来了。

菲斯特维塔斯说道："把他带过来吧。"没过多久，穆平谷便被领进了房间。

假如泰山或菲斯特维塔斯对穆平谷更熟悉一点，就肯定能意识到，他正处于神经极度紧张的状态。然而，他们并不了解他，因此并没有从他的言行举止中发现丝毫异样之处。

穆平谷对泰山说道："我的主人派我过来，接你去斯普兰迪乌斯家。"

菲斯特维塔斯却说："这有点古怪。"

"今晚，您尊贵的儿子在前往赴宴的路上，顺道拜访了斯普兰迪乌斯家。他离开后，我便被召唤并派来这里，接这个异乡人到我主人家里去，"穆平谷解释道，"关于此事，我就只知道这些。"

"这些指令都是普利克拉乌斯亲口对你说的？"菲斯特维塔斯盘问道。

"是的。"穆平谷回答说。

"我不知道他是出于什么原因，"菲斯特维塔斯对泰山说，"但一定是有正当理由的，否则他不会冒着你被抓走的危险，把你叫过去。"

"外面一片漆黑，"穆平谷说，"没有人会发现他的。"

"不会有危险的，"泰山对菲斯特维塔斯说，"不到万不得已，普利克拉乌斯是不会派人来找我的。穆平谷，我们走吧！"说完，他便起身，向菲斯特维塔斯道别。

泰山和穆平谷出门后，沿着林荫道还没走出多远，这个黑奴便示意泰山靠近大路的一侧。那儿坚实的墙壁上，嵌着一扇小门。

穆平谷开口说："我们到了。"

泰山顿时起了疑心,说道:"这不是斯普兰迪乌斯的家。"

穆平谷感到十分惊讶,因为这个陌生人只来过一次,而且那已经是三个多星期前的事了,竟然还对房子的位置记得如此清楚。但他不知道的是,泰山长年累月在人迹罕至的丛林里穿行,他的每一种感官和能力都早已锻炼到了最佳状态。

"这不是正大门,"穆平谷赶紧解释说,"因为普利克拉乌斯担心,如果你从正门进入斯普兰迪乌斯家,万一被别人看到,就会有危险。而这条路通往一条小巷,与附近好几户人家都相连。一旦进去,就基本不用担心会被抓到了。"

"我明白了,"泰山说道,"你带路吧。"

穆平谷打开门,示意泰山在他前面走进去。当泰山穿过大门,踏入门后的一片黑暗中时,二十几个人突然出现,向他冲来,瞬间将他制服。与此同时,泰山立刻意识到,自己是被人出卖了。这一切发生得如此之快,不过是瞬息间的事情,泰山便发现,自己的手腕上被袭击者套上了镣铐——那是最令他憎恨,同时也是最让他害怕的东西。

Chapter 13

地牢里的相遇

　　夏夜的月光笼罩着梅里城堡这座海岛之城，在法沃尼乌斯家的花园里，埃里克正在追求法沃妮亚。与此同时，另一边的撒奎纳琉斯军营里，皇帝塞拉特斯手下一小队皮肤黝黑的军团士兵，正拖着人猿泰山和斯普兰迪乌斯家的奴隶穆平谷，把他们押往位于罗马斗兽场底下的地牢里——而在遥远的南方丛林里，一只小猴子蜷缩在一棵大树最顶端的树枝上，又冷又怕，瑟瑟发抖。在它身下远方幽深的密林里，一头猎豹正在悄然移动。

　　在东道主的宴会厅里，普利克拉乌斯斜倚在沙发上，远处坐着贵宾费斯特斯。这位王子显然喝了不少本土葡萄酒，说话含混不清，显得格外兴高采烈，浑身散发着沾沾自喜的得意之情。好几次，他都把谈话的主题引向了最近冒出来的异乡人，那个侮辱了他的父亲塞拉特斯并两次从皇帝手下的士兵手里逃脱的白种野蛮人。

"那天,他本来是绝不可能从我手里逃走的,"他吹嘘道,冲着普利克拉乌斯坐的方向轻蔑一笑,"任何一个忠于皇帝的军官都不会让他逃脱的。"

"费斯特斯,在斯普兰迪乌斯家的花园里,你明明抓到他了,"普利克拉乌斯反问,"你当时为什么没有抓住他?"

费斯特斯顿时满脸通红,脱口而出:"这次我一定会牢牢抓住他!"

"哦,这一次?"普利克拉乌斯表示质疑,"他又被你俘获了吗?"尽管费斯特斯的话犹如一道晴天霹雳,令他猝不及防,但不论是从声音里还是表情上,这位年轻贵族都竭力控制自己,只表现出了礼貌性的询问而已。

"我的意思是,"费斯特斯有些不知所措,赶忙解释道,"如果再次抓到他,我一定会亲自严加看管,让他插翅难逃。"但他的话并没有减轻普利克拉乌斯的疑虑。

随后整个漫长的晚宴里,普利克拉乌斯始终都觉察到一种不祥的预感。从东道主隐约流露出的敌意和费斯特斯其他几个亲信身上,他明显可以感到,空气中弥漫着危机。

在合乎礼仪的情况下,普利克拉乌斯找借口早早离席了。全副武装的奴隶伴在他的轿子左右,行走在撒奎纳琉斯军营阴森森的大街上。浓浓的夜色里,犯罪肆无忌惮地繁衍滋生,抢劫和谋杀悄然横行。当最终回到家门口,并从轿子上走下来时,他发现,大门竟是微微敞开的,但门口并没有奴隶在等候迎接。他顿时停住了脚步,脸上浮现出困惑的神色,双眉紧锁。

整幢房子显得异常安静,死气沉沉。通常情况下,每当家里有成员外出时,都会有奴隶在前院点亮夜灯,但今天却没有亮灯。普利克拉乌斯在门前犹豫了片刻,随即脱下肩膀上的披风往后一扔，腾出双臂，推开大门走了进去。

在那名宫廷高级官员举办宴会的大厅里，宾客们无聊地连连用手捂住嘴打哈欠，但碍于当晚皇帝也在场，他不离席，没有人敢离开。夜深时分，一名军官前来向塞拉特斯禀报——一听完消息，皇帝脸上便流露出心满意足的表情，丝毫不加掩饰。

"刚才，我得知了一条重要信息，"塞拉特斯对宴会主人说，"此事关乎尊贵的参议员迪翁·斯普兰迪乌斯以及他的夫人。我希望你能和其他宾客回避一下，让我们三个人单独留在这里。"

待所有人离开后，他转向了斯普兰迪乌斯，开口道："斯普兰迪乌斯，坊间早有传闻，称你觊觎皇位已久。"

参议员回答说："完全是一派胡言。塞拉特斯，您应该心里清楚。"

"但是，我也有理由相信这是真的，"塞拉特斯没好气地说道，"一个国家不可能有两个皇帝。斯普兰迪乌斯陛下，你也知道，叛国罪会是什么下场。"

斯普兰迪乌斯傲然回答道："既然皇帝已经下定决心，不论是出于个人原因还是其他任何理由，都要置我于死地，那么，我再怎么争辩也无济于事。"

"但我另有打算，"塞拉特斯说道，"这一计划，可能会打消我判你死刑的念头。"

"臣洗耳恭听。"斯普兰迪乌斯恭敬地回道。

"的确，"塞拉特斯表示肯定，"我的儿子费斯特斯想要娶你的女儿德里科塔为妻，这也同样是我的心愿。如此一来，撒奎纳琉斯军营里最显赫的两个家族就得以联合，帝国的未来也将得到坚实的保障。"

斯普兰迪乌斯回答说："但是，我的女儿德里科塔，已经同别人订婚了。"

"与马克西姆斯·普利克拉乌斯订了婚?"塞拉特斯询问。

"是的。"参议员回答说。

"那我告诉你,她是永远不可能嫁给普利克拉乌斯的。"皇帝说。

"为什么?"斯普兰迪乌斯不解地问道。

"因为普利克拉乌斯马上就要死了。"

"我不明白您的意思。"斯普兰迪乌斯说。

"那我告诉你,那个自称泰山的白种野蛮人已经被逮捕了。这样,你应该就知道,为什么普利克拉乌斯快要没命了。"塞拉特斯冷笑着说。

斯普兰迪乌斯摇了摇头,表示否认。"恐怕,"他说,"我还是不能明白皇帝的意思。"

"斯普兰迪乌斯,我想你应该明白,"皇帝说道,"但这无关紧要。皇帝的意愿是,撒奎纳琉斯军营的下一任皇后,绝对不能让我产生丝毫怀疑之情。所以,尽管我相信你肯定已经知道了,还是要解释一下事情的来龙去脉。那个白种野蛮人从我的士兵手里逃脱后,被普利克拉乌斯在你家的花园里找到了。我的儿子,费斯特斯,亲眼目睹了他被逮捕。你家的一个奴隶在那个野蛮人和普利克拉乌斯之间充当翻译,但普利克拉乌斯协助这个野蛮人逃脱了,还把他藏在自己家里避难。今晚,我的手下在普利克拉乌斯家找到并俘获了他,同时把普利克拉乌斯也抓了起来,现在,他们都被关在罗马斗兽场底下的地牢里。你竟然说自己对这些事情一无所知,简直不可思议。但如果你能担保,让德里科塔嫁给费斯特斯,我就不再追究此事。"

"纵观撒奎纳琉斯军营的整个历史,"斯普兰迪乌斯说道,"我们的女儿可以自由选择自己的丈夫,对此我们一直引以为傲——

即使是皇帝也不能命令一个自由的女人,强迫她违背自己的意愿结婚。"

"事实的确如此,"塞拉特斯回答,"正是出于这个原因,我才没有命令——我只是这样提议。"

"我不能擅自替我的女儿回答,"斯普兰迪乌斯说道,"还请皇帝的儿子,像撒奎纳琉斯军营里其他的男人一样,亲自向我的女儿求婚。"

塞拉特斯旋即起身。"我只是这么建议,"但他的语气显然与他所言不符,"请尊贵的参议员同他的夫人先回家去,仔细考虑一下皇帝刚才说的话。几天之后,费斯特斯会亲自上门,听取你们的回答。"

泰山在俘获者的推搡下,缓缓行进在地牢里。火把的光芒照亮了地牢的内部,他看见,墙上拴着一个白人和几个黑人。卢科迪就在这几个黑人之中,但当他认出泰山时,几乎没有表现出一丁点感兴趣的迹象。显然,牢狱之灾沉重地压在他的心头,极大地改变了他的性情。

除了泰山以外,地牢里仅有一个白人囚犯,就锁在他的旁边。他不禁注意到,从他进来的那一刻起,身边这个囚犯就对他产生了强烈的兴趣。这个囚犯一直仔细打量着泰山,直到所有士兵离开,带走了燃烧的火把,地牢又再次回归一片黑暗之中。

正如他在马克西姆斯·普利克拉乌斯家中的习惯一样,泰山只穿着他的缠腰布和豹皮,但出于对菲斯特维塔斯的礼貌,当他出现在她面前时,还穿了托加袍和凉鞋。今天晚上,当他和穆平谷一起出发时,起初还披着托加袍当作伪装,但在拒绝被捕的混战中被敌人撕毁了。以至于他现在的外貌看起来格外怪异,足以吸引其他囚犯的好奇心。士兵们刚一走远,身旁的囚犯就立即开

134

口向他说话了。

"莫非你就是那个白种野蛮人?"他问道,"你的名声甚至都已经远扬到阴森寂静的地牢里了。"

泰山回答说:"我是人猿泰山。"

"就是你把塞拉特斯高举在头顶,耀武扬威地走出他的宫殿,还嘲弄他的士兵!"那个囚犯高声喊道,"以我先帝父亲的名义啊,塞拉特斯一定会极尽手段处死你的。"

泰山一言不发,没有回答。

"他们都说,你能像猴子一样灵巧地穿过树林,"那个囚犯继续说道,"那你怎么会被他们重新抓回来?"

"我是遭人背叛了,"泰山答道,"他们设下埋伏,把镣铐锁在我身上,令我猝不及防。要是没有这些,"说着,他甩了甩腕上戴着的手铐,"他们是不可能抓住我的。但你是什么人?你又是因为做了什么,被关进了皇帝的地牢里?"

"我不是在皇帝的地牢里,"那个人回答说,"这个坐在撒奎纳琉斯军营宝座上的家伙,不配称为皇帝。"

"那么谁才是皇帝?"泰山询问。

"只有东方国度的君主,才有权被称为皇帝。"那个人回答道。

"那我推想,你应该不是撒奎纳琉斯军营里的人。"泰山猜测说。

"我不是,"那人回答,"我是从梅里城堡来的。"

"那你为什么会成为阶下囚?"泰山问道。

"因为我来自梅里城堡。"那人回答。

"在撒奎纳琉斯军营里,这种身份就算是罪过吗?"泰山又问。

"我们两国总是互相敌对,"那个人回答说,"有时,我们会打着休战旗进行物物交换,因为我们有他们想要的东西,而他们有我们必须要用的东西。但时不时会有突袭,而且经常爆发战争,于是，无论哪方获得胜利，都会用武力夺取物资，否则就得被迫付出代价。"

"在这个小山谷里，什么东西是你们其中一方可能有，但另一方却没有的？"泰山问道。

"我们梅里城堡拥有铁矿，"那个人回答道，"我们还有纸莎草沼泽和湖泊，这些都能给我们提供很多资源，而撒奎纳琉斯军营的人就只能从我们这儿获取。我们向他们出售铁块、纸张、墨水、蜗牛、鱼和珠宝，以及许多手工制品。而在山谷的另一端，他们开采黄金。由于撒奎纳琉斯军营的人控制了这里通往外部世界的唯一入口，我们不得不通过他们才能获得奴隶，以及我们饲养牛群所需的新种畜。

"撒奎纳琉斯人天生都是小偷和劫匪，不仅懒得劳作，而且愚昧无知，竟然不教授他们的奴隶如何生产东西，他们完全依赖于自己的金矿，以及从外部世界进行掠夺和交易。而我们，则已经培养了许多技术娴熟的工匠，好几代人以来，我们所生产的制成品，能够为我们换取大量的黄金和奴隶，远远超出我们所需要的数量。现如今，我们比撒奎纳琉斯人要富裕得多。我们不仅生活得更好，而且更有教养，日子更加幸福，这就引起了撒奎纳琉斯人的嫉妒，他们对我们的仇恨变得更深了。"

"我明白了，"泰山接着问道，"不过，你为什么来到了敌人的国家里？你又是怎么被他们抓获的？"

"我的叔叔是东方皇帝奥古斯都，他背信弃义，把我交到了塞拉特斯的手里。"那人回答，"我叫卡西乌斯·哈斯塔，我的父亲是奥古斯上一任的皇帝。奥古斯担心我会谋权篡位，出于这个原因，他便密谋要除掉我，而又不想为这一行为承担任何责任。于是，他就想到派我去执行军事任务，随后收买了我身边的一个陪同奴隶，令他把我出卖给了塞拉特斯。"

"塞拉特斯会怎么处置你？"泰山问道。

"他会用相同的手段处置我们两个，"卡西乌斯回答说，"我们会作为塞拉特斯的非凡成就被展出。他每年都会举办这一活动，然后就让我们在竞技场里供他们消遣，直到被杀死。"

"这个活动会在什么时候举行？"泰山又问。

"没过多久就会举行了，"卡西乌斯答道，"他们已经收集了这么多犯人用来在胜利巡回上展示，并参与竞技场里的战斗。人数众多，他们才不得不把黑人和白人关在同一间地牢里，通常他们是不会这么做的。"

"这些黑人也全都是因为这个目的而被关在这里的吗？"泰山问道。

"没错。"那人回答说。

地牢里伸手不见五指，泰山看不到卢科迪的具体位置，只能向他大致所处的方位转过身去，低声喊道："卢科迪！"

"什么事？"那个黑人无精打采地回应道。

"你还好吗？"泰山问他。

"我就快要死了，"卢科迪回答说，"他们会拿我喂狮子，或者把我绑在十字架上活活烧死，或是让我和其他战士自相残杀。不论如何，对于卢科迪来说，结果都是一样的。当首领那育托俘获泰山时，那是一个悲伤的日子。"

"这些人全都是你们村子里的百姓吗？"泰山又问。

"不，"卢科迪答道，"他们绝大多数都是从撒奎纳琉斯军营城外的村庄里抓来的。"

"昨天，我们还被他们称为自己人，"此时，旁边另一个听得懂巴格哥方言的囚犯也开口说道，"明天，他们就会迫使我们互相杀戮，来取悦皇帝。"

"你们部落一定人数很少，或是士气非常低落，"泰山说道，"对于这样残暴的虐待，你们竟然逆来顺受。"

"我们的人数几乎是这座城市人口的两倍，"那个人反驳说，"而且，我们个个都是勇敢的战士。"

"那你们就是傻子，"泰山说道，"但我们不能永远受人愚弄。现在已经有许多人愿意奋起反抗塞拉特斯和撒奎纳琉斯军营里的白人了。"

与泰山一起被关进地牢的，还有斯普兰迪乌斯家的奴隶穆平谷，此时，他也开口说道："城里的黑人和城外村庄里的黑人一样，都对这个皇帝感到厌恶。"

这些人你一言我一语，不禁引发了泰山的深思。他知道，这座城市里一定有成百上千的非洲奴隶，而在城外的村庄里，还居住着成千上万的黑人奴隶。如果有一个领袖从他们之中挺身而出，那么，皇帝的暴政很有可能就会戛然而止。当他向卡西乌斯·哈斯塔说起这一想法时，这位贵族却信誓旦旦地告诉他，这样的领袖永远不可能出现。

"这些奴隶已经受我们统治许多个世纪了，"他解释道，"他们对我们的恐惧已经成了一种遗传的本能。我们的奴隶是永远不会奋起反抗他们的主人的。"

"但是如果他们真的这样做了呢？"泰山问道。

"除非他们有一个白人领袖，否则是不可能会成功的。"卡西乌斯回答说。

"那为什么不让一个白人来当领袖呢？"泰山问道。

"这简直是匪夷所思。"卡西乌斯回答道。

紧接着，来了一小队士兵，打断了他们的对话。那群士兵走到地牢入口前,停下了脚步,准备打开大门。在火把光芒的照耀下,泰山发现,他们又带来了一名囚犯。待他们把囚犯拖进来后,泰山一下子就认出,那个人正是普利克拉乌斯。他看到普利克拉乌斯也认出了自己,但是鉴于这个罗马人没有向他打招呼,泰山也保持着沉默。士兵们用铁链将普利克拉乌斯锁在墙上,随后就转身离开了,地牢又重归一片黑暗之中,那位年轻军官这才开口说话。

"我现在终于明白,我为什么会被关在这里了,"普利克拉乌斯说道,"但其实,当他们埋伏在我家前庭,突袭然后逮捕我时,我就联想到了费斯特斯今晚在宴会上的含沙射影。把这一切拼凑起来后,果然不出我所料。"

"我一直都担心,你以朋友的方式对待我,会给自己招来灾祸。"泰山说道。

"你不必自责,"普利克拉乌斯安慰他说,"就算没有你,费斯特斯或塞拉特斯也会找到别的理由。从费斯特斯把注意力集中到德里科塔身上的那一刻起,我就注定难逃一死。为了达到目的,他必须得将我摧毁。仅此而已,我的朋友。不过,我还是不知道,究竟是谁背叛了我。"

漆黑一片中,一个声音传来,说道:"是我干的。"

"是谁在说话?"普利克拉乌斯问。

"是穆平谷,"泰山说道,"他是和我一起被抓的,当时我们正在路上,准备去迪翁·斯普兰迪乌斯家见你。"

"去见我?"普利克拉乌斯不由得惊呼。

"我撒谎了,"穆平谷说,"都是他们逼我的。"

"是谁强迫你这么干的?"普利克拉乌斯质问。

"是皇帝手下的军官,还有他的儿子,"穆平谷回答说,"他们把我拖到皇帝的宫殿里,将我四脚朝天按在地上,威胁要用火钳

地牢里的相遇 | 139

扯掉我的舌头，还要用热铁块灼瞎我的眼睛。啊，主人！我还能怎么办呢？我只不过是个可怜的奴隶，皇帝残暴不仁，我实在是吓坏了。"

"我能理解，"普利克拉乌斯说道，"穆平谷，我不怪你。"

"他们答应会还我自由的，"奴隶接着说道，"然而现在却把我锁在这个地牢里。毫无疑问，我肯定会死在竞技场上，但我并不害怕。是火钳和赤红的烙铁让我成了一个懦夫。除此之外，没有什么能逼迫我背叛我主人的朋友。"

地牢里四面都是冰冷坚硬的石头，连一个舒适的角落也没有。而泰山自从出生以来，就已习惯了各种艰难困苦，所以睡得非常安稳，直到第二天日出后几个小时，狱卒端着食物进来时，才被唤醒。一个身穿军团士兵制服的混血军官正指挥着手下的奴隶，把水和粗面包分发给地牢里的囚犯，态度粗暴。

泰山边吃边打量着牢里的其他囚犯。地牢里有来自梅里城堡的先帝之子卡西乌斯·哈斯塔，还有马克西姆斯·普利克拉乌斯，撒奎纳琉斯军营的一名贵族兼军团首领。这两个人，再加上他自己，是地牢里仅有的三个白人。一同被关押的还有卢科迪，在那育托的村庄里曾经帮助过他的巴格哥人，以及迪翁·斯普兰迪乌斯家的奴隶——出卖他的穆平谷。随即，借助着从小窗户的铁栅栏间透进来的光亮，他又认出了另一个巴格哥人——奥冈约，此刻他就像任何人看到了类似于自己祖先的灵魂那样，仍然用胆怯的目光盯着泰山。

除了这三个黑人奴隶之外，一同被关的还有五个高大魁梧的战士，来自撒奎纳琉斯军营城外的村庄。为了赞颂皇帝、教化民众，不久之后，斗兽场上即将举行竞技比赛。他们体格超群，都是精心挑选出来参加角斗比赛的，而这正是竞技游戏的一个重要组成部分。这间牢房又小又挤，地面上几乎没有足够空间让这十一个人舒展身躯。然而，石壁上还有一个吊环空着，说明这个地牢还没有满员，还能再多容纳一个囚犯。

整整两天两夜，牢房里的犯人们竭尽所能地想尽办法自娱自乐，用来消磨地牢里格外缓慢的时光。不过，那几个黑奴始终垂头丧气，悲哀地沉浸在他们不祥的预感中，对任何事情都提不起兴趣。

泰山则与其他囚犯侃侃而谈，尤其喜欢与城外村庄来的那五个战士交谈。与他们打过交道之后，他了解了这些人的内心想法，并且发现，要想赢得他们的信任，对他来说并不是难事。没过多久，他就向他们灌输了自己勇敢无畏、自力更生的精神——绝对不会被敌人彻底打败，也不可能承认失败。

他和普利克拉乌斯谈论了撒奎纳琉斯军营，又与卡西乌斯探讨了关于梅里城堡的事。对于即将举行的胜利展示和竞技比赛，他们把自己所知道的一切都告诉了泰山。不仅如此，泰山还从他们那里了解了这座城市对于人民、法律以及风俗习惯的军事化统治手段。这一生中，泰山一直都被人认为是沉默寡言、不苟言笑的，而现在却很有可能被其他囚犯误认为非常健谈。不过，尽管他们可能并没有意识到这一点，但事实上，泰山问的每一个问题，都有明确的目的性。

在他被监禁的第三天，又一个犯人被带来了，与泰山一起被锁在这间挤满囚犯的牢房里。他是一个年轻的白人，身穿军官的短袍和胸甲制服。眼看着新囚犯的到来，其余所有囚犯都默不作声，这似乎已经成了他们之间默认的惯例。但当那些士兵把他押进牢房，将他拴在仅剩的那个空吊环上，并转身离开后，卡西乌斯勉强抑制住自己的激动之情，赶忙冲他打招呼。

"凯利乌斯·梅特拉斯!"他低声惊呼道。

循着哈斯塔说话声传来的方向,那个人随即转过头来。显然,他的眼睛还没有适应地牢里的幽暗。

"哈斯塔!"他也大声回应道,"即便是从地狱底下最暗无天日的深渊里传来,我也能辨认出你的声音。"

"是什么厄运把你带到这儿来了?"哈斯塔询问道。

梅特拉斯回答说:"把我和我最好的朋友联系到一起,可不能算是坏运气。"

"但是请告诉我,这到底是怎么回事。"卡西乌斯·哈斯塔执意问道。

"自从你离开梅里城堡之后,发生了许多事情,"梅特拉斯答道,"福普斯想方设法骗取了皇帝的信任,在皇帝面前搬弄是非、颠倒黑白,以至于你以前所有的朋友现在都遭到怀疑,而且身陷危险之中。马里乌斯也被关了起来。还有塞普蒂默斯·法沃尼乌斯,他已经失去了皇帝的青睐,要不是因为福普斯爱上了他的女儿法沃妮亚,他本人也会被关进监狱里。但我不得不告诉你,最骇人听闻的消息是,奥古斯都已经正式选定了福普斯,将任命他为尊贵皇位的继承者。"

"福普斯当皇帝?"哈斯塔不由得惊呼,大声嘲笑道,"还有惹人喜爱的法沃妮亚呢?她不可能会对福普斯有好感吧?"

"当然不可能,"梅特拉斯回答说,"但这一事实恰恰是所有麻烦真正的根源。法沃妮亚爱的是别人,而福普斯却渴望占有她。于是福普斯便利用皇帝对你的嫉妒之情,摧毁一切阻挡他前进的障碍。"

"那么法沃妮亚爱的究竟是谁?"卡西乌斯·哈斯塔又问,"总不可能是她的表兄马里乌斯吧?"

142

"不是,"梅特拉斯答道,"她爱的是一个外乡人,你从来都没有听说过的。"

"这怎么可能呢?"卡西乌斯·哈斯塔质疑道,"难道梅里城堡里还有我不认识的贵族吗?"

"他不是梅里城堡的人。"

"该不会是撒奎纳琉斯人吧?"卡西乌斯·哈斯塔继续追问。

"不,他是个野蛮人首领,从日耳曼尼亚来的。"

"你都在胡说些什么?"哈斯塔表示难以置信。

"我说的全都是真话,"梅特拉斯答道,"你离开之后没过多久,他就来到了梅里城堡。他是一名学者,学识渊博,精通罗马古代和现代的历史,很快就赢得了奥古斯都的青睐。不仅如此,他还俘获了法沃妮亚的芳心,因此招致了福普斯的嫉妒与仇视,从而使得马里乌斯、塞普蒂默斯·法沃尼乌斯和他自己都惹上了杀身之祸。"

"他叫什么名字?"卡西乌斯·哈斯塔问。

"他自称埃里克·冯·哈本。"梅特拉斯回答。

"埃里克·冯·哈本,"泰山重复了一遍,"我认识这个人。他现在身在何处?有没有危险?"

梅特拉斯闻声,把目光转向了泰山身上。"你这个撒奎纳琉斯人,怎么会知道埃里克?"他质问道,"那么,福普斯告诉奥古斯都的那个故事,或许是真的——他说,这个叫埃里克的家伙,实际上是撒奎纳琉斯军营派来的间谍。"

"不是,"普利克拉乌斯开口说,"你不要冲动。这个叫埃里克的人从来没有在撒奎纳琉斯军营里出现过,而我的这位朋友也并不是撒奎纳琉斯人。他是一个白种野蛮人,来自山谷外的世界。如果他说的都是真的,况且我也没有理由怀疑他说的真实性——

地牢里的相遇 | 143

那么，他来这里就是为了寻找这个埃里克。"

"梅特拉斯，你可以相信这个故事，"卡西乌斯说，"自从一起入狱以来，我们已经成了好朋友，他们两个都是值得尊敬的人。他们告诉你的都是事实。"

"告诉我一些关于埃里克的情况，"泰山坚持说道，"他现在到底在哪里？他有没有被福普斯的阴谋诡计所毒害？"

"他现在和马里乌斯一起，被关在梅里城堡的监狱里，"梅特拉斯答道，"尽管他不可能在比赛中幸存下来，但是万一活了下来，福普斯也会费尽心机找到其他方法来摧毁他。"

"竞技比赛什么时候举行？"泰山又问。

"比赛会在八月的月中日开幕。"卡西乌斯回答道。

"今天已经是八月的第五天了。"泰山说道。

"明天才是。"普利克拉乌斯纠正。

"到时候我们就知道了，"卡西乌斯说，"那正是为了展示塞拉特斯的胜利成果而安排的日子。"

"有人告诉我说，这个比赛会持续一个星期左右，"泰山说道，"这里距离梅里城堡有多远？"

"对于生力军来说，大约需要八小时的行军，"梅特拉斯答道，"不过你问这个做什么？你是打算要去梅里城堡吗？"

泰山注意到，这人的嘴角挂着一丝轻蔑的笑，说话声中还流露出嘲讽的语气，于是说道："没错，我要去梅里城堡。"

"或许你还能带我们一起去。"梅特拉斯放声笑道。

"你是埃里克的朋友吗？"泰山问他。

"我既与他的朋友为伍，也与他的敌人为敌。但我对他还不太了解，称不上是朋友。"

"但是你并不爱戴皇帝奥古斯都，对吗？"泰山又问。

"没错。"那人回答道。

"那我推测,哈斯塔也没有理由爱戴他的叔叔,对吧?"泰山接着说道。

"你说得没错。"哈斯塔回答说。

"那么,或许我能带你们两个一起离开。"泰山说道。

二人听完,同时笑了起来。

"我们时刻准备着,你准备好了就可以带我们走。"卡西乌斯·哈斯塔回答说。

"如果到了梅里城堡,卡西乌斯·哈斯塔仍然是我的朋友,"此时,马克西姆斯·普利克拉乌斯插进来说,"你们的队伍也可以算我一个。"

"马克西姆斯·普利克拉乌斯,我向你保证,你永远是我的朋友。"哈斯塔回答说。

"我们什么时候离开?"梅特拉斯说着,抖了抖身上的铁链。

"一旦摆脱了身上这些枷锁,我就能离开。"泰山说道,"当他们要把我带去竞技场参加角斗时,一定会把铁锁打开。"

卡西乌斯提醒他说:"你不用想了,到时候你身边一定围着许多军团士兵,想尽办法让你插翅难逃。"泰山于是回答道:"普利克拉乌斯可以告诉你,我曾经两次从塞拉特斯的军团士兵手里逃脱。"

"的确,"普利克拉乌斯表示认同,"在皇帝卫队的重重包围下,他竟然也从塞拉特斯的王座室里逃了出来,同时还把皇帝高举在头顶,径直穿过长长的宫殿,走到了远处的林荫大道上。"

"但如果我要带你们一起走,那样就比较困难了。"泰山说道,"不过我还是会带上你们的,因为我很乐意看到塞拉特斯的阴谋诡计被挫败。并且,你们当中至少有两个人,能够帮助我在梅里城

地牢里的相遇

堡里找到埃里克。"

"我发现你这个家伙很有意思，"哈斯塔说，"我差点就相信了，你可以完成这个疯狂的计划。"

Chapter 14
竞技场的盛典

晴空万里,随着一轮红日冉冉升起,撒奎纳琉斯军营迎来了八月的第五天。空荡荡的竞技场在烈日骄阳的照耀下,新耙的沙地反射着金光。主干道将整座城市一分为二,两列人群整齐地排在道路两旁。

商人们身着短袍,衣冠楚楚,与肤色黝黑的工匠们相互推搡,竞相抢占林荫大道边的有利位置。人群里还有来自外部村庄的野蛮人,身上穿戴着他们最精美的羽毛,以及最贵重的饰物和兽皮,惹人注目。混杂在他们之中的,还有这座城市里的奴隶们,一个个热切地期盼着这场盛会,等待为塞拉特斯的伟大成就举行庆典。

而在自家房子低矮的屋顶上,贵族们斜倚在地毯上,透过树丛间隙或树枝下方,可以清楚地看到大街上的每一个角落。整个撒奎纳琉斯军营的人都来了,说是为了向皇帝致敬,但实际上是为了消遣娱乐。

空气中充斥着欢声笑语，兜售糖果和小装饰品的街头小贩用肘在人群中推挤前进，吆喝着自己的商品。从宫殿到罗马斗兽场的整个路段，每隔一定的距离都有军团士兵站岗，使得大街中央保持畅通。

从前一天晚上起，人群就渐渐聚集起来了。寒冷的夜幕降临时，他们只能裹紧身上的斗篷，挤成一团相互取暖。人群里发出欢声笑语，也爆发过争吵，几乎演变成骚乱。不少原本即将进场的观众却因为惹是生非，被关进了地牢里。冷冰冰的石头地面和墙壁或许可以冷却他们过于旺盛的精力。

随着黎明的曙光缓缓洒向大地，人群也变得躁动不安起来。一开始，当一些贵族坐在装饰华丽的轿子上经过，前来参加盛典时，周围群众会保持安静，行注目礼，以示恭敬。或者，如果这个贵族被众人所熟知并且广受好评的话，可能还会受到群众的欢呼致意。然而，随着时间一分一秒过去，阳光变得越来越灼热，大量聚集的群众也变得越来越不耐烦。偶尔有一两个轿子经过，都会引来低沉的牢骚或刺耳的嘘声。

但没过多久，远远地，从宫殿的方向，传来了表示出征的号角声。尖锐刺耳的音符振奋人心，使这些暴民瞬间忘记了一切疲劳和不适，一下子变得满怀期待起来。

在二十几个小号手的率领下，游行队伍沿着大街缓缓前进，身后还跟着一个连队的皇家护卫队。他们锃光瓦亮的头盔顶上，羽冠随着步伐迎风飘摇。两百个士兵身披金属胸甲，手持金属长矛和盾牌，反射的阳光穿透了他们头顶上的树叶，熠熠生辉。为首的贵族军官身穿压花皮革和刺绣亚麻，衣着华贵，金光闪闪。在他们的带领下，身后的士兵也个个昂首阔步，趾高气扬，接受着大道两侧群众投来的艳羡目光。

待军团士兵走过后，人群中爆发出了一阵热烈的掌声。随后，宫殿里传出一阵怒吼的人声，沿着主干道缓缓传向了罗马斗兽场。只见远处走来几个身形巨大的黑人，手持金皮带，驾驭一辆由狮子拉着的敞篷双轮战车，上面独自乘着皇帝本尊，身穿紫色和金色相间的服饰，雍容华贵，光芒万丈。

皇帝可能已经预料到了民众会对自己欢呼喝彩，但他心里仍然有个疑问。这些赞誉声到底是由于皇帝的出场而引起的呢，还是因为他们看到了绑在皇帝战车上的俘虏？毕竟，对于撒奎纳琉斯军营里的人来说，皇帝早已不是什么新鲜的事物了，但这些囚犯则是新鲜玩意儿，而且还预示着竞技场上即将上演的罕见体育运动。

在撒奎纳琉斯军营公民的记忆里，从未出现过这样一位皇帝，在他的胜利凯旋中展出如此引人注目的俘虏。他的俘虏有那育托，巴格哥部落的首领；凯利乌斯·梅特拉斯，东方皇帝手下军团中的一名百夫长；还有卡西乌斯·哈斯塔，东方皇帝的侄子。但是，最能激起他们热情的，或许还是那个了不起的白种野蛮人。这个野蛮人依然顶着一头蓬乱的黑发，穿着一身破旧的豹皮。他力量惊人，身手矫捷，有关他的疯狂事迹早已在坊间广为流传。

此刻，这个野蛮人正被金项圈和金链条牵引在皇帝的双轮战车上。但奇怪的是，他的外表上却没有显露出丝毫害怕或羞辱的迹象。他昂首挺胸，神气十足地走着——活像拴在群狮前面的领头狮。并且，正是他昂首阔步、大步流星的神态，更加突出了他与这种丛林野兽的相似之处——就像那几头正拉着皇帝的敞篷战车，沿着撒奎纳琉斯军营宽阔的主干道行进的狮子。

随着游行队伍正向罗马斗兽场缓慢移动时，围观的人群又被其他东西吸引了注意。巴格哥俘虏们被锁成一列，脖子连着脖子；

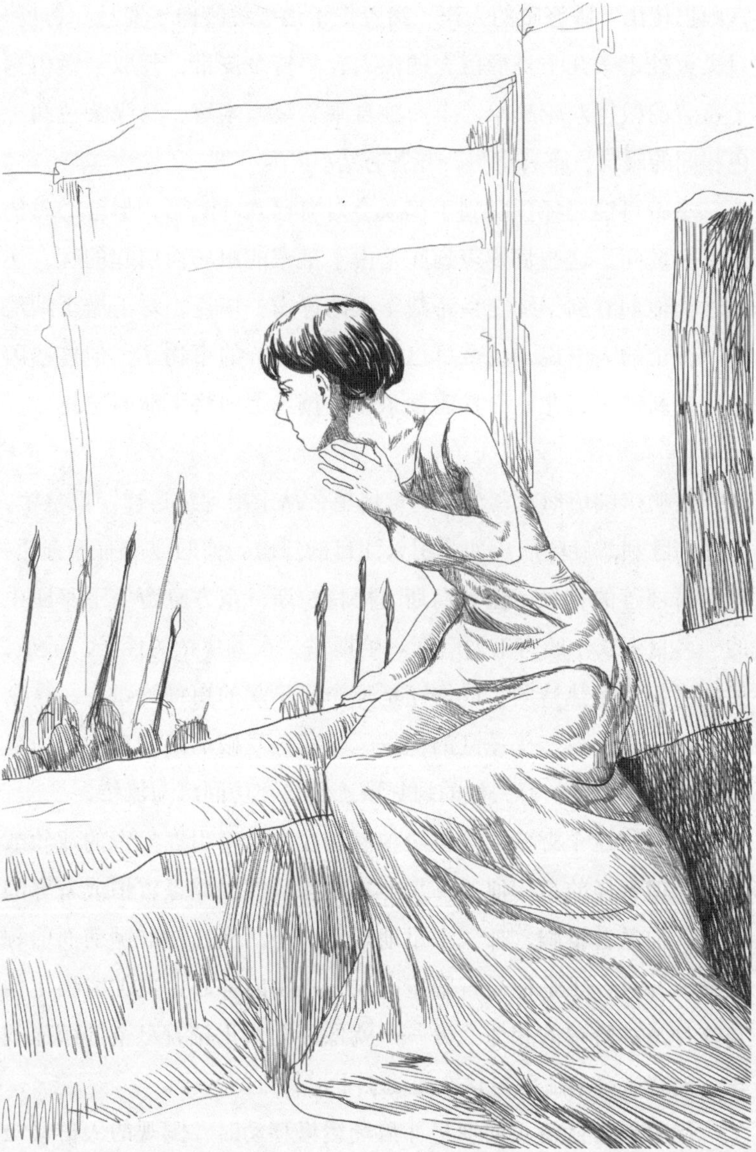

健壮魁梧的角斗士披着全新的盔甲，光彩夺目。队伍里还有白种人和棕色皮肤的人，以及许多来自外部村庄的战士。

游行队伍的总人数高达两百人，其中有俘虏，有被判刑的罪犯，还有专业的角斗士。但他们的前后左右都被经验丰富的军团士兵整齐包围着。这些人的存在，准确无误地表明，皇帝牢牢掌握着这些凶猛野蛮的战士。

队伍里除了人群外，还有许多彩车，车身上的图案描绘着撒奎纳琉斯军营和古代罗马历史上曾发生过的重大事件。宫廷高级官员和城里的参议员们则乘在轿子上，而队伍最后紧随着的是从巴格哥村庄里俘获的羊群和牛群。

塞拉特斯没能在他的胜利凯旋中展出马克西姆斯·普利克拉乌斯，这足以见得，这位年轻的罗马贵族在民众心里深受爱戴。而此时的德里科塔，正在自己父亲家的屋顶上看着游行队伍经过，始终没有在人群中找到她爱人的身影，内心充满了焦虑。因为她知道，有些人一旦被关进皇帝的地牢，就从此杳无音讯，销声匿迹了——但现在她也无从得知，普利克拉乌斯是否还活着，于是她便和母亲一起前往罗马斗兽场，观看竞技比赛的开幕。她心情沉重，心烦意乱，唯恐看到普利克拉乌斯进场参加角斗，生怕看到他的鲜血洒在白色的沙地上。而同时，她又担心自己可能再也见不到他，从而不得不面临这一残酷的事实——他被费斯特斯手下的特工秘密处死了。

罗马斗兽场里已经聚集起了一大群人，前来见证皇帝和他的游行盛典入场。竞技比赛将在下午早些时候开始，大多数观众都选择留在座位上，等待比赛的开幕。看台上还有专门为贵族所保留的区域，直到比赛快开始时才渐渐坐满。

皇帝的包厢旁边，就是为参议员斯普兰迪乌斯预留的包厢。

竞技场的盛典 | 151

它的位置视野极佳,可以纵观整个竞技场,里面坐垫和地毯一应俱全,布置考究,以便给它的使用者提供最舒适的观赛体验。

迄今为止,从未有过哪一个皇帝像塞拉特斯这样,试图举办如此狂妄自负的盛典。每个观众都幸运地欣赏到了最难得一见的娱乐节目。而对于德里科塔来说,有生以来,她从未像现在这样,对于即将开始的竞技比赛,感到如此憎恶和恐惧。

在这之前,看待这些参赛选手时,她总是不带任何个人感情的。作为一个贵族的女儿,专业的角斗士所属的社会阶级与她相去甚远,她是不会接触或结识到这些人的。于她而言,这些战士和奴隶的地位和他们有时进行对抗的野兽一样,微不足道。至于那些被判死刑的罪犯,许多将在竞技场上以死赎罪,也只不过在她心里激起了一丝微乎其微的怜悯之情。她是一个甜美可爱的女孩,即便是看到野蛮残暴的拳击抑或是大学里的足球比赛,她细腻的情感也无疑会受到强烈冲击。但由于风俗习惯和血脉相传,罗马竞技场上的这种血腥暴行,早已成为她的国家里人民生活的一部分。因此,当她直视这一切时,没有感到丝毫不安。

而今天,她却禁不住有些颤抖。她把这场比赛视作是一种人身威胁,关乎她自己的幸福和她所爱的人的性命。但无论内心如何不安,她也没有流露出任何外在的迹象。从容自若、宁静端庄,迪翁·斯普兰迪乌斯的女儿德里科塔,如出水芙蓉般静静地等待着皇帝的到来,正式开启这场竞技比赛。

皇帝塞拉特斯终于出现了。待他就坐后,竞技场远处尽头的一扇栅门缓缓打开,号手再次率领着游行队伍出现了,身后紧随的是那些接下来将参加本周比赛的人。参加比赛的选手,绝大部分是由那些在盛装游行中被展出的俘虏组成,其中还加入了许多野兽。有些野兽被奴隶牵着或拽着前进,而其他一些更威猛更凶恶的野兽，则被关在笼子里，用轮子拖着走。这些野兽主要包括狮子和豹子，另外还有几头水牛，以及若干笼子，里面关着身形巨大的猛猿。

参赛者们面向塞拉特斯，被排列成一个坚实密集的方阵。他们在那里受到皇帝的接见，比赛的获胜者还将被赐予自由和奖赏。接见结束之后，他们又被赶回到了各自的地牢和笼子里，他们个个怒目而视，郁郁寡欢。

当参赛者方阵整齐地排列在皇帝的包厢前时，德里科塔的目光急切地扫视过他们的脸庞，但却哪儿也找不到马克西姆斯·普利克拉乌斯的身影。她惴惴不安、心慌意乱，紧张得快要无法呼吸了，她不由得在座位上倾身向前，将身子探出竞技场围墙的顶端。正在此时，一名男子从后方走进包厢，紧挨着她坐到了长凳上。

"他不在那儿。"男子开口说道。

女孩闻声，迅速转过身来，面向说话的人。"费斯特斯！"她惊呼起来，"你怎么知道他不在那儿？"

"因为是我下的命令。"这位王子回答说。

"他已经死了，"德里科塔顿时伤心欲绝，大喊道，"你把他给杀了！"

"没有，"费斯特斯连忙否认，"他正关在牢房里，安然无恙。"

"你要把他怎么样？"女孩质问道。

"他的命运掌握在你的手中，"费斯特斯回答说，"放弃他吧，答应成为费斯特斯的妻子。那样我就能保证，他不会被迫出现在竞技场上。"

"他是坚决不会让我这么做的。"女孩说道。

费斯特斯耸了耸肩，满不在乎地说道："随你的便。不过记住，他的性命掌握在你手里。"

竞技场的盛典 | 153

"只要有刀剑、匕首或长矛,他就能所向披靡,"女孩引以为荣地说道,"就算真的要上场参赛,他也一定会凯旋而归。"

"众所周知,皇帝会让手无寸铁的人去和狮子一争高下,"费斯特斯嘲弄地提醒她,"到那时候,任凭武艺再高,没有武器又有什么用呢?"

"那无异于谋杀。"德里科塔说道。

"如此评价皇帝的行为,未免过于刺耳了。"费斯特斯凶狠阴险地回应说。

"我只不过说出了我的真实想法,"女孩说道,"不管他是不是皇帝,这都是一种懦弱卑劣的行为。但我并不怀疑,不论是皇帝还是他的儿子,都能做出比这更可恶的事来。"她语气尖刻,充满了轻蔑,声音微微颤抖。

费斯特斯起身,嘴角挂着一丝狡黠的笑意。"这件事需要经过深思熟虑再决定,"他开口说,"你的答复所牵涉的,可不仅仅是普利克拉乌斯和你我这么简单。"

"你这是什么意思?"她质问道。

"别忘了还有斯普兰迪乌斯和你的母亲,以及普利克拉乌斯的母亲,菲斯特维塔斯!"他恶狠狠地留下一句警告,转身离开了包厢。

在一片喧嚣的号角声、武器的碰撞声和野兽的咆哮声中,比赛开始了。围观的大量观众不断地喃喃低语,时不时还会爆发出狂热的欢呼喝彩,或是低沉凶狠的反对声。在飘扬的旗帜和观众挥舞着的披巾下面,是一千双残忍冷酷的眼睛,这一群人正俯视着他们的同胞,亲眼目睹他们的鲜血和苦难。他们一边眼睁睁看着赛场上的牺牲品死去,一边津津有味地嚼着糖果甜食;一边看着奴隶们把尸体拖出竞技场,并用干净的沙子覆盖住被鲜血染红的沙地，一边漫不经心地讲着粗俗的笑话。

塞拉特斯曾与负责本次比赛的行政长官密切商讨了很长时间，以确保最终的竞技节目可以为皇帝和民众提供尽可能最佳的娱乐效果，由此弥补皇帝所欠缺的人格魅力，为他赢得一定的声望。

有贵族阶层的人参加的比赛项目，总是最受百姓欢迎的。因此，塞拉特斯对卡西乌斯和梅特拉斯寄予了厚望。但为了实现这一目的，对他来说更具有价值的，还是那个身形高大的白种野蛮人，他的英勇事迹早已牢牢吸引了人们的注意力。

塞拉特斯知道，为了能在尽可能多的比赛项目中利用泰山，必须要把最危险刺激的项目保留到后半个星期再举行。因此，在比赛开幕的第一天下午，手无寸铁的泰山就被推到了竞技场上。泰山发现，与他一起的还有一个身材魁梧的杀人犯，在比赛负责人的装扮下，他也穿上了与自己身上类似的缠腰布和豹皮。

一名卫兵护送他们穿过竞技场，当走到皇帝面前的沙地时，便命令他们停下了脚步。此时，一旁的比赛负责人宣布道，这两个人可以用任何方式赤手空拳搏斗，只要他们认为适当即可。并且，在战斗结束后仍然活着或独自留在竞技场上的那个人，就将被认定为获胜者。

"通往地下城的大门将保持敞开，"他接着说道，"如果任一参赛者无力继续进行战斗，可以放弃比赛离开竞技场，但无论是哪一方这样做，都宣告着失败。"

话音刚落，顿时引来一片嘘声。观众赶来罗马斗兽场，可不是为了看到像这样平淡枯燥的表演。他们想要看到的是热血，想要的是兴奋刺激。但他们依然等待着，心想或许这场比赛能给他们提供笑料——对他们来说，喜剧也喜闻乐见。如果其中一方的实力远远超过另一方，那么看着惨败的一方落荒而逃，也会逗人

竞技场的盛典 | 155

发笑。他们中有人为泰山欢呼,也有人为身份卑微的杀人犯喝彩。还有的人在大肆侮辱那个主管比赛的贵族,因为他们知道,这些参赛者其实都有安全保障,并且不用承担任何责任。

随着比赛负责人一声令下,双方便开始相互进攻。泰山转过身去,与他的竞争对手正面对峙。看来,有人为了给他挑选一个旗鼓相当的对手,也是煞费了一番苦心。这个男人比泰山略矮一些,但他深棕色的皮肤下,分明地凸起了健硕坚实的肌肉,使他的后背和肩膀膨胀粗壮到近乎畸形。他长长的手臂几乎垂到膝盖上,而他壮硕粗糙的双腿,使得他看起来活像一个花岗岩底座上的青铜人像。这个家伙正绕着泰山转圈,伺机寻找突破口,同时对他怒目而视,满脸凶神恶煞,仿佛是在吓唬自己的对手。

"野蛮人,出口在那儿,"他一手指着远处竞技场的尽头,低声咆哮道,"趁你还没丧命,赶紧逃走吧。"

人群中顿时爆发出一片叫好声,他们就乐于见到这样的挑衅。那个杀人犯继续怒吼道:"我一定把你千刀万剐,碎尸万段。"人群里随即又响起一阵掌声。

"我就在这儿等着你。"泰山镇定自若地回应说。

杀人犯低着头,像一头愤怒的公牛,尖声大喊起来:"冲啊!"

泰山一跃而起,跳到半空中,旋即又落到他的对手身上。这一切发生得如此之快,以至于除了泰山以外,没有第二个人知道这个动作是如何完成的。只有他自己知道,他把一个反向锁头牢牢扣在了杀人犯身上。

而观众们所看到的,只是一个庞然大物,猛然间重重地砸在了地面上。他们看见杀人犯躺在沙地上,处于半昏迷状态,而那个身形高大的野蛮人则站在一旁,双臂交叉俯视着他。

反复无常的看客们从长凳上一跃而起,兴奋地尖叫起来。他们高声大喊着,伸出来成千上万只紧握的拳头,纷纷将大拇指向下。而泰山只是静静地站在原地等待着,看着那个杀人犯摇头晃脑,清醒一下神志,慢慢地从地上爬起来。

那个家伙晕头转向地向四周张望,随后,他的目光落在了泰山身上,于是再次向泰山冲杀过去,伴着愤怒的咆哮。结果,他又再一次被泰山用可怕的锁头紧紧钳制住,又一次被重重地摔在了竞技场的地面上。

人群顿时再次欢呼雀跃起来。这一次,罗马斗兽场中的每一个人,都伸出了大拇指朝下比划,他们都想让泰山杀死他的对手。泰山于是抬头望向皇帝的包厢,里面坐着塞拉特斯和这场比赛的负责人。

"这样还不够吗?"他指着那个被他击晕了、正瘫倒在地上的角斗士,问道。

这位行政长官大手一挥,环顾了整个斗兽场里所有的观众。"他们都在怂恿你杀死他。"他指着人群说道,"只要他还活在竞技场上,你就不是胜利者。"

"那么皇帝呢,也要我杀死这个毫无自卫能力的家伙吗?"泰山直视着塞拉特斯的脸,质问道。

"尊贵的行政长官是怎么说的,想必你已经听到了。"皇帝傲慢地回答道。

"那好,"泰山说道,"比赛规则应当遵守。"说着,他便弯下腰,一把抓起不省人事的对手,高举到头顶。"我就是像现在这样,把你们的皇帝从他的王座室里,一直抬到了宫外的林荫大道上!"他向观众大声喊道。

观众席上传来近乎疯狂的尖叫和呐喊,足以彰显出他们对泰山的欣赏,而此时皇帝的脸色则红一阵白一阵,充满了愤怒和窘迫。

竞技场的盛典 | 157

他本想拍案而起，但正准备从座位上起身时，这一动作却永远没能完成。因为，在那一瞬间，泰山像一个巨大的钟摆一样，朝下拎着那个杀人犯的身体往后摆动，然后猛然振臂向上一挥，用力将他扔过竞技场的围墙，径直甩进了塞拉特斯的包厢里，不偏不倚地砸在皇帝身上，将他击倒在地。

"现在，我还活着，并且独自留在了竞技场上，"泰山转向观众席上的群众，高呼道，"根据竞技比赛的条款，我就是胜利者。"话毕，人群中便爆发出经久不息的欢呼、尖叫和掌声，即便是皇帝本人也没有吭声，不敢质疑这个决断。

Chapter 15

为了自由而战

空徒四壁的地牢里，虱子和老鼠无处不在，发出"窸窸窣窣"的声音，令人难以入眠。又一个不眠之夜后，紧接着到来的就是血腥的日子。竞技比赛刚开始时，泰山所在的牢房里还有十二名囚犯，而现在，石墙上悬挂的吊环已经空出了三个。犯人们每天都在琢磨，下一个遭受厄运的会是谁。

鉴于泰山的乐观主义从一开始就没有被其他囚犯放在心上，因此，即便他未能如约解救他们，也并没有受到责怪。参赛者在比赛中途逃离竞技场，这对他们而言是无法想象的。泰山这一天真的想法根本没有实现，仅此而已。以前从来没有人实现过这件事，并且以后也永远不可能会有人实现。

"我们知道，你是出于好意，"普利克拉乌斯说道，"但我们比你更了解实际情况。"

"目前，还没有找到合适的时机，"泰山回答说，"但如果比赛规则真的与我所得知的一样，那我们迟早会迎来这一时刻的。"

"皇帝手下超过半数的军团士兵都在这里，把罗马斗兽场围得水泄不通，"哈斯塔问，"我们什么时候才能找到有利时机？"

"一定会有这个契机的，"泰山提醒他道，"等到所有获胜的参赛者一起出现在竞技场上的时候，我们就能向皇帝的包厢发起进攻，把他拖到竞技场里。我们把塞拉特斯扣为人质，就能夺得话语权。到时候我就敢要挟他们，作为皇帝的交换条件，必须还我们自由之身。"

"可我们怎么才能闯进皇帝的包厢呢？"梅特拉斯问道，"一旦我们采取任何行动，片刻之间就会有士兵俯身弯腰，让其他士兵踩在他们的背上，形成一堵人墙。或许我们中的一些人会因此丧命，但可能帮助同伴成功抓住皇帝，并把他拽到沙地上。"

"祝你们好运，"普利克拉乌斯说道，"以众神之王朱庇特的名义，我相信你们肯定会成功的。我多么希望能和你们一起并肩作战。"

"你不和我们一起行动吗？"泰山询问。

"我会一直被关在这间牢房里，怎么同你们一起呢？难道你没有发现，他们显然并没有打算让我参加比赛吗？他们对于我的命运另有安排。监狱看守告诉我，任何比赛项目上都没有我的名字。"

"那我们必须想办法，带你一起离开。"泰山说道。

"这是绝对不可能的。"普利克拉乌斯摇了摇头，忧愁地说。

"等等，"泰山突然说道，"你负责指挥罗马斗兽场里的警卫，对吗？"

"是的。"普利克拉乌斯回答。

"那你一定有牢房的钥匙吧？"泰山接着问道。

"没错，"普利克拉乌斯回答说，"这些镣铐的钥匙我也都有。"

"钥匙现在在哪？"泰山又问，"不过，当初逮捕你的时候，他们肯定已经把钥匙从你身上拿走了。"

"不，他们没有拿走，"普利克拉乌斯说，"事实上，那天晚上我更衣参加宴会的时候，并没有把钥匙带在身边。我把钥匙留在自己房间里了。"

"但或许他们已经派人去拿钥匙了？"

"是的，他们的确派人去找了，但是没有找到。在我被捕的第二天，监狱看守就问我钥匙在哪，但我告诉他，钥匙已经被士兵们从我身上夺走了。我之所以这么告诉他，是因为我把钥匙藏在了一个秘密的地方，与很多贵重物品放在一起。我知道，如果我告诉他们钥匙在哪，他们不仅会拿走钥匙，还会带走我的那些金银财宝。"

"那就好！"泰山高兴地喊道，"有了钥匙，我们的问题就能迎刃而解了。"

"但你打算怎么去拿钥匙呢？"普利克拉乌斯问道，苦涩地笑了笑。

"这我还没想好，"泰山说道，"我所知道的是，我们必须拿到钥匙。"

"我们也知道，我们应该拥有自由，"哈斯塔说，"但光是知道这一点，并不足以还我们自由。"

走廊上传来士兵逐渐靠近的脚步声，打断了他们的对话。不一会儿，一小队宫廷卫兵在他们的牢房外面停了下来。狱卒打开牢门，随即一名男子走了进来，身后还跟着两个手持火把的人。

来人正是费斯特斯，他环视了一下牢房，问道："普利克拉乌斯在哪儿？"紧接着就看到了他的身影，又说，"啊，你在这里！"

普利克拉乌斯不动声色，并没有回应。

为了自由而战 | 161

费斯特斯嚣张跋扈地命令道："你这个奴隶，给我站起来！"随即又怒气冲冲地指着其他囚犯说，"你们全都站起来！竟然胆敢在未来的皇帝面前坐着！"

"对于你这样的家伙，牲畜这种头衔更为合适。"普利克拉乌斯讽刺道。

"把他们从地上拉起来！用你们的长矛击打他们！"费斯特斯冲着门外的士兵大声喊道。

此时，罗马斗兽场警卫队的指挥官站在费斯特斯的身后，堵住了门口。"全都退下！"他对军团士兵下令说，"除了皇帝和我以外，没有人可以在这里发号施令。费斯特斯，而你还没有成为皇帝。"

"我总有一天会当上皇帝的，"这位王子声色俱厉地说，"到那天你就倒霉了。"

"对于整个撒奎纳琉斯军营来说，那都将是一个悲伤的日子，"军官回应说，"你说你想和普利克拉乌斯谈谈？有话快说，然后赶紧离开。即便是皇帝的儿子，也不能干涉我的统领。"

费斯特斯气得浑身发抖，但他知道自己无能为力。他只是表面代表着皇帝，而这个警卫队指挥官的言语中，却分明显露出皇帝真正的权威。他于是把话锋指向了普利克拉乌斯。

"我是来邀请我的好朋友，马克西姆斯·普利克拉乌斯，前去参加我的婚礼。"他宣称道，带着一丝冷笑，随后静静地等待着，但普利克拉乌斯依然没有理他。"普利克拉乌斯，你似乎不为所动？"王子接着说道，"你都没有问，谁将成为这位幸福的新娘。尽管你可能活不到这么久，见证她伴在皇帝左右，一起坐在王位上。但你难道就不想知道，撒奎纳琉斯军营的下一任皇后是谁吗？"

马克西姆斯·普利克拉乌斯听到这里，顿时感觉心脏停止了跳动，现在他总算知道，费斯特斯为什么要到地牢里来了。但不论他内心里如何翻江倒海，他都丝毫没有流露在脸上，只是背靠着冰冷的墙壁，静静地坐在牢房坚硬的地面上。

"你既没有问我要娶谁，也没有问婚礼是什么时候，"费斯特斯继续说道，"但我还是要告诉你，你一定会感兴趣的。迪翁·斯普兰迪乌斯的女儿，德里科塔，是不会接受一个叛国贼和重罪犯的。她渴望的是与皇帝一起分享至高无上的地位。在比赛最后一天的晚上，德里科塔与费斯特斯将于皇宫的王座室内举行大婚。"

费斯特斯说完，得意扬扬地等待着看普利克拉乌斯的反应。但如果他指望看到马克西姆斯·普利克拉乌斯措手不及的懊丧样子，那他可就要失望了。因为眼前的这位年轻贵族，完完全全地忽略了他，就好像费斯特斯根本不存在一样，全然无视费斯特斯倾注在自己身上的注意力。

马克西姆斯·普利克拉乌斯转过身，漫不经心地与梅特拉斯说起话来。他一言不发的侮辱彻底激怒了费斯特斯，令后者顿时暴跳如雷。他快步走上前，弯下身子，狠狠扇了普利克拉乌斯一巴掌，还向对方身上吐了口唾沫。但当他这么做的时候，就一下子拉近了与泰山之间的距离，于是泰山果断伸出手，一把抓住他的脚踝，将他扯到了地上。

费斯特斯顿时尖叫起来，命令他的士兵前来救驾。他企图拔出他的匕首或刀剑，但都被泰山一把从手里夺走。牢房里一下子拥进来一群军团士兵，泰山便把王子大力投掷出去，与冲上来的士兵撞了个满怀。

"费斯特斯，赶紧走吧，"警卫队指挥官说道，"你已经在这里惹了够多麻烦了。"

"我迟早会找你算账的，"王子咬牙切齿地说道，"你们全都逃

为了自由而战 | 163

不了干系！"说着，他用充满愤怒和威胁的目光，一一扫过牢房里的犯人。

他们走后很久，卡西乌斯依然止不住地捧腹大笑。"皇帝！"他兴奋地喊着，"猪头！"

正当囚犯们热烈地讨论着费斯特斯方才的溃败，并试图预言接下来可能会发生的事情时，他们突然看到有一束摇曳的火光，正远远地照映在牢房前的走廊里。

"看来，我们又有新的客人了。"梅特拉斯说。

"说不定还是费斯特斯，回来冲泰山身上吐口水的。"卡西乌斯打趣说，一下子引得大家哄堂大笑。

那束光亮一直在沿着走廊向前移动，但并没有伴随着任何士兵的脚步声。

"不知来者何人，竟然如此悄无声息，而且单独一人。"普利克拉乌斯说。

"那就肯定不是费斯特斯。"哈斯塔说。

"但有可能是他派来的刺客。"普利克拉乌斯说。

"我们要为他的到来提前做好准备。"泰山说道。

片刻之后，罗马斗兽场警卫队的指挥官出现在了牢房的铁栅栏门外，正是之前陪同王子费斯特斯而来，并且挡在他和囚犯们中间的那位军官。

"阿庇乌斯·阿普罗索斯！"普利克拉乌斯惊呼道，"朋友们，他不是刺客。"

"普利克拉乌斯，我的确不是来刺杀你的肉体的，"阿普罗索斯说，"但我确实是来摧毁你的好心情的。"

"我的朋友，你这话是什么意思？"普利克拉乌斯不解地问。

"费斯特斯一怒之下，跟我讲了许多没有告诉你的事。"

"他都跟你说了什么?"普利克拉乌斯接着问道。

"他告诉我,德里科塔之所以同意成为他的妻子,只是为了拯救她的父亲、母亲,还有你,普利克拉乌斯,以及你的母亲,菲斯特维塔斯。"

"称他为牲畜,简直都是在侮辱牲畜!"普利克拉乌斯愤愤地说,"阿普罗索斯,你帮我告诉她,我宁可死,也不愿意看到她嫁给费斯特斯。"

"我的朋友,她知道你会这么说,"军官答道,"但她也要为她的父亲、母亲,还有你的母亲考虑。"

普利克拉乌斯顿时懊丧地低下头,把下巴垂到了胸前。"我忘了这一点,"他呻吟道,"哦!一定有什么办法阻止这一切发生。"

"他可是皇帝的儿子,"阿普罗索斯提醒他道,"而且时间紧迫。"

"我知道!我知道!"普利克拉乌斯不禁大喊,"简直可恶至极。不能让这一切发生!"

"普利克拉乌斯,这位军官是你的朋友吗?"泰山指着阿庇乌斯·阿普罗索斯,问道。

"没错。"普利克拉乌斯回答。

"你能完完全全信任他吗?"泰山又问。

"我以我的性命和我的荣誉担保。"普利克拉乌斯说。

"告诉他你的钥匙在哪儿,让他拿来。"泰山说道。

普利克拉乌斯瞬间如梦初醒。"我竟然没有想到这一点,"他不由得惊呼道,"但是不行,这会危及他的生命安全。"

"我现在已经朝不保夕了,"阿普罗索斯说,"我今晚所说的话,费斯特斯永远都不会忘记,更不可能原谅我。普利克拉乌斯,你知道的,我已经在劫难逃。你想要什么钥匙?你把它们放在哪儿?

我去帮你取。"

"如果你知道是什么钥匙,或许就不会去了。"普利克拉乌斯说道。

"我能猜到。"阿普罗索斯回答说。

"阿普罗索斯,我的套房你去过很多次,对吧?"

阿普罗索斯肯定地点了点头。

"你还记得窗户旁边的架子吗?就是我放书的地方。"

"记得。"

"你把第三层架子的背板滑到一边,就能在后面的墙洞里找到钥匙。"

"很好,普利克拉乌斯,我一定会帮你拿回来的。"军官信誓旦旦地说。

其他人目送着阿普罗索斯的背影,沿着罗马斗兽场下面的走廊离去,带着火把的光亮渐渐消失。

比赛的最后一天来临了。嗜血成性的民众再一次聚集起来,如此狂热急切,仿佛他们即将要经历一种前所未有的惊险刺激。强烈的欲望彻底清除了他们过去这一周的记忆,就好比昨天竞技场上的褐色污迹一样,今天就已被新鲜的沙子覆盖得干干净净了。

对于牢房里的犯人们来说,今天也是最后一次被带到靠近竞技场入口的围栏里。鉴于牢房里的十二个吊环只空出了四个,看来,或许他们比其他人表现得更好。

只有普利克拉乌斯被独自留在了牢房里。"再见了,"他说道,"今天你们谁能幸存下来,就能重获自由了。我们再也见不了面了。祝你们好运,愿上帝赐予你们力量和技能——我只能向他们祈求这么多,仅此而已。你们有勇有谋,即便是上帝也无须再帮你们提升士气了。"

"阿普罗索斯辜负了我们。"哈斯塔说。

泰山一脸愁眉不展地说："普利克拉乌斯，要是你能和我们一起出去该多好，那样我们就不需要钥匙了。"

泰山和他的同伴们被关在围栏里，可以听到场上激烈搏斗的声音，以及观众席上时不时爆发的牢骚声、尖叫声和鼓掌声，但完全看不见竞技场地面上的状况。

他们被关的地方是一个很大的房间，门窗都被铁栅栏牢牢封住。通常情况下，六个人一起出去时，回来的是三个人；四个人一起出去时，回来的只有两个人；而出去的是两个人时，回来就只剩下一个人了。这对那些没有被叫到、依然留在牢房里的囚犯来说，简直是一种精神上的折磨。对于其中几个囚犯而言，长时间的提心吊胆变得几乎令人难以忍受。但鉴于房间里有许多卫兵，囚犯们又手无寸铁，以至于有两个人企图自杀都未遂，而其余的则试图与身边的囚犯寻衅吵架。只有在他们离开围栏，准备进入竞技场时，才能领到各自的武器。

下午渐渐接近尾声了，梅特拉斯曾与一名角斗士进行搏斗，双方都全副武装。当时，哈斯塔和泰山都听到了民众激动的欢呼呐喊，喝彩声一浪接着一浪，说明这两个人都在奋勇拼搏，斗智斗勇，场面精彩激烈。人群中有过短暂的片刻沉默，随即又爆发出响亮的大喊。

"结束了。"卡西乌斯喃喃低语道。

泰山没有回应。他逐渐变得越来越欣赏这些人了，因为他发现，他们都是既单纯又忠诚的勇士。而他自己的内心也因悬而不决的命运饱受煎熬，等待着场上的任何一个人回到围栏里，但外表上依然没有显露出任何不安的迹象。人猿泰山只是静静地站着，双臂交叉抱在胸前，注视着大门，一旁的卡西乌斯则焦急地来回踱步。

不一会儿，门打开了，凯利乌斯·梅特拉斯跨过门槛走了进来。

卡西乌斯·哈斯塔大松了一口气，一跃上前拥抱他的朋友。

门随后再次被打开，一名小官员走了进来。"快出来！"他喊道，"所有人全都一起出来，这是最后一项比赛了。"

走到围栏外面，每个人都被分到了一把刀剑、一把匕首、一支长矛、一个盾牌和一张麻网，随即按照他们领取武器的顺序，一个接一个地被送进了竞技场。经历过一整个星期战斗的洗礼后，现在每一个获胜者都站在了竞技场上。

所有人被平均分成了人数均等的两方，其中一方的肩膀上系上了红色的丝带，而另一方则系上了白色的丝带。

泰山被分到了红色丝带的一方，与他一起的还有哈斯塔、梅特拉斯、卢科迪、穆平谷和奥冈约。

"我们接下来要做什么？"泰山向哈斯塔询问道。

"红队和白队将进行对抗，直到红队所有的人都倒下，或是白队所有的人都牺牲。"

"他们见的血腥场面难道还不够多吗？"泰山问道。

"他们是永远不会满足的。"梅特拉斯回答。

比赛双方一起走到了竞技场的另一端，接受主管比赛的行政长官发出的指令。他们随后被分成了两边，红队和白队分别等候在竞技场相对的两侧。随着号角声的响起，全副武装的战士们纷纷朝着对面的敌队推进。

泰山打量着手里给他用来自卫的武器，不禁暗自窃喜。使用长矛他是肯定得心应手的，因为即便是在像瓦兹瑞战士们这样优异的长矛手队伍中，泰山也是出类拔萃的。至于那把匕首，他更是游刃有余，因为长久以来，他父亲的狩猎刀一直都是他唯一的武器——但那把西班牙剑，他总觉得，更像是一种毫无价值的负担,以及手里的那张网,不过像是拿来恶作剧的而已。他本想把盾牌也扔到一边,因为他并不喜欢盾牌,通常都认为它们是种一无是处的累赘。但此前在瓦兹瑞战士与其他土著部落交战时,他曾经使用过盾牌。想到盾牌是为了抵御对手所使用的武器而打造的,他还是留下了手中的盾牌,与其他战友一起朝白队的方向进发。他已经确信,他们唯一的希望就在于,尽可能多地在第一次的武装交锋中消灭他们的对手。除此之外,他还进一步告诫他们说,一旦有谁解决了一名对手后,就要立即前去支援离他最近的那个红队队员,或是受敌人围困最严重的那个。

随着两队人马逐渐靠近,每个人都默认选择了自己面前的敌人作为对手,而泰山面对的,是一名来自城外村庄的战士。双方队员不断相互逼近,一些比较急切紧张的战士快步走在前头;而几个胆小的,则落在了后面。泰山的对手走到了他的面前,此刻身边已经有长矛在空中掠过。几乎同时,泰山和那个敌军战士都用力向对方抛掷出手里的长矛,而泰山这一投的背后,调动的是浑身的肌肉,拼尽了他所有的技能和力量。泰山随后手持盾牌,猛冲上前攻击他的对手,飞快地与对手的长矛一擦而过,紧接着泰山的武器就击穿了对手的盾牌,刺中了他的心脏。

场上还有两个人也倒下了,一个死亡,一个负伤。整个罗马斗兽场又是一片喧闹嘈杂,人声鼎沸。泰山迅速一跃而起,赶去援助他的一个同伴,但此时,另一个刚杀了红队对手的白队敌人见状,也立刻冲过去干扰他。泰山手里的网令他不堪其扰,正好转身看见一个白队敌人正把一个红队的人按在地上,于是便把网扔在了他身上,旋即又去对付新的对手。他的新对手是一名专业的角斗士,对于所有的武器都很拿手,此刻已经拔出了他的剑。泰山很快就意识到,只有拿出非凡的力量和敏捷的身手,才有可能与这个对手势均力敌。

那个家伙并没有贸然行动。他不慌不忙、小心翼翼地向泰山靠近,警惕地试探着他。他有着丰富的角斗经验,因此格外谨慎,并且满脑子只有一个希望——活下去。对于人们的尖叫声和嘲笑声,他都毫不在意,对于他们的欢呼喝彩声也无动于衷,而且他痛恨皇帝。他很快就发现,泰山只采取了防守战术,但这到底是为了摸清对手的底细呢,还是只为了出其不意地突袭敌人呢?角斗士无从猜测,但他也并没有特别在乎。因为他信心满满,知道自己精通这些武器,而且许多曾经试图偷袭他的人,都已经变成尸体被烧为灰烬了。

通过泰山方才使用盾牌的技巧,角斗士推测,他使用刀剑的技能也一定不赖,并且认定,即将与自己进行较量的是一个技术娴熟的对手。角斗士耐心地等待着泰山开启进攻,暴露出他的战斗作风。但与角斗士的作风相比,泰山并无什么方式可言。他正在等待一个合适的机会——那是唯一让他感到,可以保证他战胜这位高度警惕、技艺精湛的剑客的时机——但角斗士并没有给他任何可以趁虚而入的机会。正当泰山希望能有一个同伴抽身前来帮助他时,突然,在毫无征兆的情况下,一张网从身后飞来,落在了他的肩上。

170

Chapter 16

并肩浴血奋战

卡西乌斯·哈斯塔正与一个身材魁梧的对手进行搏斗，最终一掌劈裂了对方的头盔。当他转身寻找新的对手时，随即看到泰山正忙于对付一个专业的角斗士，而他的身后有一个白队敌人，向他抛出了手中的网，牢牢罩住了泰山的头部和肩膀。泰山腹背受敌，卡西乌斯发现自己离那个角斗士更近一点，于是便怒吼着向他扑了过去。泰山看到了卡西乌斯的所作所为，旋即转过身来，与他背后的袭击者正面交锋。

那名角斗士很快就发现，与泰山相比，哈斯塔是个截然不同的对手。或许他并不能像泰山那样熟练地运用盾牌，也不如泰山那么健壮强大，但在这名角斗士以往的任何作战经历中，都从未遇到过如此厉害的剑客。

从比赛刚开始，看台上的人群就一直密切关注着泰山，因为他身材高大魁梧、赤身裸体，全身上下只裹了一块豹皮，这些都让他显得格外与众不同。他们注意到,泰山第一次把长矛投掷出去,就一举劈裂了对方的盾牌,将对手置于死地。他们还看到了泰山与角斗士之间的周旋对峙,但这些表现根本就无法取悦他们。他们嫌泰山的进攻太过迟缓,于是纷纷叫嚣,发出一片不满的嘘声。不过,一看到白队的人把网撒在泰山身上时,他们又禁不住高兴,放声大笑。他们阴晴不定,就连他们自己也不知道,从今天到明天,抑或是从这一分钟到下一分钟,自己的想法会如何变化。他们既残酷无情,又愚昧无知,不过,世上之人,不论是在什么地点、什么时间,又何尝不是如此呢。

　　泰山迅速转身,直面新的挑战,而此时白队敌人正向他冲来,企图趁他还被困在麻网中,用匕首将他干掉。泰山于是用十指抓住身上的网,瞬间将整张网如同纸片一样,撕了个粉碎。但与此同时,那个家伙也冲到了他面前。正当对方用匕首刺中他时,泰山也一把抓住了他的手腕。匕首一下刺在泰山心脏的上方,鲜血顿时从豹皮下面涌出来,要是位置再歪一点点,他恐怕就没命了。幸好,他及时用手阻止了对方进一步的攻击,随即用他钢铁般强硬的手指紧紧钳制住对方的手腕,直到那个敌人感觉自己的骨头都被捏碎了,痛得大喊大叫才松开。泰山一把将他的手拽到自己面前,死死扼住他的喉咙,像一只猎狗捕老鼠般轻而易举地摇晃着。见此情景,黑压压的人群顿时又爆发出震天响的欣喜尖叫声。

　　片刻之后,手上的敌人就没了气息。泰山把他扔到一边,拿起了方才被迫丢弃的刀剑和盾牌,继续寻找新的敌手。而竞技场上,激烈的战斗仍在继续。比赛双方都试图在人数上占得优势,这样就可以猛攻对方的残余部队,并彻底摧毁他们。卡西乌斯已经解决了他从泰山那里引来的角斗士,正在忙于对付另一个剑客时,又一个敌人向他扑了过来。以一敌二对他来说相当不利,但卡西乌斯·哈斯塔竭尽所能地抵挡对方的攻击，等待其他红队队员赶来援助自己。

然而，正在与他交战的白队敌人显然不是这么想的，他们怀揣加倍的暴怒向他发起进攻，竭力阻挠他所希望的事情发生。他突然找准时机，闪电般迅速地刺出他的宝剑，切断了其中一个对手的颈静脉。但那一瞬间，另一个敌人也乘其不备击中了他的头盔，尽管没有被刺穿，但他也因猛烈的撞击一下陷入了半昏迷状态，跟跄着倒在了沙地上。

"中了！"卡西乌斯倒在了竞技场的一侧，看台上聚集的大量观众见状，不禁又爆发出了一阵高呼。他的对手站在他身边，伸出食指指向欢呼呐喊的观众，引得所有人纷纷倒竖大拇指。

这个白队成员的脸上露出一丝得意的笑容，他举起剑来，缓缓刺向哈斯塔的脖子。他面向人群，刻意停顿了片刻，想要创造出戏剧性的效果。泰山见状，愤然爆发，瞬间回到了野兽般的原始人状态，一把抛开手里的刀剑和盾牌，猛然越过松软的沙地，飞扑回去拯救他的朋友。

仿佛看到一头狮子冲锋陷阵一般，方才沸腾的人群瞬间鸦雀无声。他们看见他大步向前，跨越了好几码远，冲到与他对立的角斗士面前，如同一头丛林野兽，瞄准他猎物的肩膀和背部开始发起进攻。

两人绕过躺在地上的哈斯塔进行交锋，一番搏斗后都倒在了地上，但泰山又立刻重新站了起来，双手紧紧抓着他的对手。他使劲摇晃着对方，就像刚才摇晃另一个敌人一样——把他甩到失去意识，一边甩一边掐住他的喉咙，直到对手没了气息，便一把将尸体扔到一旁。

看台上的群众顿时欣喜若狂。他们纷纷站到长凳上，拼命尖叫起来，手中挥舞着围巾和头盔，还抛掷了许多鲜花和糖果，像雨点般落在竞技场里。泰山发现卡西乌斯并没有死，并且正在渐渐恢复意识，于是赶紧弯腰扶他站起来。

他快速地扫视过竞技场，看到红队有十五个人幸存下来，而白队只剩下了十个人。这是一场弱肉强食的生存之战。既没有规章制度，也不讲伦理道德。不是你死，就是我亡。泰山于是将红队多余的五个队员聚集起来，集中攻击白队最强壮的那个人。在这六名剑客的包围下，敌人顷刻之间便被铲除了。

在泰山的指挥下，六人兵分两路，每三个人负责对付同一个白队敌人。结果，按照这样的战术，这场血腥搏斗一下子就快进到了结尾。最终红队有十五个幸存者活了下来，并围剿了白队的最后一名敌人。

人群拼命大喊着泰山的名字，呼声远远高于其他参赛者的名字，但塞拉特斯却被彻底激怒了。这个无法无天的野蛮人曾当众侮辱自己，他本想借此机会进行报复，没想到不仅没得逞，反而使泰山的个人声望远远盖过了自己。尽管这只是暂时的，何况民心善变，反复无常，但这丝毫没能减轻皇帝心里的愤怒和懊恼之情。对于泰山，他的脑海里只有一个想法：必须彻底摧毁这个家伙。他随即转向主管比赛的行政长官，低声向他发布命令。

群众的呐喊声一浪接着一浪，大声呼吁胜利者应当被授予月桂花冠，并且重获自由。然而，其余十四个人全都被赶回了围栏里，唯独只有泰山被留在场上。

很快，观众席里就有人提出猜测，或许塞拉特斯是要给他冠以什么特殊的荣誉。就像其他所有谣言一样，这一说法迅速在人群中传播蔓延，到最后，所有人都对此深信不疑。

随即，一群奴隶拥入了竞技场，把死者的尸体一个个拖走，捡起四处散落的兵器,并撒上新的沙子然后耙平。泰山则按照指令,静静地站在皇帝包厢的下方等待着。

他双臂交叉抱在胸前,神情严峻地等待着,不知接下来还会发生什么事。拥挤的看台上随即传来一阵低沉的牢骚——观众们怨声载道,抱怨声越来越高涨,渐渐演变成愤怒的呼喊,其中,泰山零星地捕捉到了只言片语,例如:"暴君!""胆小鬼!""叛徒!"还有"打倒塞拉特斯!"等等。他环顾四周,发现他们正纷纷指向竞技场的另一端。他于是转过头,循着观众所指的方向望去,这才明白为什么会引起公愤。原来,在竞技场那头等着他的,并非桂冠和自由,而是一头巨大的黑鬃毛狮,看起来消瘦憔悴,正如饥似渴地盯着他。

面对民众的愤慨之情,塞拉特斯的脸上依然只流露出一副傲慢自大、漠不关心的神情。他只是目光轻蔑地环视着看台,随后低声向身边人下达命令,派了三队军团士兵赶到观众群中,及时威慑住了几个寻衅滋事者,以免他们煽动人群攻击皇帝的包厢。

但现在,狮子开始缓缓朝泰山进发了。自私无情的观众们转眼就忘记了方才的打抱不平,气愤一下子烟消云散,激动地期待着即将上演的血战。

有的人上一秒还在为泰山大声助威,下一秒就转而为狮子加油鼓劲,但如果狮子被击败了,他们还会重新为泰山欢呼喝彩。当然,他们并没有指望这种情况会发生,而是坚信自己的判断,狮子必然是最后的赢家。因为泰山把所有武器丢到一边后,并没有重新拿起来,现在仅有的防卫工具就是一把匕首。

除了身上仅有的缠腰布和豹皮外,泰山几乎赤身裸体,完美健壮的体格一展无余。尽管撒奎纳琉斯军营的人对他赞美有加,但他们还是把手里的便士和塔兰特(一种货币)都押在了狮子的身上。

过去这一周里，他们曾看到其他人勇敢而绝望地面对其他狮子，现在也在这个高大的野蛮人身上看到了同样的勇气，但他们认为理所当然的绝望，泰山却丝毫没有感受到。狮子低垂着头，半弓着缓缓向它的猎物靠近，出于紧张和期待，它的尾巴尖微微抽搐。它的身躯骨瘦如柴，贪婪地想要饱餐一顿。泰山静静地站在原地，等待着它的到来。

即便自己不是那头狮子，他也完全可以推断出那个野兽的脑子里在想些什么。他知道它会在何时发起最后一次冲锋，他知道狮子的冲击速度迅猛而致命。他知道那头狮子会在何时以什么样的方式后肢撑地，用巨大的爪子和有力的黄色獠牙钳制住自己。

他看到狮子的肌肉紧绷了起来，他看到它抽搐的尾巴平静了片刻，于是他放下了交叉在胸前的双臂，但还未从腰间的刀鞘里拔出匕首。他静静地等待着，几乎在不知不觉中蹲了下来，重量全都放在双脚上，不一会儿，狮子便突然向他发起了冲锋。

泰山心里清楚，野兽是如何精准地把握它最后冲刺的时机，精确地测量它每一段步幅的距离的。泰山知道，要想抢占先机，最可靠的方法就是出其不意地攻击它，打它个措手不及。

狮子知道，它的猎物通常只会出现以下两种反应——要么是吓到浑身瘫软，要么就是直接转身逃跑。几乎从来没有哪个猎物敢与自己进行正面交锋，然而泰山现在偏偏要与自己大打一场，这是这头狮子从来没有想到过的。

当狮子向他发起进攻时，泰山一跃而起，与它展开搏斗。整个观众席屏息以待，无声地静坐着。即便是塞拉特斯也不禁身体前倾，嘴唇微微张开，一时忘记了自己皇帝的身份。

狮子扬起前腿，用后腿直立，试图稳住自己，正面对抗这个不可一世的家伙，但却不小心在沙地上滑了一跤。趁此机会，泰山及时跳到一旁，躲到了它的底下。它原本想伸出巨大的狮爪，直击泰山，现在却错过时机，落了空。尽管狮子不一会儿就恢复了平衡，但就在那顷刻之间，人与狮之间的位置早已互换过来。狮子将泰山视为猎物，原本意欲一把扑到他的身上，没想到泰山却抓住时机，迅速转身，反过来跳到了狮子身上。

此时，人猿泰山已经完全凌驾于狮子身上，一条巨大的前臂紧紧圈住狮子的喉咙，双腿如钢铁般死死夹住狮子消瘦干瘪的肚子，就这么牢牢僵持在原地。狮子再次扬起前腿，用后腿站着，伸出爪子来抓，转身想要撕咬背上的泰山。但是，泰山的手臂就像钳子一般，牢牢缠住它的喉咙，越缠越紧。泰山紧紧抱住狮子，使它的利爪根本无法触到自己。无奈之下，狮子一跃而起，待它落到沙子上后，便开始使劲摇晃身体，想要一把将背上正在咆哮的泰山甩出去。

泰山仍然用那条手臂缠住狮子的喉咙，双腿紧紧夹住狮子的肚子，伸出另一只手试图去拔匕首的刀柄。狮子感到自己就快要窒息而亡了，于是变得更加狂躁。它再度扬起前腿，用后腿直立，一下子倒在地上，打起滚来，想要借此压住泰山。此时，观众顿时变得欣喜若狂，再次爆发出沙哑的欢呼声。他们从未在竞技场上见过像今天这样精彩的比赛。泰山这个野蛮人所做出的防卫动作，远远超乎他们的想象，使得他们不禁为其欢呼喝彩。不过，他们依然认为，最终的赢家还是狮子。不一会儿，泰山已经摸到了匕首，一刀插进了狮子身体的一侧，就在它左肘的后方。泰山一次又一次用匕首直击狮子要害，但是每一刀下去，它反而变得更加暴怒疯狂，拼命想要把泰山从自己背上甩开，将他撕成碎片。

狮子最后奋力一击，试图摆脱泰山，无奈终是徒然。此刻的

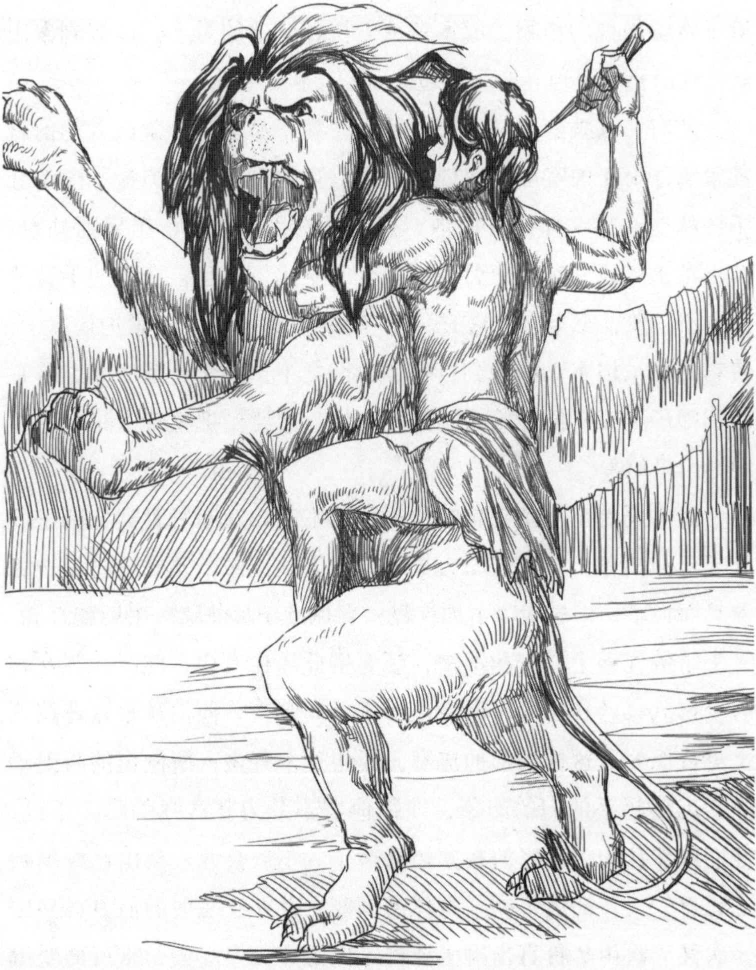

它,头昏眼花,四肢颤抖,摇摇晃晃地站着,上气不接下气,下巴上沾满了鲜血和唾沫。在它垂死之际,泰山再次一刀刺去,只见一股热血从它嘴里和鼻腔中喷涌而出。顷刻间,狮子向前倒去,一命呜呼,四周的沙子也被血迹染得猩红。

人猿泰山从狮子身上一跃而下,稳稳站立在地面上。泰山单枪匹马与这头野蛮凶悍的狮子进行了一场殊死搏斗,眼见这满地的鲜血后,就连身上那最后一层虚假浅薄的文明伪装也被剥夺殆尽。他站在那儿,一只脚踩在猎物的尸体上,眯着双眼怒视四周,环顾看台上欢呼咆哮的观众。此时的泰山,完全不是一派英国贵族的模样,甚至不像一个人类,而是如同一头凶猛的野兽。他仰起头来,发出公猿宣告胜利的号叫。沸腾的人群一听这嘶吼,立马吓得鸦雀无声,仿佛血液都凝固了一样。但是,转瞬之间,方才笼罩在他身上的魔咒便消失了,泰山又重新恢复了平常的状态,脸上的表情也变了样。他俯下身子,将匕首放到狮子的鬃毛上擦了擦,拭去上面的血迹,然后重新把匕首放回鞘内,脸上闪过一丝笑意。

塞拉特斯看到撒奎纳琉斯军营的人氏都为这位野蛮的巨人欢呼,明白这意味着什么,原先心里对泰山的嫉妒此时已经转变成了恐惧。尽管他试图掩盖事实,但心里清楚地知道,不论是他自己还是他的儿子费斯特斯,都不受平民百姓的青睐,而是为人们所憎恨和鄙夷。

他曾经不公正且无礼地对待过普利克拉乌斯,而这个野蛮人恰恰与他交好。普利克拉乌斯在军队中的威望无人能及,而且深受斯普兰迪乌斯的女儿德里科塔的喜爱。如果根据比赛的传统和规则,泰山将重获自由,那时,他定将成为一位备受欢迎的偶像。而斯普兰迪乌斯在这样强有力的支持下,或许轻而易举便可荣登皇位。泰山站在竞技场上等待之时，一旁的观众大声为其欢呼，声嘶力竭。同时，越来越多的军团士兵列队拥入看台，直到墙上满是闪闪发亮的长矛。

塞拉特斯与主管比赛的行政长官小声商量着什么。随着号角声响起，长官站起身来，张开手掌，举手示意人们安静下来。喧嚣渐渐平息，人们静默地等待着，期待着长官将按照惯例把荣誉授予比赛中表现突出的英雄。正在这时，长官清了清嗓子。

"这位野蛮人为大家带来如此精彩的表演，作为对众多忠诚臣民的特殊恩赐，塞拉特斯决定，在这场比赛结束后额外增加一个项目，让这位野蛮人有幸再次展现其无人能及的风采。这场比赛将……"然而，还未等这位长官说完，观众席上就惊讶得爆发出一阵咕哝声，以此表示他们的不满和愤怒，顿时淹没了长官接下来要说的话。事已至此，人们都已察觉出，塞拉特斯心怀不轨，妄图对他们最景仰的泰山耍什么阴险不公的伎俩。

人们对比赛的公平与否并不在乎，虽然他们私底下可能会对此扯些闲话，但在公共场合向来缄口不言。但是，他们清楚自己想要的是什么。他们想要将一位备受欢迎的英雄偶像化。他们不是不想看到泰山再次战斗，但更加想反对并阻挠他们所厌恶的塞拉特斯。他们高声呐喊，威胁塞拉特斯，只有那闪闪发光的长矛才能将他们控制住。

竞技场上，奴隶们正加快动作忙活着。他们早已将狮子的尸体拖走，然后把沙子重新铺平。直到最后一个奴隶也离开了竞技场，只剩下泰山一人孤零零地留在围场之内。此时，远端那扇门再次打开，不知泰山又将面临什么样的威胁。

Chapter 17
挫败皇帝阴谋

    泰山向竞技场远端的另一头望去，发现有人正从门口赶着六只公猿进来。就在几分钟前，它们听到了从竞技场里传来的雷鸣般的胜利欢呼。而现在，这些野兽自己从笼子里出来了，满怀着兴奋与凶残。由于长久以来的禁闭，以及残暴的撒奎纳琉斯人对它们的故意戏弄和激怒，这些公猿早已变得性情乖戾、暴躁易怒。它们看到，在它们面前的是一个人形的家伙——一个令人深恶痛绝的白人。他所代表的，正是那一类生物，那些不仅俘获了它们，还肆意戏弄、伤害它们的家伙。

    "我是伽耶特，"其中一只公猿低声咆哮着说，"我要杀了你。"

    "我是祖托，"另一只公猿也怒吼道，"我要杀了你。"

    "杀了那个白人！"公猿高亚特厉声喊叫起来，六只公猿迈着沉重的步子同时向前进发——它们时而后腿直立，时而摇摆双臂，粗糙的指关节剐蹭着地面。

人群里一片大喊大叫,以示愤懑不平:"打倒皇帝!"

"杀死塞拉特斯!"一片喧哗声中,这一呼喊显得格外刺耳。所有人无一例外地全都站了起来,但又敬畏于闪闪发光的长矛,不敢轻举妄动。只有一两个被勇气冲昏了头脑的人,试图硬闯皇帝的包厢,最终都倒在了军团士兵的长矛下。他们的尸体静静地躺在过道里,像是在警告着其他人。

塞拉特斯转过身来,对皇家包厢里的一位客人低声耳语:"这对所有胆敢冒犯皇帝的人来说,都是个血淋淋的教训。"他说道。

"一点都不错,"那个人回答道,"皇帝光辉荣耀,的确是无所不能的。"但当他发现,黑压压的人群是多么来势汹汹,而相比之下,阻挡在这群人与皇帝的包厢之间,手持着闪闪发光的长矛的士兵数量是多么微乎其微时,这个家伙不禁吓得嘴唇发紫。

祖托率领着其他公猿,逐渐向泰山靠近。"我是祖托,"它边走边吼叫着,"我要杀了你。"

"祖托,在你残杀你的朋友之前,先看清楚,"泰山回答道,"我是人猿泰山。"

祖托顿时不知所措,停下了脚步,身后的公猿也纷纷围到了它身边。

"那个白人竟然会用大猿的语言说话!"祖托向它的同伴说道。

"我认识他,"高亚特说,"当我还是个小猿时,他是我们的部落之王。"

"确实是他,那个白种人。"伽耶特补充道。

"没错,"泰山说道,"我就是那个白种人。我们现在一同被囚禁在这里。这些白人既是我的敌人,也是你们的敌人。他们想让我们自相残杀,但我们不能让他们得逞。"

"他说得没错,"祖托表示赞同,"我们不应该以泰山为敌。"

"那就好。"泰山说道。它们随即将他紧紧围住,凑在他身边嗅来嗅去,试图通过鼻子来验证,自己眼见是否为实。

"到底发生了什么?"塞拉特斯咬牙切齿地吼道,"它们为什么不攻击他?"

"他一定是向它们施了什么法术。"皇帝的那位客人回答说。

看台上的人群惊奇地看着这一切。他们只是听到,那群野兽与那个野蛮人互相低声吼叫着。他们怎么可能猜到,双方其实是在用共同的语言对话呢?他们随即看到泰山转身,朝皇帝的包厢走去,身边紧随着步伐沉重缓慢的野兽,他古铜色的皮肤轻拂过它们黑色的皮毛。这个泰山和六只公猿走到尊贵的皇帝面前,停下了脚步。泰山的目光旋即飞快地扫视了一圈竞技场。四周的围墙前整齐地排满了军团士兵,所以,即便是泰山恐怕也做不到毫发无损地从这里逃脱。于是,他抬起头,看向了塞拉特斯。

"皇帝,你的阴谋被挫败了。你以为这些家伙会把我撕成碎片,但实际上它们都是我的同胞。它们是不会伤害我的。如果你还有其他人能与我对抗,让他们尽管放马过来吧,但是动作要快,因为我的耐心正在渐渐减少。只要我一声令下,这些公猿就会随我一起,闯进你的包厢,把你撕得粉身碎骨。"

尽管他有十足的把握可以杀死塞拉特斯,可一旦真的这么做,他也很快就会倒在军团士兵的长矛之下。要不是因为清楚地知道这一点,泰山早就已经行动了。他还是不够熟悉这群暴乱群众的心理,不知道其实在他们现在的心境下,这群人会蜂拥而上地保护他。至于那些军团士兵,也会与他们联起手来,奋起反对这个令人憎恶的暴君。

泰山希望在自己成功逃跑的同时,也能帮助卡西乌斯·哈斯塔和凯利乌斯·梅特拉斯一起逃脱。这样,在他前往东方帝国寻找埃里克的下落时,还能获得他们的帮助。因此,当行政长官命令他回到自己的地牢时,他照做了,带着这群公猿一起回到了牢房里。

当竞技场的大门在他身后关上时,他又再次听到了那个持续不断的高呼,远远盖过了人群的咆哮声:"打倒塞拉特斯!"

待狱卒打开牢门后,泰山发现,里面只剩下了普利克拉乌斯一人。

"欢迎回来,泰山!"这个罗马人大声说道,"真没想到,还会再次见到你。不过,为什么你既没有死,也没有重获自由?"

"还不是因为皇帝的公平审判,"泰山回答说,无奈地笑了,"不过,至少我们的朋友们都不在这里了,看来他们已经自由了。"

"野蛮人,你别再自欺欺人了,"监狱看守插进来说道,"你的朋友们不过是被安全地锁在另一个牢房里而已。"

"但他们明明为自己赢得了自由!"泰山气愤地喊道。

"你一样也赢了。"那个狱卒咧嘴一笑,又折回来说道,"但是你自由了吗?"

"这简直令人发指!"普利克拉乌斯义愤填膺地说,"皇帝不能这么做。"

那个狱卒满不在乎地耸耸肩,说道:"但这已经是板上钉钉的事实了。"

"凭什么这么对我们?"普利克拉乌斯质问道。

"你这个可怜的家伙,竟然还会对皇帝抱有信心?"狱卒问道,"不过,我对谣传的原因有所耳闻。现在空气中四处弥漫着煽动叛乱的氛围,皇帝惧怕你和你所有的朋友,因为你才是民心所向,而你又支持斯普兰迪乌斯。"

"我明白了,"普利克拉乌斯说道,"所以,我们将会被无限期地关在这里。"

"我可没有说是遥遥无期。"狱卒咧嘴一笑,随即关上牢门并锁好,留下他们独自离开了。

"我真讨厌他眼里的神情,还有他说话的口气,"等那个家伙走远后,普利克拉乌斯说道,"上帝对我们真是毫不留情。不过,就连我最好的朋友也辜负了我,我又怎么能指望这些人呢?"

"你指的是阿普罗索斯?"泰山问道。

"除了他,还能有谁呢,"普利克拉乌斯回答说,"如果他顺利拿来了钥匙,我们可能已经逃脱了。"

"不管发生什么事,我们都还是有可能逃跑的,"泰山说,"除非我死了,否则我是绝不会放弃希望的——而我一直活到了现在。"

"皇帝一手遮天,背信弃义,你对他一无所知。"这个罗马人回应道。

"皇帝也并不了解我人猿泰山。"

黑暗渐渐笼罩了这座城市,即便是牢房里昏暗的灯光也被完全抹灭。正在此时,这两个人发觉有一束摇曳的光芒,微微照亮了一片漆黑的地牢。随着光亮逐渐增强,他们知道,是有人举着火把照亮面前的路,正在慢慢走近。

白天几乎是不会有外人来探视罗马斗兽场底下的地牢的,只有警卫和狱卒偶尔经过巡视,以及奴隶每天两次来送食物。但是到了晚上,一个人举着火把悄无声息地靠近,则很有可能是凶多吉少。普利克拉乌斯和泰山一直在漫无边际地闲谈以消磨时间,此刻也终止了对话,一言不发地等待着即将到来的访客。

或许,这位夜间访客并不是冲他们而来的,但直觉告诉他们,这个人就是为他们而来的,并且很有可能意图凶险。但他们并没有等待很久,一个男人便在牢房的栅栏门前停了下来,排除了他

挫败皇帝阴谋 | 185

们的猜疑。当来人掏出钥匙准备打开门锁时，透过门闩，普利克拉乌斯一眼就认出了他。

"阿普罗索斯！"他兴奋地大喊，"你终于来了！"

"嘘！"阿普罗索斯小声提醒道，然后迅速打开门走了进来，又默默地把门在身后关上。他匆匆扫视了一眼牢房，然后将火把摁在石墙上熄灭。他坐到地上，紧挨着普利克拉乌斯和泰山，同时低声说道，"幸好只剩下你们两个人了。"

"你在浑身发抖，"普利克拉乌斯开口说，"发生什么事了？"

"让我惊慌失措的，不是已经发生的事，而是即将要发生的事，"阿普罗索斯回答说，"你可能想知道，为什么我一直没有给你们拿来钥匙。你一定认为是我不守信用，但事实上，到目前为止，我都没法拿到钥匙。尽管我已经准备好要冒着生命危险去尝试，正如我现在所做的这样。"

"可是，你作为罗马斗兽场护卫队的指挥官，想要进入地牢为什么也这么困难呢？"

"我已经不再是警卫队的指挥官了，"阿普罗索斯答道，"一定是有什么事情引起了皇帝的怀疑，因为上次刚一离开地牢，我就被革职了。要么是有人偶然间听到了我们的计划，并向皇帝举报；要么就只是因为你我之间的友谊尽人皆知，引起了他的疑虑，我也只能这么猜测。总之，事实就是这样，我被从罗马斗兽场调走后，就一直坚守在比勒陀利亚城门执勤。我甚至都不被允许回我自己家，给出的理由是因为皇帝担心外部村庄的野蛮人会起义。明眼人都能看出，这个理由简直是荒唐至极。

"就在一个小时前，一名年轻军官来城门上接替另一个人的岗。我从他那里听到了几句闲言碎语，于是便不顾一切地擅离职守，偷偷过来见你。"

"他都说了些什么？"普利克拉乌斯问道。

"他说，一名宫殿警卫军官向他透露，自己接到命令，今晚将潜入你们的牢房，暗杀你和这个白种野蛮人。于是我赶紧去找你母亲菲斯特维塔斯，跟她一起找到了我答应要带给你的钥匙。但是即便我在城市街道的阴影里悄悄穿行，尽力在没有被人察觉的情况下来到罗马斗兽场，我也担心我可能来得太晚了，因为皇帝的命令是要立刻处死你们。普利克拉乌斯，这是钥匙，给你。如果还有我能帮上忙的地方，你尽管开口。"

"不用了，我亲爱的朋友，"普利克拉乌斯回答说，"你为了我已经冒了太多风险。你赶紧走吧，回到你的岗位上去，以免皇帝知道了此事要杀你灭口。"

"那就再见了，祝你们好运，"阿普罗索斯说道，"如果你们要离开这座城市，别忘了，阿庇乌斯·阿普罗索斯掌管着比勒陀利亚城门。"

"我不会忘记的，亲爱的朋友，"普利克拉乌斯答道，"但我不能再凭借你对我的友谊，而让你承担更多的风险了。"

阿普罗索斯说完，便转身要离开牢房，但突然在门口停下了脚步。"已经太晚了，"他悄声说道，"快看！"

远处闪烁着火把微弱的光芒，正渐渐照亮幽暗阴森的走廊。

"他们来了！"普利克拉乌斯轻声喊道，"你赶紧走！"但阿庇乌斯·阿普罗索斯并没有听他的，而是快步走到牢门的一侧，隐藏在从走廊外面看进来的盲区，悄悄地拔出了他的西班牙剑。

不一会儿，火把的微光便沿着走廊来到了牢房前。泰山可以清楚地听到凉鞋在石头地面上刮擦的声音，从而得知，无论来者何人，肯定是独自一人。紧闭的栅栏门前，一个身披长长的深色斗篷的男人停下了脚步，将手里的火把高举过头顶，向牢房里张望。

挫败皇帝阴谋 | 187

"马克西姆斯·普利克拉乌斯!"他低声问道,"你在里面吗?"

"我在。"普利克拉乌斯答道。

"那就好!"那人满意地说道,"我要先确认一下,是不是这间牢房。"

"你是来干什么差事的?"普利克拉乌斯质问道。

"是皇帝派我来的,"对方说道,"他派我来送个口信。"

"是令人吃惊的消息吗?"普利克拉乌斯又问。

"不仅令人吃惊,而且直截了当。"那个军官笑着说道。

"我们正等着你呢。"

"你们早就知道我会来?"那人半信半疑地问道。

"我们猜的,因为我们了解皇帝的为人。"

"那就与你们的上帝和平相处吧,"军官说着,拔出了他的剑,缓缓推开牢房的门,"因为你们马上就要去见上帝了。"

当他跨过门槛走进来时,嘴角边挂着一丝阴冷的微笑。皇帝很了解他的手下,并且挑选了合适的人手来执行这件事——一个丧尽天良的家伙,对普利克拉乌斯充满了羡慕和嫉妒之情。以至于当阿庇乌斯·阿普罗索斯执剑击穿他的头盔,刺破他的头颅时,他的嘴上仍然挂着那抹冷笑。那名男子瞬间正面朝下,猛然倒在了地上,鲜血直流,火把从他的左手上滑落,掉在地上熄灭了。

"趁现在,赶紧走!"普利克拉乌斯小声催促阿普罗索斯说,"我们对你的救命之恩感激不尽,愿能以此保佑你免于灾祸。"

"现在的情形已经足够有利了,"阿普罗索斯低声说道,"你们有了钥匙,有了他的武器,现在还有充足的时间赶在事情败露之前逃走。最后再说一次再见吧。再见了,愿上帝保佑你们。"

阿普罗索斯小心翼翼地沿着漆黑一片的走廊向外走去,普利克拉乌斯用钥匙打开了他们的镣铐,这两个男人才终于得以从他们憎恨的锁链中解脱出来,挺直身躯。不需要再重新制订计划了——过去的几周里,他们一直都在反复谈论这同一个话题,只不过为了适应变化的条件而做了改变。现在,他们的首要目标就是要找到哈斯塔和梅特拉斯,以及其他值得信任和依赖的人,并且尽可能多地召集其他愿意跟随他们,并敢于进行冒险的囚犯。

他们在伸手不见五指的走廊里摸索前进,蹑手蹑脚地从一个牢房潜入另一个牢房,在少数几个还被关押着的囚犯里,他们发现,对于任何可能还他们自由的事业或领导者,每一个人都愿意宣誓效忠。他们由此释放了许多囚犯,卢科迪、穆平谷和奥冈约也在其中。就在他们几乎要放弃寻找其他人的希望时,终于在一间靠近竞技场入口的牢房里找到了梅特拉斯和哈斯塔。与后者关在一起的,是许多专业的角斗士,这些人本该在比赛结束时与其他胜利者一起得到释放,但却因为皇帝的心血来潮而依然被关在这里。他们对此完全无法理解,于是加倍激起了角斗士们对于皇帝的愤怒。

所有人无一例外都保证,无论泰山去哪,他们都会誓死相随。

在参赛者进入竞技场前等候逗留的大房间里,所有人都聚集到了这里。泰山对他们说道:"我们当中,没有几个人能活着完成这次行动。但那些成功幸存到最后的人,就能报复皇帝曾经强加在自己身上的那些不公正对待。"

"其他人将受到众神的欢迎,成为值得所有人敬重的英雄。"普利克拉乌斯补充道。

"我们不关心你的事业是对还是错,也不在乎我们是生还是死,"一个角斗士说道,"我们渴望的只是浴血奋战。"

"战斗一定会非常精彩的。我可以向你保证,"泰山说,"而且会有很多场。"

"那就带领我们出发吧。"角斗士说。

"但首先,我还有其他的朋友,必须得先去解救他们。"泰山说道。

"我们已经把每一个牢房都清空了,"普利克拉乌斯说,"牢房里已经没有其他人了。"

"哦,不,我的朋友,"泰山说道,"还有其他的没被释放——那些大猿。"

Chapter 18
热血反抗集结

梅里城堡中，埃里克和马里乌斯被皇帝奥古斯都关在地牢里，静静地等待着第二天比赛的开幕，以及奥古斯都的胜利展示。

"除了死亡，我们没有什么可期待的，"马里乌斯沮丧地说道，"我们的朋友要么就是失宠，要么就是被关在监狱里，要么就是被流放了。福普斯正是利用了奥古斯都对他侄子卡西乌斯·哈斯塔的嫉妒之情，来达到自己的目的，借机除掉我们。"

"都是我的错。"埃里克自责地说道。

"你不必内疚，"他的朋友安慰说，"不能因为法沃妮亚倾心于你，就把这件事怪到你头上。罪魁祸首只有心胸狭隘、诡计多端的福普斯。"

"我对法沃妮亚的爱给她带来了不幸，还给她的朋友们也招来了灾祸，"埃里克说，"而现在我却被锁在这堵石墙上，完全没法保护她，也不能为他们而战。"

"啊，要是卡西乌斯哈斯塔在这里该多好！"马里乌斯不禁长叹，"尽管皇帝任命了福普斯为继承人，但如果有卡西乌斯在这里带领我们起义，那么整座城堡都势必会奋起反抗奥古斯都。"

梅里城堡的地牢里，正当他们沉浸在悲伤绝望的对话里时，在山谷另一端的撒奎纳琉斯军营中，一群尊贵的客人正聚集在塞拉特斯的王座室里。大厅里布满立柱，宾客们个个衣着华丽，熠熠生辉，其中有身着华贵长袍的参议员，还有宫廷和军队的高级官员，穿戴着璀璨夺目的珠宝和刺绣亚麻，携着他们的妻子和女儿，等待着见证今晚皇帝的儿子费斯特斯迎娶斯普兰迪乌斯的女儿。

此时，宫殿正门外的大街上，有一大群人聚集在了一起——大量的民众挨挨挤挤，互相推搡，紧紧压制着宫殿大门，几乎就要冲到军团士兵的长矛下。人群嘈杂喧闹——充斥着低沉愤怒的咆哮声。

"打倒暴君！"

"杀了塞拉特斯！"

"杀了费斯特斯！"这一呐喊声是他们仇恨的赞美诗的重点。

宫殿里弥漫着来势汹汹的险恶氛围，但这些目中无人的贵族却把他们当作牲畜，假装没有听见他们的呼声。他们为什么要害怕呢？难道塞拉特斯这一天没有向所有军队分发薪水吗？难道军团士兵的长矛不知道要保护他们的酬金来源吗？如果塞拉特斯派军团镇压他们，这些忘恩负义的大众就将尝到自作自受的恶果。难道他们忘了，是塞拉特斯为他们带来一场如此盛大的庆典，以及撒奎纳琉斯军营以前从未有过的长达一周的比赛吗？

这群乌合之众已经身处皇帝的宫殿里，现在则更加无法无天、蔑视一切。但他们相互之间并没有说出这样的事实——当时人群推翻了一位贵族参议员的轿子，并把轿子上的乘客都赶到了尘土飞扬的大街上，这群暴民中的大多数人其实都是趁乱从宫殿后门拥进来的。

宫殿里，宾客们欣然期待着婚礼仪式之后举行的晚宴。而当他们谈笑风生、喋喋不休地闲聊着关于过去一周的流言蜚语时，新娘正面无表情地呆坐在宫殿上层的一个房间里，身旁围着她的女仆，还有她的母亲在一旁安慰着她。

"这是不可能的，"她喃喃自语道，"我是永远不会嫁给费斯特斯的。"她的手里紧紧攥着一把匕首的细长刀柄，藏在飘逸的礼服的褶皱中。

在罗马斗兽场底下的走廊里，泰山正在集结他的部队。他召唤来卢科迪和一个外部村庄的首领，他此前曾与这个首领被关在同一间牢房里，并与他一起在比赛中并肩作战过。

"你们到比勒陀利亚城门去，"他下令说，"以马克西姆斯·普利克拉乌斯的名义，让阿普罗索斯放你们通过城墙。你们到城外的村庄里去，尽可能多地召集勇士。告诉他们，如果他们想要向皇帝复仇，并自由地以自己的方式过自己想要的生活，现在就必须奋起反抗，加入那些已经准备好叛变的公民，一起摧毁暴君。但是一定要快，我们没有时间可以浪费了。迅速把他们聚集起来，带他们从比勒陀利亚城门进城，直奔皇帝的宫殿。"

泰山和普利克拉乌斯告诫他们的追随者保持安静，随后带领他们朝罗马斗兽场护卫队兵营的方向前进，那里驻扎着普利克拉乌斯自己手下的步兵大队。

这支队伍鱼龙混杂，有来自外部村庄的近乎赤裸的战士，有这座城市里的奴隶，以及棕色皮肤的混血儿，其中还夹杂着杀人犯、窃贼和专业的角斗士。普利克拉乌斯连同哈斯塔、梅特拉斯和泰山四人一起率领着这群人马，簇拥在泰山身边的，还有公猿伽耶特、祖托和高亚特，以及它们的另外三个同伴。

奥冈约现在确信，泰山肯定是个恶魔，不然还有谁能指挥这些森林里毛茸茸的人猿呢？毫无疑问，在这些凶猛的躯体中，每一个都住着巴格哥部落首领的鬼魂。如果小猴子是他祖父的幽灵，那么这些大猿肯定都是伟人的幽灵，一定是！奥冈约并没有与这些野蛮的盟友靠得太近，事实上，队伍里的其他任何人——即便是最凶猛的角斗士，也不敢走近它们。

到达营房后，普利克拉乌斯轻车熟路，知道该说什么、该对谁说。因为长期以来，兵变在军队中都非常普遍，只是出于对某些军官的爱戴，他们才一直都规规矩矩。普利克拉乌斯就是深受爱戴的军官之一，现在，他们欣然接受了这个机会，跟随这位年轻的贵族，直捣皇帝宫殿的大门。

按照早已决定好的计划，普利克拉乌斯派遣一名军官率领一支小分队，前往比勒陀利亚城门，并且下令，当来自外村的勇士们抵达时，如果他们还没能说服阿普罗索斯加入起义队伍，那就通过武力攻陷城门，为城外的战士敞开大门。

沿着宽阔的主干道，两边悬垂着巨树茂密的枝叶，在夜里形成了一条伸手不见五指的幽暗隧道。几个手持火把的人走在队伍最前面，为他们照亮前路，身后紧跟着人猿泰山，带领着他们的支持者向宫殿进发。

正当他们逐渐靠近目的地时，紧紧压制着宫殿卫兵的人群外围中，有人被他们火把的光芒吸引住了目光。于是，人群中很快就传开了，说是皇帝派来了增援部队——有更多的援军即将到来。这一消息迅速在人群中传遍开来，但他们的熊熊怒火并没有因此得到抑制。一个自告奋勇的起义领袖带着几个人，气势汹汹地走向前，直面正在向他们靠近的来客。

"你们是什么人？"其中一个向他们喊话说。

"是我，人猿泰山。"泰山回答道。

紧接着，作为对他这一声明的回应，人群中爆发出了一阵呐喊声。这足以证明，到目前为止，这些善变的民众还依然拥护着他。

外面民众的高喊声传到了宫殿里，皇帝的脸色不由得沉了下来，而许多贵族则对此嗤之以鼻。但要是知道了这群暴徒之所以如此兴高采烈的原因，他们的反应恐怕会迥然不同。

"你们为什么会在这里？"人群中传来几个人的喊声，"你们要来干什么？"

"我们是来拯救德里科塔的，不能让她落入费斯特斯的怀抱，并且要把暴君从撒奎纳琉斯军营的王位上拽下来。"

泰山话音刚落，便引起了一片赞许的咆哮声。

"杀了暴君！"

"打倒宫殿守卫！"

"杀了他们！"

"杀了他们！"一千多人同时怒吼着，此起彼伏。

人群不断向前推进。眼看着起义人群的增援赶到，其中还有许多军团士兵，护卫队的军官赶紧命令他的部下撤回到宫殿里，紧闭大门并牢牢锁住。但他们并没有顺利完成这一切，因为正当他们要把门闩固定住时，人群便如潮水般涌了上来，一下子冲破了铁和橡木打造的坚固壁垒。

一个通信兵匆忙赶到王座室，脸色苍白地走到皇帝身边。

"民众叛变起义了，"他声音嘶哑地向皇帝悄声汇报说，"许多士兵、角斗士和奴隶也加入了他们的行列。他们正在大门外用肉体强攻，我们抵御不了多久了。"

皇帝紧张地站起身来，不安地来回踱步。突然间，他停下了脚步,把军官们召集过来。

"向每个大门和每个营房都派遣通信兵,"他吩咐道,"除了守门的士兵以外,把军队里的所有人都集结起来。命令他们围攻这群乌合之众,将他们赶尽杀绝。把他们统统杀光,直到撒奎纳琉斯军营的大街上没有一个活口。绝对不能妥协。"

仿佛是通过什么奇怪的心灵感应方式一般,这一消息很快就在人群中传遍了。现在每一个人都知道,塞拉特斯已经召唤城里所有的军团士兵都赶来宫殿,带着指令要对所有革命者格杀勿论,不留活口。

普利克拉乌斯率领着军团士兵的出现,更是大大鼓舞了民众,促使他们重新发起了对大门的猛攻。守卫的长矛穿过栅栏,刺死了许多起义的百姓,但他们的尸体很快就被他们的朋友拖走了,他们的位置也立刻被后面挤上来的人群所顶替,使得大门在他们的重压下慢慢弯曲变形。但宫殿守卫依然死死顶住大门,泰山发现,他们或许还能维持很长时间——或者至少撑到增援部队的到来,如果后者仍然效忠于皇帝的话,应该会轻而易举地制服这些没有经过训练的暴徒。

泰山把他最了解的那几个人聚集到身边,向他们解释了一个新的计划,受到了一致赞同的感叹声。随即他又召唤来六头公猿,沿着黑漆漆的大街继续前进,身后紧跟着马克西姆斯·普利克拉乌斯、卡西乌斯·哈斯塔、凯利乌斯·梅特拉斯、穆平谷,以及撒奎纳琉斯军营里最著名的五六个角斗士。

费斯特斯和德里科塔的婚礼即将在皇帝宝座前的台阶上举行。神庙的大祭司站在高处,面朝观众,而就在他下方的一侧,费斯特斯静静地等候着。此时,长长的大厅里,新娘正缓缓地向中央走来,身后紧随着在神庙里照看圣火的贞洁处女。

热血反抗集结 | 197

德里科塔脸色苍白，但她依然迈着缓慢的步子走向她的厄运，丝毫没有畏缩。有许多人在窃窃私语说，她的仪态是如此端庄，举止是如此优雅，看起来已经俨然是一副皇后的风范了。但他们却没有看到，她的右手紧紧攥着一把细长匕首的刀柄，正藏在飘逸的新娘礼服中。她沿着过道缓缓走上前，但并没有像费斯特斯一样在神父面前停下脚步——她本该在神父面前停下的——但却径直走过了他，登上皇帝宝座的台阶，才停下来面对着塞拉特斯。

"古往今来，撒奎纳琉斯军营的百姓们都被教导，他们可以寄望于皇帝寻求保护，"她开口说，"皇帝不仅仅制定法律——他本身就是法律。他如果不是正义的化身，那就会是专制统治者。塞拉特斯，你是其中的哪一个？"

皇帝顿时涨红了脸。"孩子，你这是什么疯狂的突发奇想？"他反问道，"是谁让你胆敢对皇帝说这种话的？"

"没有人指使我，"女孩疲倦地回答道，"尽管我早就知道，这是徒劳无功的，但这是我的最后希望，我觉得我必须要孤注一掷，不能还未尝试就把它当作无用的东西扔掉。"

"够了！够了！"皇帝不耐烦地呵斥道，"不要再说这种蠢话了。站到神父的面前去，跟着他复述你们的婚礼宣誓。"

"你不能拒绝我的请求！"女孩固执地大喊道，"我要向皇帝上诉，这是我作为罗马公民的权利，尽管我们从来没有见过这座宗主城市，但罗马公民的权利早已世世代代流传了下来。塞拉特斯，除非我们被剥夺了最后一丝自由的权利，否则你就不能拒绝我的请求。"

皇帝脸色骤变，旋即怒火中烧。"明天再来找我，"他说道，"你想要什么就给你什么。"

"如果你现在不听取我的申诉，那就不会有明天了，"她坚持说道,"我现在就要求行使我的权利。"

"那好,"皇帝冷冷地问道,"你到底想要我怎么帮你?"

"我不是寻求你的恩惠,"德里科塔回答说,"我有权利知道,令我为之付出如此可怕代价的事情,是否已经按照承诺兑现了。"

"你这话是什么意思?"塞拉特斯质问道,"你想让我兑现什么承诺?"

"在我宣誓与费斯特斯结为夫妻之前,"女孩回答道,"我想要看到马克西姆斯·普利克拉乌斯重获自由,并且安然无恙地站在这里。正如你所知,这就是我承诺嫁给费斯特斯的代价。"

皇帝拍案而起,气冲冲地说道:"那是不可能的。"

"哦,不,这是有可能的,"正在此时,大厅外面的阳台上传来一声大喊,"因为马克西姆斯·普利克拉乌斯就站在我身后。"

Chapter 19
众人直捣皇宫

循着说话声传来的方向,每个人都不由得朝外面的阳台望去。拥挤的大厅里,人们纷纷惊讶得倒抽了一口气。

"是那个野蛮人!"

"马克西姆斯·普利克拉乌斯!"人群中瞬间一片哗然。

泰山从阳台上一跃而入,抱住其中一根支撑屋顶的高大圆柱,然后迅速滑到地板上,同时身后还紧跟着六只毛茸茸的大猿,吓得皇帝拼命尖叫道:"警卫!警卫!"

十几个卫兵纷纷拔剑出鞘,刀光剑影中,泰山带着六只大猿径直奔向皇帝的王位。女人的尖叫声不绝于耳,有的还直接晕了过去。皇帝瞬间吓得浑身瘫软,在他的黄金宝座上紧紧缩成一团,动弹不得。

一名贵族挥舞着锋利的刀剑,冲到泰山面前,挡住了他的去路,但同时高亚特也全身扑了过来。这只巨猿用它黄色的獠牙一口咬向了那个贵族的脖子，随即起身站在刚刚被它咬死的尸体边，高声发出胜利的嘶吼。其他贵族见状，都害怕得连连退缩。费斯特斯拼命尖叫起来，掉头就跑，泰山便一下跳到了德里科塔身边。眼看着六只公猿登上了高台，皇帝被吓得结结巴巴，连滚带爬地从他的宝座上翻下来，躲到象征着他至高无上的地位和权力的皇位后面，几近晕厥。

但没过多久，大厅里的贵族、官员和士兵们便又恢复了镇定，对于这群不速之客的恐惧，瞬间烟消云散。现在，看到正在威胁着他们的只有一个野蛮人和六只手无寸铁的野兽，他们便壮起胆子，向敌人靠近。就在这时，刚才泰山进入王座室的那个阳台下面，一扇小门被打开了，紧接着，马克西姆斯·普利克拉乌斯、哈斯塔、凯利乌斯·梅特拉斯和穆平谷走了进来。虽然不像猿人和六只公猿那样身手矫健，但在前者的帮助下，他们还是陪同泰山，一起在巨树的阴影下顺利地翻过了宫殿的城墙。

皇帝的卫兵们纷纷挺身而出，但迎面遇上的却是撒奎纳琉斯军营里最厉害的刀剑，因为起义者中冲在最前线的，正是他们过去一周里为之欢呼呐喊的角斗士。泰山和普利克拉乌斯都要投入到战斗中，于是他便将德里科塔托付给穆平谷保护。

越来越多的贵族、士兵和守卫从宫殿的其他地方被召集过来，众人护着德里科塔，慢慢地与敌人对峙着向后撤退。泰山和马克西姆斯·普利克拉乌斯、哈斯塔、梅特拉斯以及角斗士们并肩作战，一起向身后的小门退去。至于那群大猿，由于性情暴怒不定，不论是它们的战友还是敌人，都害怕会受到攻击。

外面的主干道上挤满了人群，巨大的城门随即被攻陷，愤怒暴乱的群众尖叫着潮水般涌入宫殿花园，压倒卫兵，从他们——自己同胞的身体上无情地踩踏过去，不论死活。

然而，在宫殿的入口处，组成宫廷卫队的资深军团士兵却形成了一道新的防线。他们再一次阻挡住了这群乱哄哄的乌合之众，现在这群暴民的人数之多，已经足以使后来加入的叛军也在人群中迷失了方向。卫兵们将一台弩炮拖到宫殿台阶上，向人群之中投射石块，但依然阻止不了他们奋不顾身地蜂拥而上，径直冲向宫殿守卫们的长矛。

远处，从德库马纳城门的方向传来了号角声，而从正门右侧则传来了军队向前推进的脚步声。一开始，那些人群外围的暴徒听到这些声音，还误以为是他们自己的援军，纷纷欢呼雀跃、高声喊叫。这些胆小鬼总是依附在每个人群的边缘，让其他人承担风险，为他们冲锋陷阵。他们还以为，更多的军队也加入了叛乱，而这些部队是赶来增援的。但他们的喜悦之情很快便破灭了，第一波镇压起义的援兵从德库马纳城门赶到主干道后，立刻用长矛和刀剑对他们大开杀戒，直到那些还没被杀死的暴民四处逃窜，疯狂尖叫着向四面八方逃去。

越来越多的武装士兵小跑着赶来了。他们疏散了主干道上的人群后，便迅速冲进宫殿，攻击里面的暴徒，直到起义的群众尖叫着四散开来，在宫殿花园的黑暗中仓皇逃窜，到处寻找任何可以藏身的地方，而可怕的军团士兵则手持着熊熊的火把和鲜血淋漓的刀剑，在他们身后穷追不舍。

泰山和他的追随者们连连后退，回到了他们来时的那个小房间。门道很小，几个男人想要顶住它并不困难，但是当他们通过来时的那扇窗户撤退到宫殿外的花园，试图在古树的阴影下翻越围墙逃跑时，他们发现花园里挤满了军团士兵，随即意识到，起义队伍的后方已经被瓦解了。

他们躲在一个前厅里避难，房间很小，无法容纳所有人，但

众人直捣皇宫

这里或许是他们在塞拉特斯的整个宫殿中能找到的最好的避难所了，因为整个房间只有两个开口——仅有的一扇小门通往王座室，还有一个更小的窗户可以通向宫殿花园。四面全都是坚固的石墙，能够抵御军团士兵使用的任何武器。但是，万一起义失败了，这个临时避难所还有什么价值呢？在饥饿和干渴席卷他们的瞬间，这间屋子同时也会变成他们的牢房和受刑室——对他们中的许多人来说，或许还会是坟墓的通道。

"啊，德里科塔！"普利克拉乌斯大声呼喊道，第一时间冲到了她的身边，"我终于找到了你，却没想到会再次失去你。也许，是我的轻率鲁莽给你招来了杀身之祸。"

"是你及时赶到才拯救了我的性命。"女孩回答说，并将隐藏在长袍中的匕首拿出来给普利克拉乌斯看。"我宁愿自刎，也不愿嫁给费斯特斯，"她说道，"所以，要不是因为你及时出现，我现在就已经不在这个世界上了。但至少我能和你一起死去，我死而无憾。"

"现在不是谈论死亡的时候，"泰山说道，"几个小时前，你们有想过还能再次相聚吗？好了，现在你们又能在一起了。说不定，再过几个小时，一切都会改变的。到时候，对于现在正在经受的恐惧，你们自己都会觉得可笑。"

而几个站在近处的角斗士，无意中听到了泰山所说的话，却不禁摇了摇头。

其中一个角斗士说道："我们当中的任何一个人，凡是能活着离开这个房间的，要么会被绑在火刑柱上活活烧死，要么会被拿去喂狮子，或者被野牛五马分尸。我们的性命已经到头了，但这场战斗十分精彩，就我而言，着实感谢这位伟大的野蛮人能让我光荣地结束这一生。"

泰山听后只是耸耸肩,转身走开了。"我还活着呢,"他说,"除非我死了,否则我是不会考虑这个问题的——而到那时就已经太晚了。"

普利克拉乌斯不由得发笑,说道:"也许你说得没错。那你有什么建议?如果我们留在这里,必死无疑,所以你肯定有什么计划能让我们离开这里。"

"如果我们通过自己的努力也看不到任何有利希望,"泰山回答说,"那我们就必须寻求别的办法,无论是通过我们的朋友在宫殿外进行干预,还是由于敌人本身的粗心大意,并且等待幸运女神的眷顾。我承认,就目前的情形而言,我们的处境近乎绝望,但即便如此,我也没有放弃希望。至少,没有什么能比现在更糟的了,所以无论发生什么事情,都能使现状好转,我们该为此感到鼓舞。"

"我可不同意你的看法,"此时,梅特拉斯指着窗外说道,"看,他们正在花园里摆放一台小型弩炮。不一会儿,我们的处境就会变得比现在要糟糕得多。"

"这些墙壁看起来相当坚固,"泰山回应道,"普利克拉乌斯,你认为他们能砸倒这些墙吗?"

"我对此表示怀疑,"这个罗马人回答说,"但是,每一个从窗户外飞进来的投射物必然都会让我们付出代价,因为我们这里拥挤不堪,不可能每一个人都躲得过它的射程范围。"

少数几个角斗士堵住窄小的门道,将那些被召集到王座室的军团士兵挡在门外,让这群守卫者能够顺利地将结实的橡木门关紧并牢牢闩住。有一段时间里,王座室始终鸦雀无声,没有人试图从那一侧闯入这个房间。而在靠近花园那侧,两到三次企图破窗而入的进攻都被挫败了。现在,军团士兵们还在死死抵抗,而那台小型弩炮则被拖到了指定地点，瞄准了宫殿的墙壁。

德里科塔被安置在房间最安全的一个角落里，泰山和他的将士们则密切注视着花园里的一举一动。

"他们看起来并没有直接瞄准窗户。"卡西乌斯发表意见说。

"的确没有，"普利克拉乌斯也说道，"我宁可认为他们打算在墙上砸一个大洞，这样他们就能放足够数量的人进来制服我们。"

"如果能突袭那台弩炮并把它拿下，"泰山若有所思地说，"我们就可以让他们的处境变得棘手。准备就绪吧，以防投掷物让我们的处境变得危急。如果他们的袭击方式正中下怀，那我们就能占上风了。"

此时，房间的另一头突然传来了"砰砰"的敲门声，不禁使站在那里的守卫者吓了一跳。撞击的声音低沉有力，使得橡木门微微变形，就连石墙也在跟着颤动。

卡西乌斯不由得苦笑，说道："看来，他们是拿来了一个攻城槌。"

正在说话间，一枚沉重的发射物砸中了外墙，一大片灰泥瞬间塌了下来，砸到房间的地板上——是弩炮投入战斗了。沉重的攻城槌再一次撞击上了木门，木头"吱吱嘎嘎"作响，屋子里的犯人们还能听到军团士兵在反复有节奏地喊着拍子，将手中的攻城槌往回摆动，然后再次猛推向前。

花园里的军队安静高效地四处走动，尽职尽责。每当弩炮发射的石头击中墙壁时，都会有人发出一声喊叫，但这一示范并不是自发的，而更像是古代战争引擎的机械操作一样敷衍了事，几乎以钟表般的规律发射投掷物。

现在看来，弩炮所造成的最严重的损害也就是内墙上坍塌下来的灰泥，但在房间的另一头，猛烈的撞击声却的确是在一点一

206

点地击碎那扇门。

"快看！"梅特拉斯说道，"那些士兵正在调整弩炮的路径方向。看来他们也发现了，弩炮对于这堵墙的攻击根本不起作用。"

"他们正在瞄准窗户。"普利克拉乌斯补充说。

"那些靠近窗户旁边的人，赶紧躺到地面上！"泰山连忙命令道，"快！击铁马上就要落到扳机上了。"

转瞬间，一大块石头被投射出来，击中了窗户的一侧。这一次的成功袭击，顿时引起了花园里军团士兵们的热烈欢呼。

"他们早在一开始就应该这么做了，"哈斯塔挖苦说，"如果他们从窗户边缘开始攻击外墙，就可以比其他任何地方更快地砸出突破口。"

此时，第二枚投掷物也击中了同一个地方，砸下来一大块墙壁。梅特拉斯于是说道："显然，他们就是这么打算的。"

"快看门口！"泰山突然惊呼。在攻城槌的猛烈冲撞下，木门不堪一击，正在渐渐弯曲变形。

十几个剑客准备就绪，警觉地站着，准备迎接军团士兵破门而入。而在房间的另一个角落里，六只大猿蜷缩着，正在低声咆哮。泰山一再向它们保证，和它们一起待在房间里的这些人都是猿人的朋友，这才勉强用皮带将它们拴住。

一声巨响后，门被撞开了，随即有片刻沉默，双方都在静静地等待着，看对方接下来怎么行动。短暂的平静过后，空气中紧接着传来了一阵"隆隆"的轰鸣声，充满了不祥和威胁。随后，王座室和花园里的军团士兵都爆发出震耳欲聋的呐喊声，瞬间没过了其他所有的声音。

窗户周围的缝隙被越扩越大。从天花板到地板上，整面墙壁都被弩炮发射出的投掷物彻底击碎，然后仿佛依照预先安排好的计划一样，所有军团士兵同时发起进攻，一队从王座室里冲击这间屋子的木门，另一队则从对面墙上的洞口进来突袭。

泰山立刻转向那群大猿，手指着破墙的方向，大声喊道："祖托，挡住他们！高亚特，杀了他们！杀啊！"

此时，站在泰山身边的人不由得一脸惊异地盯着他，或许是因为听到这个野蛮人的喉咙里发出了野兽般的咆哮声，不禁吓得微微颤抖。但当他们看到那些大猿露出獠牙，面目狰狞地咆哮着向前冲，扑向第一批爬上窗台的军团士兵时，又立刻意识到，他是在和他那些毛茸茸的同伴们说话。两只公猿被罗马士兵的长矛刺中，瞬间倒下了，但还没等其他几只野兽暴跳如雷，皇帝的士兵们便纷纷撤退了。

"追上他们！"泰山向普利克拉乌斯大喊道，"跟他们到花园里去，抢占那台弩炮，把它转向对准军团士兵。我们会抵住王座室的门，直到你占领了弩炮，然后我们就立刻过来支援你。"

战斗结束后，马克西姆斯·普利克拉乌斯、卡西乌斯·哈斯塔和凯利乌斯·梅特拉斯紧跟在剩下的三只公猿身后，一起冲锋陷阵，率领着一众角斗士、盗贼、杀人犯和奴隶闯进花园，利用那几只大猿为他们争取到的短暂优势。

泰山与剩下的角斗士们并肩作战，死死抵住小门，将军团士兵全都挡在门外，直到他其余的同伴安全抵达花园里，并成功夺取了弩炮。他迅速回头扫视了一眼，看到穆平谷正领着德里科塔从身后的房间里走出来。随后，泰山又立刻转过身去抵御门口的攻击，和他的小分队一起倔强地坚守着。直到看见弩炮已经落入他们自己人的手中，他才命令大家一步一步地后退穿过房间，一起从墙上的洞口撤退出去。

普利克拉乌斯一声令下，他们全都扑向了一边。普利克拉乌斯已将弩炮对准了窗户，随即用击铁触动了弩炮的扳机，一块沉重的大石头径直飞向军团士兵的脸上。

一时之间，命运之神似乎眷顾了泰山和他的同伴们。但他们很快就意识到，他们在这里的境况并不比在刚刚离开的房间里要好，因为在花园里，他们一下子就被军团士兵团团围住了。空中飞舞着军团士宾投掷过来的长矛，尽管弩炮和他们自己的利剑足以使敌人保持敬而远之的距离，但他们当中没有一个人相信，面对敌人的兵力优势和装备优势，他们能够抵挡很久。

战斗正激烈地进行到一半，突然出现了停顿，这是肉搏战中必然会遇到的情况，就好像是一种默契一样，双方都需要中场休息。那三个白人都在密切注视着敌人，此时，普利克拉乌斯说道："他们正在准备用长矛进行联合攻击。"

"看来，我们在这俗世上的努力将要走到尽头了。"卡西乌斯评论说。

梅特拉斯说："愿我们被众神欢欢喜喜地接纳。"

泰山却说："依我看来，上帝更倾向于迎接他们，而不是我们。"

"为什么？"卡西乌斯不解地问道。

"因为，今晚上帝把敌人带去天堂的数量，远远比我们的人数要多，"泰山指着花园里横七竖八的尸体，回答说。卡西乌斯·哈斯塔听完，不禁会意一笑。

"他们不一会儿就要再次发动进攻了。"说着，普利克拉乌斯便转过身来，一把将德里科塔拥入怀中，深情地亲吻她。"再见了，我亲爱的宝贝，"他说，"幸福是多么短暂！凡人的希望是多么徒劳无功！"

"普利克拉乌斯，这不是永别，"女孩回答说，"因为不论你去哪里，我一定跟到哪里。"说完，她亮出了手里紧握着的匕首。

众人直捣皇宫 | 209

"不！"男子见了不禁大喊，"答应我，你永远不能这么做。"

"这有何不可？我宁愿自刎也不愿嫁给费斯特斯。"

"也许你说得没错。"他悲痛地说道。

"他们来了！"哈斯塔突然发出一声惊呼。

"所有人准备就绪！"泰山高声喊道，"让我们不惜一切代价与敌人殊死搏斗。即便是死亡，也比斗兽场冷冰冰的地牢更加热血沸腾。"

Chapter 20
起义绝处逢生

远处,从花园的尽头,传来了一阵凶狠的呐喊声,淹没了决战的喧闹声——这一新的动静瞬间吸引了交战双方的注意,令他们不由得面面相觑。泰山警觉地转过头来,鼻翼微微扇动,仔细嗅着空气里的味道。他静静地站在那里,目光如炬,双眼眺望着敌人的头顶,认可、希望、惊讶和怀疑在他的脑海中交替涌现,五味杂陈。

狂暴的咆哮声不断高涨,席卷了皇帝的御花园。军团士兵们循声转过身去,只见一大群勇士正率领着一支军队的先锋队,巨人们个个耀武扬威、闪闪发光,他们的作战头盔上飘扬着白色的羽毛,喉咙里呐喊着凶恶的战斗口号,使泰山的内心充满了激动之情——是瓦兹瑞战士们来了!

泰山看到,行进在队伍最前面的是伟万里,而走在他身边的正是卢科迪。但当时,泰山以及皇帝御花园里的所有人都没有看到,直到后来才得知，成群结队的战士从撒奎纳琉斯军营城外的村庄而来，跟随瓦兹瑞战士一起拥入这座城市，迅速占领了整个宫殿，完成了他们长久以来一直被镇压的复仇大计。

当花园里最后一名军团士兵也缴械投降，乞求泰山的保护时，伟万里便立刻跑到泰山面前，跪在他的脚边亲吻他的手。与此同时，一只小猴子从路边悬垂的树枝上跳下来，落到了泰山的肩膀上。

"感谢瓦兹瑞祖先的神灵保佑我们，"伟万里说道，"否则，等我们赶到就为时已晚了。"

"我刚才一直感到很困惑，你究竟是如何找到我的，"泰山说，"直到我看见了小猴子。"

"没错，多亏了小猴子，"伟万里说，"是它回到了瓦兹瑞的部落，回到了泰山的领土，并带我们来到这里。好几次，我们都认为它是疯了，想要掉头折返，但他生拉硬拽要我们前进，于是只好一路跟随他过来。现在，主人您可以和我们一起回到自己的家乡了。"

"不，"泰山却摇了摇头，说道，"我现在还不能回去。我好朋友的儿子仍然流落在这个山谷中的某处，但幸好你们及时赶到，能帮我一起去救他。时间紧迫，我们必须要争分夺秒。"

军团士兵们纷纷丢下手中的武器，争先恐后地从宫殿里跑出来。身后的宫殿中传来复仇群众凶残的高声呼喊，还夹杂着垂死之人的尖叫和呻吟。此时，普利克拉乌斯走到了泰山身边。

"外部村落来的野蛮人正在攻陷这座城市，把所有落入他们手里的人都杀得一干二净，"他大声呼叫道，"我们必须竭尽所能把兵力集结起来，与他们进行抗争。这些刚来的战士，能加入我们一起对抗野蛮人吗？"

"他们可以根据我的指令参加作战，"泰山回答说，"但我认为，没有必要对野蛮人发动战争。卢科迪,那些掌管野蛮人的白人军官在哪里?"

"一旦他们靠近宫殿,"卢科迪回答道,"战士们就变得格外激动。他们摆脱了那些白人领袖,转而跟随自己部落的酋长。"

泰山于是指示道:"你去把他们当中地位最高的酋长带来。"

在接下来的半个小时内,泰山和他的军官们忙着重新整顿他们的部队,其中还加入了投降的军团士兵。他们忙着照顾伤员,并为接下来的行动部署计划。宫殿里不断传来士兵们打砸抢掠的嘶吼声,就在泰山已经放弃希望,认为卢科迪不可能将一名酋长劝说过来时,卢科迪回来了。他的身边还跟着两个从城外村庄来的战士,他们的举止和衣饰都显然表明了酋长的身份。

"你就是那个号称泰山的人?"其中一个酋长询问道。

泰山点了点头,说:"就是我。"

"我们一直在找你。这个巴格哥人说,你已经许诺,我们的百姓再也不会沦为奴隶,我们的战士也不会再被逼迫进入竞技场。你自己就是个野蛮人,又怎么能向我们保证这一点呢?"

"就算我无法保证,你自己也有能力去执行它,"泰山回答道,"并且,我和我的瓦兹瑞战士们都能为你提供帮助。但现在,你必须把你的战士们都聚集起来。从现在开始,对于那些并没有与你作对的人,不要再滥杀无辜了。集结你所有的战士,把他们带到宫殿门口的大道上,然后带着你的副酋长一同前往皇帝的王座室。在那里,我们可以伸张正义,并将获得正义。不是暂时的正义,而是将永远留存的。快去行动吧!"

终于,打砸抢掠的人群被他们的首领平息了下来,并撤回到宫殿门口的主干道上。瓦兹瑞战士们把守着支离破碎的宫殿大门,并沿着通往王座室的走廊和通向皇帝宝座的过道,整齐地排成一列。他们围着王位形成了一个半圆形,而人猿泰山正坐在皇帝的宝座上,身边还伴着普利克拉乌斯、德里科塔、卡西乌斯·哈斯塔、凯利乌斯·梅特拉斯和伟万里。而小猴子则端坐在他的肩膀上,愤愤不平地抱怨着,因为它像往常一样,又被吓坏了,而且饥寒交迫。

"你派军团士兵去把塞拉特斯和费斯特斯带来,"泰山向普利克拉乌斯吩咐道,"这件事必须要马上解决,因为我要赶在一小时之内向梅里城堡进发。"

不一会儿,被派去抓塞拉特斯和费斯特斯的军团士兵便又冲回了王座室,兴奋得满脸通红。"塞拉特斯死了!"他们激动地呐喊道,"费斯特斯也死了!那些野蛮人杀了他们。现在,楼上的大厅和走廊里,遍地都是参议员、贵族和军团官员的尸体。"

"一个活口也没有吗?"普利克拉乌斯顿时面如死灰,紧张地问道。

"还有人活着,"其中一个军团士兵回答说,"有不少人正困在另一个大厅里,他们抵挡住了那些战士的猛烈攻击。我们向他们解释说,现在已经安全了,他们正在向王座室走过来。"说话间,婚宴宾客的幸存者们便从过道上缓缓走来,男人们身上沾满了鲜血和汗水,可以看出他们刚刚逃脱的惨烈困境,而女人们依然神经紧绷、情绪异常激动。走在人群最前面的是斯普兰迪乌斯,一看到他,德里科塔便庆幸地舒了一口气,一路小跑下宝座的台阶,沿着过道激动地跑去迎接他。

当泰山看到这位年长的参议员时,他的脸上也不禁露出了欣慰的神色。因为他在菲斯特维塔斯的家中度过了好几个星期,再加上他与普利克拉乌斯在罗马斗兽场地牢里的长期监禁,已经使他熟知了撒奎纳琉斯军营里的政治斗争。而现在,他正需要斯普兰迪乌斯的出现，来完成他的整个计划，报复塞拉特斯曾经强行施加在他身上的残暴虐待。

他从宝座上站起身来，举手示意众人保持安静。原本嘈杂的人群顿时陷入一片沉默。"皇帝已经死了，但你们之中必须有人来继承这一重任。"

一名角斗士突然大声呼喊道："泰山万岁！新皇帝万岁！"顷刻间，房间里所有的撒奎纳琉斯人都跟着一起高声呐喊起来。

泰山却微笑着摇了摇头。"不，"他说道，"新皇帝不是我。我要向在场的另一个人献上帝王的皇冠，但前提是，他必须要履行我对外村野蛮人许下的承诺。迪翁·斯普兰迪乌斯，你是否愿意继承尊贵的王位，承诺许给城外村庄的百姓永远自由，确保他们的子孙后代不再被迫成为奴隶，并且他们的战士也不会再被迫上竞技场作战？"

斯普兰迪乌斯鞠躬致敬，表示赞同——就这样，泰山回绝了王冠，并推选出了新一任皇帝。

Chapter 21

东方皇帝殒命

与撒奎纳琉斯军营的塞拉特斯相比,东方皇帝奥古斯都一年一度的胜利展示则显得黯然失色。尽管这次多亏了那个野蛮人首领,经过一番大肆宣扬后,此时正戴着镣铐,大步流星地跟在皇帝战车的后面,为这一场合吸引了不少目光。

奥古斯都对这种帝王权力的虚荣表演感到心满意足,这或许能够蒙骗他的臣民中比较无知的群众,但如果连他自己都没有意识到,自己的皇位已经岌岌可危,埃里克便觉得这种情况简直既可悲又可笑。

在众多曾被锁在至高无上的皇帝战车后面的俘虏中,从来没有哪一个人面临过像他这样绝望的处境。尽管他知道,一支海军陆战队或一支枪骑兵中队就可能颠覆整个帝国,使之沦为附庸,但是那又怎么样呢?尽管他也知道,许多现代城市的市长都能指挥一支作战部队,远比这个小皇帝的军队更强大、更高效,不过那又能怎样呢？然而，这些想法只不过是异想天开，因为事实上，在这里，奥古斯都依然享有至高无上的地位。现实中既没有大量的海军陆战队，也没有枪骑兵中队来质疑他的行为，对一个伟大的共和国来说，它可以吞噬整个帝国而丝毫不会感到任何不适。胜利展示很快就结束了，埃里克又回到了他和马里乌斯一起被关押的牢房里。

"你这么早就回来了，"马里乌斯说道，"奥古斯的胜利展示给你留下了怎么样的印象？"

"如果让我根据人民所流露出的热情程度来判断，那可算不上什么了不起的表演。"

"奥古斯的胜利展示总是令人大失所望，"马里乌斯说道，"他宁可把十个塔兰特都用来购买美食吃进自己肚子里，或是购买华服穿在自己身上，也不愿意花一个便士来供人们消遣。"

"还有竞技比赛，"埃里克问道，"它们也都不尽如人意吗？"

"竞技比赛其实并没有什么意义，"马里乌斯说道，"我们这里几乎没有罪犯，而且我们所有的奴隶都不得不通过购买才能得到，所以他们太宝贵了，不能这样白白浪费。许多比赛都是在两头野兽之间进行的，偶尔也会有小偷或杀人犯与角斗士相互对抗，但在大多数情况下，奥古斯主要指望的还是专业角斗士和政治犯——皇帝的那些仇人或假想敌。一般说来，他们就像你我一样——由于引起了皇帝亲信的妒忌，而成了他们谎言和阴谋的牺牲品。现在地牢里有大约二十个这样的人，竞技比赛中最有趣的娱乐活动都将以牺牲他们的性命为代价。"

"那万一我们获胜了，我们就能获得自由吗？"埃里克又问。

"我们是不可能获胜的，"马里乌斯说道，"你不用想了，福普斯是肯定不会让你得胜的。"

"这简直太可怕了。"埃里克小声抱怨说。

"你害怕死亡吗?"马里乌斯问道。

"并不是因为这个,"埃里克说,"我是在想法沃妮亚。"

"的确是该为她感到担心,"马里乌斯说道,"我那亲爱的表妹宁可死去,也比嫁给福普斯更幸福。"

"我感觉自己如此无能为力,"埃里克说,"我一个朋友都没有,甚至连我忠实的贴身仆人高布拉也不在。"

"啊,这倒提醒了我!"马里乌斯突然惊呼起来,"今天早上还有人来这里找他。"

"来找他?他不是也被关在地牢里吗?"

"他本来是被关在地牢里,但昨晚他和其他囚犯一起被派去了竞技场做准备工作,后来应该是趁清晨时分的黑暗逃跑了——不过即便如此,他们现在还是在四处搜寻他。"

"太好了!"埃里克不禁兴奋地大喊,"尽管他并不能帮我做什么,但只要知道他还没被抓住,我心里就能好受一点。他可能会逃到哪里去?"

"梅里城堡沿着水边的区域警戒比较松懈,但湖泊本身加上湖里的鳄鱼就天然形成了一道有效的屏障,无异于有许多军团士兵把守。高布拉有可能已经翻越了城墙,但更有可能藏在这座城市里,受到其他奴隶,或是法沃尼乌斯本人的保护。"

埃里克说道:"真心希望这个可怜而又忠诚的同伴能成功逃离这个国家,回到自己的同胞身边。"

马里乌斯却摇了摇头。"那是不可能的,"他说道,"虽然你们能从悬崖上爬下来,但他是没法原路返回的,而且就算他能找到办法逃到外部世界,他也会落入撒奎纳琉斯军营士兵的手中,或是被外部村庄的野蛮人抓住。所以,高布拉是不可能逃脱的。"

时间过得飞快，结束了在奥古斯都胜利游行上的展出之后，埃里克被带回牢房还不到一个小时，就有罗马斗兽场的卫兵前来把他们带进竞技场。

　　整个罗马斗兽场里人山人海，贵族专属的包厢里早已坐得满满当当。金碧辉煌的宝座上，正端坐着傲慢的东方皇帝，遮蔽在紫色亚麻制成的华盖下。法沃尼乌斯低着头坐在他的包厢里，身边陪着的是他的妻子，以及女儿法沃妮亚。女孩不安地坐在位置上，目不转睛地盯着参赛者正在源源不断进场的大门。不一会儿，她便看到她的表兄马里乌斯出现了，身边紧跟的就是埃里克。她不禁打了个哆嗦，紧张地闭上了眼睛。

　　片刻之后，当她再次睁开双眼时，所有的参赛者正在排成纵队，浩浩荡荡穿过白色的沙地，准备接受皇帝的指令。与马里乌斯和埃里克走在一起的，是二十名政治犯，他们全都属于贵族阶级。紧随其后的是专业角斗士们——全都是粗暴的野蛮人，他们的毕生事业不是杀戮就是被杀。勇敢无畏、趾高气扬地走在这群人最前面的，正是曾经连续五年担任梅里城堡角斗士的冠军。如果大众有偶像的话，那就无疑是他。人群中爆发出热烈的呐喊，以示对他的赞许。"克劳迪亚斯·塔洛斯！克劳迪亚斯·塔洛斯！"呐喊声远远盖过了一片嘈杂的人声。几个地位卑贱的盗贼，一些胆战心惊的奴隶，再加上五六头凶狠的狮子，便构成了所有供观众幸灾乐祸的牺牲品。

　　过去，埃里克常常被古代罗马竞技比赛的故事所吸引。他经常会幻想这样的画面：罗马斗兽场里成千上万的观众人头攒动，而竞技场的白色沙滩上则挤满了参赛选手，但现在他意识到，这些只不过是他凭空妄想的照片。那些出现在他梦中的人也只是照片上的人而已——都是机器人，只有当我们看着它们时才会移动。

当沙地上开始进行战斗时,看台上的人群一直像蚀刻版画般鸦雀无声;而当观众们纷纷大喊大叫,伸出大拇指向下时,竞技场上的演员们则纹丝不动地站在原地,悄无声息。

这一切是多么地不同啊!他看到挤满人的看台像万花筒般不断运动变化,随着众人的一举一动,千万种色彩的马赛克也随之千变万化。他听到了人群中聒噪的"嗡嗡"声,还嗅到了许多人体身上发出的刺鼻气味。他看见街头小摊小贩们一路沿着过道高喊,兜售各自的商品。他看到各个角落里都驻扎着军团士兵。他还看到,有钱人正惬意地坐在他们遮有天篷的包厢里,而穷人则坐在最廉价的座位上,接受烈日的炙烤。

行走在埃里克正前方的贵族,已经热到汗珠顺着脖子后面淌了下来。他瞥了一眼克劳迪亚斯·塔洛斯,发现塔洛斯的短袍已经褪色了,毛茸茸的双腿也显得肮脏不堪。埃里克过去一直以为,角斗士都是干净利落、光鲜亮丽的,但塔洛斯的模样着实令他震惊。

当他们在皇帝的包厢前停住脚步,整齐地排成一列时,埃里克便闻到了那些紧跟在他身后的人的气息。空气闷热,令人窒息,整件事情都令人作呕。

整个竞技比赛丝毫没有气势,没有尊严。他不禁感到疑惑,在罗马,是否也是这样的情形。

随后,他抬起头,凝视着皇帝的包厢。他看见,皇帝正穿着华丽的长袍,坐在那精雕细琢的宝座上。他看到,赤身裸体的奴隶在皇帝的头顶上挥舞着长柄的羽毛扇子。他看见,许多人穿着装饰华丽的上衣和金光闪闪的胸甲。他还看到了铺张声势的财富与权力的盛况,并且有什么声音在冥冥之中告诉他,归根结底,古罗马很有可能就是这样的——平民百姓的身上散发出难闻的异味,角斗士毛茸茸的腿上沾满污垢,而贵族们也汗流浃背,形象全无。

或许,奥古斯都与以往任何一个罗马皇帝一样伟大。事实上,在他所知的世界里,他统治着半壁江山。在所有罗马皇帝中,几乎没有人能够做到这一点。

埃里克的目光沿着那一排包厢来回扫视。负责比赛的行政长官正在发表讲话,他说话的声音在埃里克的耳边回荡,但这些话并没有传到他的大脑里,因为他的眼神突然与一个女孩对上了。

他看到了她脸上痛苦而绝望的恐惧,他望着她,试图挤出一丝鼓励和希望的微笑,但她只看到了他微微上扬的嘴角,眼泪就瞬间夺眶而出。此刻,这个她深爱的男人就像她内心的痛苦一样,影影绰绰,变成了一个模糊的身影。

突然间,包厢后面的看台上有什么东西动了一下,吸引了埃里克的目光。他不禁皱起眉头,一个劲儿地想让自己确认,一定是弄错了。但他其实并没有看错,他看到的,的确是高布拉——他正蹑手蹑脚地向皇帝的包厢挪去,一转眼消失在了皇帝宝座后挂着的帷幔后面。

接着,在行政长官的命令下,他们离开了竞技场。埃里克一边跟随人群横穿过沙地,一边沉思,试图想象高布拉出现在这里的原因——他是为了什么差事来到了如此危险的地方?

参赛选手们正在返回牢房,几乎已经穿越了半个竞技场时,他们的身后突然响起了一声尖叫,使得他们纷纷转过身去。埃里克看到,这阵骚乱是从皇帝的包厢传来的,但眼前的场景简直荒唐透顶,他惊愕地瞪大了双眼,难以相信这一切是真实发生的事。也许这全都只是一个梦,也许根本就没有梅里城堡,也许根本就没有奥古斯都,也许这一切根本就不存在——啊,但那不可能是真的,法沃妮亚是真实存在的,还有他正在面临的这个荒谬的场景,也是真真切切的。他看见一名男子正一手掐住皇帝的喉咙,用另一只手将匕首刺进他的心脏,而那个人正是高布拉。

这一切都发生得如此迅速,结束得也如此之快,以至于皇帝的尖叫声还没来得及传遍整个罗马斗兽场,就倒在了自己华丽的宝座脚下,没了气息。至于那个刺客高布拉,则纵身一跃跳下了竞技场的围墙,穿过沙地朝埃里克飞奔过去。

"主人,我已经为您报仇了!"高布拉大声喊道,"无论他们对您做了什么,我都替您雪耻了。"

观众席上爆发出一阵巨大的叹息声,紧接着,有人高声欢呼道:"皇帝死了!"

埃里克心中顿时涌现出希望。他转过身来,一把抓住了马里乌斯的胳膊。"皇帝已经死了,"他轻声耳语道,"现在,我们的机会来了。"

"你这是什么意思?"马里乌斯不解地问道。

"趁着一片混乱,我们赶紧逃跑。我们可以先躲在城市里,然后等到夜里就能带着法沃妮亚离开了。"

"逃去哪里?"马里乌斯又问。

"天哪!我也不知道,"埃里克抓狂地大声说道,"但无论是什么地方,肯定比这里要好。现在福普斯继承了皇位,如果我们今晚不救出法沃妮亚,那就来不及了。"

"你说得没错。"马里乌斯表示赞同。

"传话下去,告诉其他人,"埃里克指示说,"试图逃跑的人越多,我们当中有人能够成功逃脱的机会就越大。"

军团士兵和他们的军官只能伸长脖子张望,还有大量的群众,都急切地想要知道,皇帝的包厢里究竟发生了什么。到目前为止,还没有开始对高布拉的追捕,这说明,几乎没有人亲眼见到,那里真正发生了什么。

马里乌斯转过身来,面向其他囚犯,高声呐喊道:"感谢众神保佑我们!皇帝已经死了,现在我们可以趁着混乱逃跑了。快跑!"

马里乌斯说完,便拔腿朝着通往罗马斗兽场底下地牢的大门跑去,其他囚犯紧跟在他的身后,一边狂奔一边大喊大叫着。只有那些本就是自由身的专业角斗士无动于衷,漠然地站在原地,但也没有企图阻拦他们。

"祝你们好运!"当埃里克从他的身边跑过时,塔洛斯向他大声喊道,"现在,要是有人能杀了福普斯,我们就能拥有一个真正的皇帝了。"

对于这群逃犯突如其来的袭击,罗马斗兽场下面几个零星的卫兵一下子惊慌失措,猝不及防,轻轻松松就被他们给制服了。没过多久,囚犯们便发现,自己已经逃到了梅里城堡的大街上。

"现在该往哪儿跑?"其中一个囚犯慌张地喊道。

"我们必须分散开来,"马里乌斯说,"大家分头行动。"

"马里乌斯,我们两个必须待在一起。"埃里克说道。

"嗯,我们必须始终待在一起。"这个罗马人回答他说。

"还有高布拉,"此时,那个黑人也加入了他们,埃里克便补充道,"让他和我们一起走。"

"没错,我们不能抛下勇敢的高布拉,"马里乌斯说,"但我们现在要做的第一件事,就是找个藏身之处。"

"林荫道对面有一堵低矮的墙,"埃里克说道,"墙那边有树丛。"

"那我们快走吧,"马里乌斯催促说,"目前,所有地方对于我们来说都是一样的。"

三人于是匆匆穿过大街,翻过那道矮墙后,发现自己到了一个花园里,四周杂草、灌木丛生,他们随即立刻判断出,这是一个已被废弃的园子。他们蹑手蹑足地穿过杂草,一路在灌木丛中披荆斩棘地前进,最后来到了一间屋子的背面。一扇破门摇摇欲坠地挂在一个铰链上,木制的百叶窗倒在了窗台上,垃圾像小山一样堆积在门槛上,无一不表明,这个破败不堪的建筑物是一座被人遗弃的房屋。

埃里克开口说道:"看来,在夜晚来临之前,这就是我们的藏身之处了。"

"这里最大的优势就是靠近罗马斗兽场,"马里乌斯说,"他们肯定以为,我们会尽可能地逃到远离地牢的地方去。我们进去查看一下吧,首先必须确保这个地方是没有人居住的。"

他们走进屋内,发现后部的房间曾经是个厨房,一个砖炉在角落里摇摇欲坠,旁边还摆着一条长凳和一张破旧的桌子。他们穿过厨房,走进了另一头的房间,却发现,整座房子里就只有这两个房间。屋子前部的这个房间很宽敞,尽管面向大街的窗户上,百叶窗高高挂起,但屋里依然漆黑一片。在一个角落里,他们看见有一个梯子直伸向天花板上的活板门,显然可以通往建筑物的屋顶。而在天花板下面两到三英尺的地方,一直延伸到整个房间的尽头,梯子升起的地方是一个假的天花板,在屋顶梁的正下方形成了一个小阁楼,是被以前的房客用作储藏室的地方。更仔细地对整个房间进行了一圈检查后,他们所能发现的也只不过是墙上一堆肮脏的破布,也许是某些无家可归者在这里过夜后留下的东西。

"这地方简直再合适不过了,"马里乌斯兴奋地说道,"简直就像是专门为我们打造的。你们看,万一我们陷入困境,这里有三个逃生出口——一个通往屋后的花园,一个通向门前的大街,而第三个能够通往屋顶。"

"看来,我们暂时安全了,"埃里克说,"等到天黑之后,在夜色的遮蔽下,我们想要穿过大街去法沃尼乌斯家就更容易实现了。"

Chapter 22

黑暗中的密谋

五千人马浩浩荡荡地从撒奎纳琉斯军营出发，一路向东沿着通往梅里城堡的大道行进。泰山的身后紧跟着瓦兹瑞战士，他们头盔上的羽饰随着步伐迎风飘动。高大健壮的军团士兵追随着马克西姆斯·普利克拉乌斯，而来自城外村庄的战士们则走在整个队伍的最后方。

奴隶们个个汗流浃背，费力地拖着弹射器、弩炮、战车、巨大的攻城锤和其他各种古代作战机器，还有伸缩梯子、墙壁挂钩，以及向敌人的防御工事投掷火球的装置。这些沉重的机器导致行军速度大大拖慢了，令泰山感到格外恼火，但他不得不听从普利克拉乌斯、卡西乌斯和梅特拉斯的意见，因为他们三个一再向他保证，这是通往梅里城堡唯一的道路，要是没有这些战争机械引擎的帮助，他们是不可能攻下那个要塞堡垒的。

沿着尘土飞扬的梅里大道，瓦兹瑞战士们在烈日下大摇大摆地前进，放声高唱着他们部落的战歌。军团士兵们大义凛然，冷若冰霜，他们的脖子上套着绳索，将沉重的头盔悬挂在胸前；他们将叉状的木棍扛在肩膀上，挑着大大小小的包裹；他们背后的皮革护甲上，悬挂着巨大的椭圆形盾牌。经验丰富的士兵们在喋喋不休地咒骂抱怨，而外部村庄的战士们则像是一群去野餐的人一样，有说有笑、闲聊歌唱。

正当他们一路经过护城河、堤坝、栅栏和塔楼，逐渐向堡垒靠近时，城里的奴隶们则抬着奥古斯都的尸体，往他的宫殿走去。与此同时，福普斯正被一群阿谀奉承的奸佞之臣簇拥着，正式宣布自己继承皇位的事，但他内心里实则禁不住七上八下，思考着他即将要面临的命运——纵然他是个愚蠢的家伙，他也知道自己并不受百姓的欢迎。许多地位尊贵的上流人士都有一大批坚实的拥护者，远比他更适合成为皇帝。

军团士兵们仔细搜寻着逃犯，遍及梅里城堡这座城市的每个角落，尤其是那个刺杀了奥古斯都的奴隶。但是，他们之中没有一个人认识高布拉，这对他们的搜捕造成了不小的阻碍。毕竟，对于这个从遥远的乌兰比村落来的黑人面孔，整座城市里几乎没有人会眼熟，皇帝的随行人员中当然更是没有人见过。

有几个盗贼和五六个角斗士，他们并不是自由人，而是被判了死刑的重罪犯，为了争取自由逃跑，而聚到了一起。现在，他们正躲藏在城里一个地势低洼的地方，这个地窖里正好贮藏着葡萄酒，那里还有其他一些供他们娱乐消遣的活动。

"这个福普斯会成为一个怎么样的皇帝？"其中一个人开口问道。

"他只会比奥古斯都更差劲，"另一个人回答说，"我过去在公共澡堂里工作时，曾经见过他。他这人自命不凡、愚昧呆板，甚

黑暗中的密谋 | 227

至连贵族阶级都不待见他。"

"我听别人说，他即将要迎娶法沃尼乌斯的女儿。"

"我今天在罗马斗兽场里见到她了，"另一个人说道，"我对她感到很面熟。在我被关进地牢之前，经常看到她去我父亲开的商店里买东西。"

"那你有没有去过塞普蒂默斯·法沃尼乌斯家？"另一个人向他问道。

"嗯，我去过，"这个年轻人回答说，"我曾经两次带着货物过去给她检查，每次都要穿过前院一直走进内花园。我对那个地方还挺熟悉。"

"一个像她这样的人，要是碰巧落入几个可怜的罪犯手里，他们也许就能为自己赢得自由，并且还能拿到一大笔赎金。"此时，一个低眉的家伙提议道，目光阴险狡诈。

"然后就会活生生被野牛五马分尸，痛苦地死去。"

"不管怎么说，万一我们被抓住了，也是死路一条。"

"这是一个很好的计划。"

在接下来的几分钟里，所有人一言不发，只是默默地喝着酒。显然，他们的脑海里正在酝酿着这项计划。

"我们要让这个新皇帝为他的新娘付出巨额的赎金。"

那个年轻人急不可耐地站了起来。"我可以把你们带到塞普蒂默斯·法沃尼乌斯家，并且我敢保证，他们会为我打开大门让我进去，因为我知道该说些什么。我只需要拿一捆货物，然后就可以告诉看门的奴隶，里面是我父亲想要让法沃妮亚检验的商品。"

"看来，你并不像表面上那么傻。"

"我当然不傻，而且，我参与的部分格外关键，我也应当分到很大一部分赎金。"年轻人接着说道。

"只要能够拿到赎金,我们绝对会平均分配。"

当泰山的军队在梅里城堡的防御工事前停下来时,夜幕也随之降临了。卡西乌斯收回了这座本就属于他的堡垒,他重新部署了自己的兵力,然后监督各种作战引擎在各个位置摆放到位。

而在城市里,埃里克和马里乌斯正讨论着他们行动计划的细节。马里乌斯决定,他们必须要等到午夜之后才能开始行动,离开现在的藏身之处。

"到那个时候,除了偶尔会有警卫在主干道上巡逻外,其他街道肯定空无一人,"马里乌斯说道,"我们很容易就能躲开这些巡逻人员,因为他们手里的火把远远地就会暴露他们的行踪,这样我们就能及时避免被他们抓到的危险。我有我叔叔家花园大门的钥匙,能确保我们悄无声息地进入庭院,不被任何人注意到。"

"或许你说得没错,"埃里克说,"但我害怕漫长的等待,而一想到要继续按兵不动、无所作为,我简直就无法忍受。"

"我亲爱的朋友,要有耐心,"马里乌斯劝说道,"福普斯正沉浸在他刚到手的皇帝身份中,在这段时间里肯定无暇顾及其他事情,法沃妮亚是不会受到他的伤害的,至少在接下来的几个小时里是绝对安全的。"

正当他们在讨论这件事的时候,一个年轻人敲响了塞普蒂默斯·法沃尼乌斯家的门。门外树丛的阴影下,一团更深的黑影正蹲伏在墙角边。不一会儿,一个奴隶便持着灯,来到门口,他透过一个小格栅向外面发话,询问来人是谁,有什么目的。

"我是商店老板的儿子,"年轻人回答说,"我从我父亲的店里拿来了一些布料,请法沃尼乌斯的女儿亲自验货。"

奴隶听完,不由得犹豫了一下。

"你肯定记得我,"那个年轻人又说,"我来过这里好几次。"

黑暗中的密谋 | 229

奴隶于是把灯稍稍举高,透过格栅仔细往外瞧。

"的确,"他说道,"你看起来很面熟。我先去请示我的女主人,看她是否愿意见你。你在这儿等着。"

"这些布料都是贵重物品,"年轻人说着,举起了一捆他原本夹在胳膊下的货物,"你先让我进去,站到门廊里,以免外头有盗贼突袭我,把东西抢走。"

"那好吧,"奴隶回答道,随即打开大门,让那个年轻人进来,"你先留在这里别动,直到我回来。"

奴隶说完,便走开去消失在了房子的内部。此时,商店老板的儿子也迅速转过身来,拔出了锁住大门的插销。转眼间他就打开了大门,旋即将身子探出门外,低声发出一个信号。

顷刻间,影影绰绰的树荫下,那团浓密的黑影便开始移动,四散开来化作一个个人影。他们像一群害虫一样急匆匆地穿过大门,拥入塞普蒂默斯·法沃尼乌斯的家里,在商店老板儿子的催促下,迅速躲进前厅外的接待室里。待他们全都进去后,他便立刻关上了那两扇门,若无其事地等在原地。

没过多久,那个奴隶就回来了。"法沃尼乌斯的女儿回忆说,她并没有从商店老板那里订购任何货物,"他说道,"她今晚也没有心情来检查布料。把这些东西拿回你父亲的店里吧,还有,你告诉他,当法沃尼乌斯的女儿想买的时候,她会亲自到他的商店里去。"

现在这种情况显然不是商店老板的儿子所希望的,他于是绞尽脑汁想要构思出一个新的计划。尽管,在那个奴隶的眼里,这个家伙不过是个愚蠢的年轻人,正窘迫地盯着地面,不知所措,甚至忘了要离开。

"走吧,"奴隶说着,走到了门边,一把握住门闩,"你必须得离开了。"

"等一下，"那个年轻人压低声音说道，"我要给法沃妮亚捎个口信。我不想让任何人知道这件事，出于这个原因，我才以送布料作为借口的。"

"口信在哪里？又是谁派你来传达的？"奴隶半信半疑地问道。

"这话只能对她一个人讲。你这么告诉她，她就会知道是谁派我来传话的。"

奴隶听完，不禁又犹豫了。

"快把她带过来，"年轻人催促道，"最好不要让其他任何家庭成员看到我。"

奴隶摇了摇头，说道："我会告诉她的。"因为他知道，马里乌斯和埃里克已经从罗马斗兽场里逃出来了，于是便猜想，这个消息很有可能来自这两人其中之一。待奴隶转身，急匆匆地赶回他女主人身边时，商店老板的儿子不由得露出了一抹诡秘的微笑。因为尽管他对法沃妮亚并不是很了解，不知道她究竟在期待谁发来的秘密消息，然而他知道，很少有年轻女性不期待秘密的交流，多少都会对此抱有希望。他还没等多久，奴隶就回来了，身边紧跟着法沃妮亚。她显然满脸兴奋，急切地向这个年轻人走去。

"快告诉我，"她禁不住脱口而出，"你带来了什么消息。"

商店老板的儿子把食指举到唇边，提醒她要保持安静。"不能让任何人知道我在这里。"他悄声说道，"先把你的奴隶打发走，这话只能让你一个人听到。"

"你可以走了，"法沃妮亚对她的奴隶说道，"这个年轻人要走的时候，我会让他出去的。"而奴隶则巴不得能被提前遣散，对于减轻职务感到心满意足，悄无声息地消失在了走廊的阴影里。

"快告诉我，"女孩迫不及待地问道，"你带来了什么消息？他现在在哪里？"

"他就在这儿。"年轻人指着前厅的接待室，小声说道。

"他在这里？"法沃妮亚难以置信地惊呼道。

"没错，他现在就在这里，"年轻人回答说，"跟我来吧。"说完，他便带她向门口走去。当她靠近门边时，他突然一把抓住她，用手捂住她的嘴，将她拖进了门外黑暗的前厅。

几双粗暴的手迅速抓住了她，堵住了她的嘴并用绳子将她绑了起来。黑暗中，她听到这群家伙在低声交谈。

"我们在这里分头行动，"其中一个人说道，"两个人负责把她带到我们指定的地方。必须有一个人去给福普斯留下这张纸条，确保宫殿卫兵能找到它。其余的人都分散开来，沿着不同的路线走到罗马斗兽场对面那座废弃的屋子。你们知道那个地方吗？"

"我很熟悉那个地方。我经常到那里去过夜。"

"很好，"第一个说话的人又开口道，他看起来似乎是这群人的领袖，"现在就出发吧。我们没有时间可以浪费了。"

"等等，"商店老板的儿子突然说道，"我们还没决定好怎么分配赎金呢。要是没有我，你们什么事都做不了。我至少应该分得一半。"

"闭嘴，否则你什么东西都拿不到。"领袖怒气冲冲地吼道。

另一个人小声嘀咕道："往他的肋骨间插一把刀或许会对他有好处。"

"你难道不打算按照我的要求给我酬金？"年轻人继续质问道。

"你住嘴！"领袖冲他咆哮道，"快走吧，伙计们。"随即，他们将法沃妮亚裹在肮脏破烂的斗篷里，带她离开了法沃尼乌斯的家，没有人注意到。出门后，两个人扛着一捆沉重的包裹，在朦胧树影下的黑暗中穿行，而商店老板的儿子则朝着相反的方向走

232

去。

一个年轻人衣衫褴褛，身穿肮脏破旧的短袍，脚踏粗制滥造的凉鞋，出现在了皇帝宫殿的大门口。一名军团士兵立刻用长矛把他挡在远处，对他进行盘问。

"你为什么在夜里到皇帝宫殿的门口来游荡？"那个军团士兵质问道。

"我是来给皇帝送口信的。"年轻人回答说。

军团士兵听了，不禁大笑起来。"那你是想进宫吗？还是让我请皇帝出来见你？"他嘲讽地问道。

"士兵，你最好亲自把这个消息传给他，"那个家伙不卑不亢地回答说，"如果你知道怎么做对你自己有好处，就不会耽搁了。"

年轻人的语气坚定严肃，终于引起了军团士兵的注意。"那好吧，"他命令道，"快说吧。你有什么消息要传达给皇帝？"

"你赶紧去告诉他，法沃尼乌斯的女儿被绑架了，如果他抓紧时间赶过去，就能在一座废弃的房子里找到她，那所房子就位于罗马斗兽场战车入口对面的拐角处。"

"你是什么人？"军团士兵质问道。

"这不重要，"年轻人说，"明天我会来领我应得的奖赏。"说完，他便趁着被军团士兵扣押之前，转身飞奔离去了。

"照这样下去，我们永远都等不到午夜了。"埃里克开口说道。

马里乌斯把手搭在了他朋友的肩膀上。"你太没有耐心了。但是千万记住，不管是对于法沃妮亚，还是对于我们自己来说，这样都会更安全，因为街道上现在肯定到处都是在搜捕我们的人。整个下午我们一直听到士兵在门外经过的动静，他们没有搜查这个地方简直是个奇迹。"

"嘘！"埃里克突然发出警告，"那是什么声音？"

马里乌斯说道："听起来像是房子前面的大门在'吱吱嘎嘎'作响。"

埃里克紧接着说："他们来了。"

自从突袭冲破了罗马斗兽场卫兵的防线后，三人便各自配备了刀剑，现在分别握在自己手中，并且按照他们早已制订好的计划，一旦搜捕人员靠近他们的藏身之处，他们就立刻爬上梯子，偷偷从屋顶上逃走。他们把房顶上的天窗轻轻推到一边，侧耳倾听从下面传来的声音。如果有任何迹象表明，搜捕人员要攀爬梯子登上屋顶，他们就立即采取行动。

埃里克听到下面传来说话的声音。"太好了，我们做到了，"其中一个人说道，"而且我们没有被任何人注意到。现在其他人也来了。"埃里克随即听到生锈的铰链再次发出了"嘎吱嘎吱"的响声，然后房子的大门便打开了，紧接着又有几个人走了进来。

其中一个人开口说："今晚这一行动真是干得漂亮。"

"她还活着吗？我听不到她呼吸的声音。"

"把堵在她嘴里的东西拿掉。"

"那她岂不是会尖叫着喊救命？"

"我们可以想别的办法让她保持安静。她要是死了，对我们来说就毫无价值了。"

"那好吧，把它拿出来。"

"你给我听好了，我们会把你的封口布拿掉，但你要是敢尖叫，那对你来说情况就只会更糟。"

一个女人的声音回答道："我不会尖叫的。"那熟悉的语调使埃里克的心突然剧烈地跳动起来，尽管他心里清楚，这不过是自己的幻想而已。

黑暗中的密谋 | 235

"你放心，我们不会伤害你的，"一个男人的声音说道，"只要你保持安静，乖乖等着皇帝把赎金送来。"

"要是他不肯付赎金呢？"女孩问道。

"那么，或许你的父亲法沃尼乌斯会按照我们的要求付出代价。"

"天哪！"埃里克小声嘟囔道，"马里乌斯，你听到了吗？"

"我听见了。"那个罗马人回答说。

"那我们去吧，"埃里克低声说道，"高布拉，快来。法沃妮亚就在下面。"

埃里克不顾一切，将屋顶开口处的活板门一把扯开，纵身一跃，跳入身下的一片黑暗中，身后紧跟着马里乌斯和高布拉。

"法沃妮亚！"他大声喊道，"是我。你在哪儿？"

"我在这里！"女孩也高声回应道。

循着她声音传来的方向，埃里克摸索着冲过去，不小心撞到了其中一个劫持者身上。那个家伙立刻与他搏斗起来，而与此同时，其他人则吓坏了，以为是军团士兵追了过来，争先恐后地从这座房子里逃窜出去。他们全都离开后，大门依然敞开着，一轮满月的光芒照耀进来，驱散了房间里面的黑暗。月光下，埃里克正在与一个五大三粗的家伙殊死搏斗，他被对方紧紧扼制住了喉咙，现在正试图从他的刀鞘里拔出匕首。就在这时，马里乌斯和高布拉迅速赶到了他身边，马里乌斯拔剑用力向对方刺去，终结了这个罪犯的暴行。埃里克挣脱了敌手，从地上一跃而起，飞奔向法沃妮亚。她正背靠墙壁，躺在一堆肮脏的破布上。他一下子割断了她身上捆绑着的绳子，然后听她叙述自己被劫持的经过。

"幸好是虚惊一场，如果你没有受到伤害，我们还要感谢这些恶棍简化了我们的任务，"马里乌斯说道，"我们现在已经准备好逃跑了，比我们所预计的还提前了三个小时。"

"那我们就别再浪费时间了，"埃里克说，"直到我彻底离开了这座城堡，我才能安心地呼吸。"

"我相信，现在已经没有什么可担心的了，"马里乌斯宽慰他，"城墙警备松懈。我们可以从很多地方翻越城墙，而且我知道有十几个地方可以找到船只，都是这座城里的渔民日常使用的。跨过城墙之后，我们就只能听天由命了。"

高布拉原本一直站在门边望风，突然间一把关上了门，迅速走到埃里克身边。"主人，我看到有火光正在沿着大道行进，"他说道，"我推测，是很多人正在向我们靠近，说不定都是士兵。"

四个人一起凝神倾听着，直到他们能够清楚地分辨出行军队伍坚实而有节奏的脚步声。

"又是一批搜捕人员而已，"马里乌斯开口说，"待他们走过这段路后，我们就能安全离开了。"

军团士兵手里火把的光芒不断向他们靠近，但直到火光透过木制百叶窗的缝隙照进屋里，也没有像他们预期的那样继续前进下去。马里乌斯悄悄凑到百叶窗前，通过其中一道缝隙向外窥探。

"他们在房子前面停了下来，"他说道，"其中一部分已经走到了拐角处，但剩下的仍然留在原地。"

他们默不做声地站着，尽管只有短短几分钟，但却仿佛过了很长时间。随后，他们便听到有声音从屋子后面的花园里传来，透过敞开的厨房门，还可以看到火把发出的光芒。

"我们被包围了，"马里乌斯说，"他们正准备从前门进来。他们要搜查这座房子！"

"我们该怎么办？"法沃妮亚慌张地问道。

"屋顶是我们唯一的希望了。"埃里克低声私语道，但正当他在说话的同时，屋顶上方就传来了凉鞋踩在屋顶上的声音，还有火把的光芒透过敞开的天窗照耀进来。

"这下我们完蛋了，"马里乌斯说，"我们可打不过整整一队军团士兵。"

"但我们依然可以与他们抗争到最后。"埃里克提议说。

"冒着法沃妮亚的生命危险做无用功？"马里乌斯质疑说。

埃里克忧愁地说道："你说得对。"但旋即又说，"等等，我有个计划。法沃妮亚，快过来。你躺到地上，我用这些破布把你盖住。我们不应该全都被抓走。马里乌斯、高布拉和我或许逃不出去，但他们绝对猜不到你在这里。待他们离开之后，你很容易就能到达罗马斗兽场的警卫室，那里的负责军官可以确保你的安全，并护送你回家。"

"让他们把我一起带走吧，"女孩说道，"如果他们要俘获你，那我也要和你一并束手就擒。"

"那样做是无济于事的，"埃里克反对说，"他们只会把我们分开。而且，要是让他们发现你和我们一起待在这里，恐怕会给法沃尼乌斯惹来嫌疑。"

面对埃里克的据理力争，她没有进一步与他争论，只好无奈接受，顺从地躺到地板上，任由他用流浪汉曾经拿来当作床的破布将她牢牢遮住。

Chapter 23

共患难终凯旋

等到他重新部署好自己的兵力,并吩咐士兵将各式作战引擎摆放在梅里城堡的防御工事前时,卡西乌斯发现,天色已晚,来不及发起进攻了,但他可以转而实施另一个计划。于是,在泰山、梅特拉斯和普利克拉乌斯的陪同下,众人一起向城墙大门走去,由军团士兵持着火把和一面休战旗在前面开路。

从看见这支军队向他们进发的那一刻起,梅里城堡里的人群便爆发出一阵骚动。有的士兵见状,连忙跑去向福普斯通报,增援部队也紧接着赶来了梅里城堡。所有人都以为,这是塞拉特斯重新发起了一场比平常规模更大的突袭行动。但他们已经准备好迎接它了,并且都抱着无论如何一定要获胜的决心。当负责指挥守卫士兵的军官看到这群人马举着休战旗向城门靠近时,他便站到塔楼的大门前,质问他们此行所为何事。

"我要向奥古斯都提出两个要求,"卡西乌斯开口说,"首先,我要让他释放马里乌斯和埃里克。其次,他必须允许我回到梅里城堡,并让我享受到我的身份应有的特权。"

"你是什么人?"军官继续问道。

"我是卡西乌斯·哈斯塔,你应该对这个名字感到很熟悉。"

"上帝真是待我们不薄!"军官听后不由得惊呼。

"卡西乌斯·哈斯塔万岁!打倒福普斯!"顿时,一片粗犷沙哑的声音异口同声地呐喊起来。

那名军官正是卡西乌斯的一位老朋友,此时他一下推开大门,冲出来拥抱了他。

"这一切是怎么回事?"卡西乌斯不解地问道,"到底发生了什么?"

"奥古斯都死了,是在今天的竞技比赛上遇刺身亡的。现在是福普斯继承了皇位。你来得正是时候,梅里城堡的所有人都欢迎你回来!"

从城堡到湖岸边,新任东方皇帝的军队正沿着梅里城堡的主干道进军,穿过浮桥直到岛上,而与此同时,卡西乌斯回归的消息迅速传遍了整个城市,民众纷纷聚集到一起,尖叫着向他表示热烈欢迎。

另一边,在罗马斗兽场大道对面的一座废弃房屋里,四名逃亡者正等待着福普斯手下军团士兵的到来。很明显,这群士兵们不想冒任何风险。他们将这座建筑物包围得水泄不通,但似乎并不急着进去。

这样一来,埃里克便有了充足的时间用破布将法沃妮亚盖住。不一会儿,手持火把的军团士兵在前面照路,其余士兵从花园、大街和屋顶三个通道同时破门而入,此时,她则已被严严实实地隐藏了起来。

"我们知道抵抗是没有意义的，"一大波士兵从门外的大道上拥了进来，马里乌斯便对其中负责指挥的军官说道，"我们会老老实实地跟你们回地牢里去。"

"先不急着走，"军官开口说道，"那个女孩在哪里？"

"什么女孩？"马里乌斯反问道。

"当然是法沃尼乌斯的女儿了。"

"我们怎么会知道她在哪？"埃里克也插进来问道。

"是你们绑架了她，并把她带到这里来的，你们怎么会不知道。"军官不耐烦地回答说，旋即又下令："搜查这个房间。"没用多久，一名军团士兵便发现了法沃妮亚，并将她扶了起来。

军官顿时大笑起来，立刻命令手下解除三个男人的武装并逮捕他们。

"等一下！"埃里克突然开口说道，"你们打算对法沃尼乌斯的女儿做什么？你们能确保安全地护送她回到她父亲家里吗？"

"我只是来执行皇帝的命令而已。"军官回答道。

"皇帝打算如何处理这件事？"埃里克继续追问道。

"他下令，让我们把法沃妮亚带回宫殿里，并当场处决她的绑架者。"

"那么，皇帝将以他的军团士兵们为代价，作为我们所有人的陪葬！"埃里克发出一声怒吼，随即挥剑向门口的军官扑过去。而一旁的高布拉和马里乌斯也被同样的决心所激励，要让皇帝为他们的性命付出最沉重的代价，猛然冲向那些正从梯子上爬下来和通过厨房门进来的士兵。面对他们突如其来的进攻，军团士兵们被打了个措手不及，瞬间不知所措，禁不住连连后退。那名军官设法躲开了埃里克冲他刺过来的剑，连忙从房子里逃了出来，并召集起许多手持长矛的军团士兵。

共患难终凯旋 | 241

"那间屋子里有三个男人,"他下令说,"还有一个女人。把男人全都杀光,但一定要确保不能让那个女人受到任何伤害。"

突然间,军官看到林荫大道上有许多人在四处奔跑,还听见他们在大喊大叫。紧接着他便看到,他手下那些被留在大街上的士兵拦住了一些正在狂奔的人群进行盘问。由于他的注意力暂时被好奇心分散了,他便没有下达最后命令,然而,当他转过身来准备命令那些手持长矛的士兵闯进屋子时,他的注意力又一次被分散了。远远地,从那座横跨在城市和梅里大道与边界要塞之间的桥上,爆发出一阵热烈的欢呼和喧哗声,沿着林荫大道滚滚传来。他于是转过身来,发现有许多火把的光芒在熊熊燃烧,旋即又听到了响亮刺耳的号角声和行军队伍沉重的脚步声。

到底发生了什么事?他和梅里城堡里的所有人一样,都知道塞拉特斯的部队驻扎在他们的堡垒前。但他也知道,目前没有战争,所以这不可能是塞拉特斯的军队在攻入梅里城堡。然而,要是在受到敌军威胁的情况下,梅里城堡的守卫抛弃要塞落荒而逃的话,这也同样很奇怪。他无法理解现在正在发生什么,也弄不明白人们为什么要欢呼。

他一头雾水地站在原地,注视着排成纵列的行军队伍逐渐逼近。人群的呐喊声不断高涨,从中他清楚地听到了卡西乌斯的名字。

"发生了什么事?"他冲着街上的人喊道。

"卡西乌斯率领一支大军回来了,而福普斯已经被吓跑并且躲起来了。"

与此同时,房间里的所有人都听到了外面大声呼喊的问题和同样响亮的回答。

"我们得救了!"马里乌斯兴奋地大喊,"因为卡西乌斯·哈斯塔不可能会伤害法沃尼乌斯的朋友。你们这群傻瓜,要是识时务的话,还不赶紧闪到一边去。"说完,他便朝门口走去。

"回来吧,伙计们!"军官对他的手下高喊道,"回到大街上去。马里乌斯和这些人都是东方皇帝卡西乌斯的朋友,要确保不能让任何人与他们作对。"

埃里克咧嘴一笑,议论道:"依我看来,这个家伙倒是很会见风使舵。"

法沃妮亚、埃里克、马里乌斯和高布拉四人一起,从废弃的屋子里走了出来。他们看到,大街上,行军队伍的长列纵队正在不断靠近,而这一场景被他们手中熊熊的火把所照亮,简直如同白昼一样明亮。

"卡西乌斯在那儿!"马里乌斯惊叫起来,"没错,的确是他。但是那些跟在他身边的是什么人?"

"他们肯定是撒奎纳琉斯人,"法沃妮亚说道,"不过,快看!其中有一个人打扮得像野蛮人一样,还有那些行进在他们身后的士兵,个个奇装异服,头盔上还有白色的羽饰。"

马里乌斯不由得再次惊呼道:"我这辈子都没有见过这种长相的人!"

"我也从未见过,"埃里克也跟着说,"但我确信,我能认出他们。因为他们名声在外,与我曾千百次听到过的描述非常相像。"

"他们是什么人?"法沃妮亚问道。

"那个白皮肤的巨人叫人猿泰山,身后紧跟的则是他手下的瓦兹瑞战士们。"

一看见驻扎在房子前面的军团士兵,卡西乌斯·哈斯塔便命令行军纵队停了下来。

"负责统率这些部队的百夫长在哪里?"他询问道。

此时,那名前来逮捕法沃妮亚绑架者的军官回答说:"尊敬的

共患难终凯旋 | 243

皇帝，我就是百夫长。"

"福普斯派遣一支小分队前来搜捕马里乌斯和那个野蛮人埃里克，你是否就是其中的一员？"

"皇帝，我们在这里！"马里乌斯大声呼喊道，身后紧跟着法沃妮亚、埃里克和高布拉。

卡西乌斯立刻上前拥抱他的老朋友，兴奋地呼喊道："愿诸神都受到赞许！不过，那位从日耳曼尼亚来的蛮族首领在哪儿？他的名声甚至都已经传到了撒奎纳琉斯军营里。"

"就是这位，"马里乌斯介绍说，"他名叫埃里克·冯·哈本。"

泰山听了，走上前，用英语问道："你就是埃里克·冯·哈本？"

埃里克也用同一种语言回应说："我知道，你就是大名鼎鼎的人猿泰山。"

泰山微笑着说道："你看上去完全是一副罗马人的模样。"

埃里克露齿一笑："不过，我却彻头彻尾感觉自己像个野蛮人。"

"罗马人也好，野蛮人也罢，看到我把你安然无恙地带回去，你父亲一定会非常高兴的。"

"人猿泰山，你是特地来这里找我的？"埃里克问道。

猿人回答说："没错。而且，似乎我来得正是时候。"

"啊！这让我该如何感谢你才好呢？"埃里克不由得惊呼。

"我的朋友，不用谢我，"泰山说道，"还是谢谢小猴子吧！"